Rolf D. Sabel

Der Pompeji-Papyrus

Roman

ROLF D. SABEL

Der Pompeji-Papyrus

Roman

SCM Hänssler

SCM
Stiftung Christliche Medien

Bestell-Nr. 395.266
ISBN 978-3-7751-5266-2

Internet: www.scm-haenssler.de
E-Mail: info@scm-haenssler.de
Karte von Pompeji: Timo Roller, www.morija.de
Umschlaggestaltung: OHA Werbeagentur GmbH, Grabs, Schweiz;
www.oha-werbeagentur.ch
Titelbild: Archiv OHA Werbeagentur GmbH
Satz: Satz & Medien Wieser, Stolberg
Druck und Bindung: CPI – Ebner & Spiegel, Ulm
Printed in Germany

Für meinen tollen Bruder Hans-Jürgen,
in vielem Vorbild und stets geliebt

Inhalt

Prolog I

Galiläa, 1. Jahrhundert nach Christus

Mühsam tasteten sich die Schritte durch den glutheißen Sand. Der Mann blieb stehen und ließ seine Augen über die karge, von steter Sonnenglut gegerbte Landschaft schweifen. Sein müder Blick streifte die dürren Ölbäume, die ausladenden Palmen und Myrten, die vereinzelten, wie hingeworfenen Hütten und die wenigen Menschen, die in nicht enden wollendem Gleichmut versuchten, dem Boden das Nötigste abzuringen. Aber das Herz des Mannes war schwer und voller Trauer.

Abschied! Sein ganzes Herz atmete Abschied. Von seinen Reisen abgesehen hatte er sein ganzes Leben hier verbracht, hier war ihm die größte Gnade Gottes zuteil geworden, hier aber hatte er auch den größten Schmerz empfunden, der einem Menschenherz zugefügt werden kann. Wie Bilder flogen Gedanken an Tod, Verrat und Hoffnungslosigkeit an ihm vorbei, dann wieder an unendliche Freude und maßloses Glück.

Er schüttelte den weißhaarigen Kopf, als wollte er die Gedanken der Vergangenheit abschütteln. Seine kraftvolle Gestalt straffte sich. Fest schloss sich die Hand um den Wanderstab.

Er war noch nicht am Ziel angekommen. Im Gegenteil: Er wusste, welch große, fast unmenschliche Aufgabe vor ihm lag. Und um dieser Aufgabe willen galt es, Abschied zu nehmen, und zwar jetzt. Sie duldete keinen weiteren Aufschub.

Sein Blick heftete sich auf das kleine, geduckte Haus vor ihm. Aus massivem Stein gemauert, das Dach mit ineinander verflochtenen Zweigen und Holzbohlen abgedeckt, auf die eine feste Schicht Lehm aufgetragen worden war, bot es den Einwohnern den nötigen Schutz vor den Stürmen, die mitunter über den öden Landstrich fegten. Einige Ziegen suchten im dürren Gras rund um den Brunnen ihre Nahrung und schauten nur kurz auf, als der Besucher an sie herantrat. Die Tür stand offen und der Mann trat ein. Das Haus war klein, einfach, sparsam eingerichtet, aber sauber.

Eine Frau von zarter Gestalt, das lange braune Haar in ein blau schimmerndes Tuch gehüllt, stand an dem Tisch vor dem Ofen und knetete einen Teig. Als sie die Schritte hörte, drehte sie sich um. Ein feines Lächeln spielte um ihre Lippen, als sie den Besucher erkannte. Rasch putzte sie die Hände an dem Wolltuch ab, das ihr als Schürze diente, und eilte dem Besucher entgegen.

»Simon«, ihr Gesicht strahlte voller Freude, »es ist lange her, dass sich unsere Wege kreuzten.«

Der Mann, den eine spätere Welt nur noch Petrus nennen würde, ergriff die Hände der Frau und drückte sie herzlich, aber behutsam. »Die Freude ist bei mir, Maria. Es erfüllt mich immer wieder mit tiefer Freude, die Mutter unseres Herrn zu sehen, mit Freude, mit Stolz, und mit ...« Seine Stimme geriet ins Stocken.

»... und mit Schmerz, wolltest du sagen, nicht wahr? Glaubst du, ich wüsste nicht, wie es dir ums Herz ist? Und doch hat er uns gezeigt, dass sein Tod einen Sinn hatte. Wenn jemals ein Tod einen Sinn hatte, dann war es seiner. Schau nur, wie die Gemeinde in Jerusalem blüht, und nicht nur dort. Seine Worte fallen auf fruchtbaren Boden, in Jerusalem und in vielen anderen Gemeinden, die du und deine Freunde besucht haben. Aber ich gerate ins Plappern. Sicher bist du hungrig und durstig vom langen Weg. Ich werde dir rasch einen Imbiss ...«

Simon Petrus verneinte. Seine Miene verriet großen Schmerz.

»Aber ich habe ihn verraten«, flüsterte er atemlos. »In der Situation, in der er mich am meisten gebraucht hätte, habe ich gefehlt. Ich habe ...«

Behutsam legte Maria ihre Arme um den erschütterten Mann, dessen Stimme am Ende zu versagen schien.

»Treuer Simon, du magst in dieser Situation, in der Unmenschliches von dir verlangt wurde, allzu menschlich gehandelt haben. Wer könnte dich dafür tadeln? Aber seitdem hast du deine Treue tausendfach bewiesen. Du bist der Fels geworden, als den mein Sohn dich bezeichnet hat. Ohne das Feuer deines Glaubens, ohne die Kraft deiner Liebe hätte seine Botschaft nie verbreitet werden können.«

Sie wischte seinen Schweiß von der Stirn und schaute ihn voller Liebe an.

»Möchtest du nicht doch etwas zu dir nehmen? Sieh, ich habe frisches Brot gebacken und dazu steht eine kräftige Suppe vom Huhn auf dem Feuer.«

Sie zeigte zur Feuerstelle, wo sie goldbraune Fladen noch dampfend aus der ummauerten Feuerstelle geholt hatte. Über der offenen Feuerstelle daneben dampfte ein Topf, der verführerische Düfte aussandte.

Aber Petrus schüttelte den Kopf. »Die Karawane, der ich mich angeschlossen habe, wartet. Sie bringt mich nach Caesarea. Dort werde ich ein Handelsschiff besteigen, das mich nach Rom bringt. Die Brüder dort erwarten mich mit Sehnsucht. Ich werde sofort aufbrechen.«

Maria verstand. Schweigend nahm sie ihn in den Arm. Sie sollte ihn nie mehr wiedersehen.

Pompeji nuova, Ausgrabungsgelände, 13. März nachts

Für März war es entschieden zu kalt und zu neblig. Der Mond schien sich beleidigt hinter die dichten Wolken zurückgezogen zu haben und gewährte der Welt nur ungnädig einen blassen, mageren Schein. Giuseppe Baldoni warf die angerauchte Zigarette fluchend auf den Boden und zog seinen Schal fester um den Hals. Umständlich griff er nach seinem Taschentuch und schnäuzte lautstark hinein. *Elende Erkältung!* Er war mit sich und der Welt unzufrieden, nicht nur mit diesem lausigen Wetter. *Weit hatte er es gebracht: Nachtwächter im Ausgrabungsgelände des antiken Pompeji. Ha! Hatte ihm so etwas sein Vater nicht immer vorhergesagt?*

»Giuseppe«, hatte er gesagt und nicht einmal dann die filterlose Zigarette aus dem Mund genommen, »du wirst irgendwo bei den *Adettos* landen und den Müll anderer Leute wegräumen, oder als Nachtwächter oder ... Tankstellenkassierer. Was kannst du schon, du jämmerlicher Versager? Du bist dumm und faul, in der Schule hast du nie was gelernt, obwohl ich dich immer ...«, an dieser Stelle unterbrach der unvermeidliche Raucherhusten meist die väterlichen Unterweisungen.

»Schau mich an. *Ich* hätte etwas werden können, wenn der Krieg nicht gewesen wäre …«

Und dann schwadronierte er wieder von seiner Zeit bei der *Resistenza*, als er ganz allein einen Proviantzug der Nazis in die Luft gesprengt hatte, fabulierte von Abenteuern und tapferen Taten, und schließlich von seiner Gefangennahme durch die vermaledeiten Deutschen bei Perugia und …

Halt, war da nicht ein Geräusch?

Baldoni blieb stehen und griff nach seiner Koppel, an der sein Schlagstock befestigt war. Eine wirksamere Waffe hatte man den Nachtwächtern vom alten Pompeji dann doch nicht zugestehen wollen, so gefährlich war der Job nicht. *Ha!* Erst vor einer Woche hatten sie eine Bande von Jugendlichen geschnappt, die mitten zwischen den Ruinen eine von ihren verrückten Kokspartys feierte. Nicht gefährlich! Der eine hatte eine halb volle Wodkaflasche nach ihm geworfen, die ihn nur äußerst knapp verfehlt hatte.

Wieder ein Geräusch, ein Rascheln. Unzweifelhaft links von ihm, in der Nähe des *Vicolo Di Mercurio*. Aber er konnte nichts sehen, zum einen wegen der nebelverhangenen Dunkelheit, dann aber auch wegen der kleinen Zypressen und der dichten Holunderbüsche, die dazwischen lagen. Vielleicht war es auch nur ein Tier? Die Anlage war voller Kleintiere, Ratten, Kaninchen, Katzen, Füchse, wilder Hunde, allerlei Getier war hier in den stillen Nächten unterwegs. Und nachts war es besonders gespenstisch, wenn sie sich gegenseitig jagten und …

Oder waren es doch Menschen? *Merda*, dass es nur so dunkel war! Seine Taschenlampe mochte er nicht anmachen, das hätte die Schurken gewarnt. Und das wollte er nicht riskieren. Die spröden Lippen verzogen sich kurz zu einem stolzen Lächeln. Sein Traum war es, auf der Titelseite des *Messaggero* abgebildet zu werden. Er, Giuseppe Baldoni, mit einer Titelzeile wie:

Tapferer Nachtwächter stellt todesmutig Bande von Grabräubern!

Dann würde seine Lucia große Augen machen und ihn endlich ernst nehmen!

Waren es doch wieder marodierende Jugendliche oder gar Grabräuber, die versuchten, die armen Toten der verschütteten Stadt zu berauben?

Auf jeden Fall würde er das nicht zulassen, auch wenn er mit fünfundsechzig schon ein Alter erreicht hatte, in dem man an so einem Abend lieber bei seiner Frau auf der Couch säße.

Stimmen. Leise zwar, mehr zu ahnen als zu hören. Ihm war, als flüstere jemand im schweren Akzent Kampaniens.

Vorsichtig schlich sich Baldoni an und bog leise die Zweige eines Holunderbusches zur Seite. Jetzt konnte er sie im fahlen Mondlicht sehen: Mehrere dunkle Gestalten von kräftiger Statur, mit Kapuzen vermummt, die nicht gerade wie Halbwüchsige aussahen. Und irgendetwas verstauten sie flüsternd in einem Sack. Hätte er doch bloß das Funksprechgerät bei sich gehabt. Aber das lag auf dem Tisch im Wachzimmer am Eingang des Geländes. Er nahm es nie mit, weil es so schwer war und er es ohnedies nie brauchte. Außerdem funktionierte es meist sowieso nicht, hätte halt mal wieder neue Batterien nötig. *Porca Miseria*, jetzt hätte er es gebrauchen können!

Halt! Was war das? Ein leises Lachen tönte zu ihm herüber, als wollten sich die Burschen über ihn lustig machen. Basta! Er erhob sich zu voller Größe, obwohl die bei 160 Zentimetern nicht gerade beeindruckend war, und schritt mit amtlicher Miene auf diese illegale Versammlung zu. Mutig baute er sich vor der Gruppe auf. Seine nikotingelben Finger tasteten nach der Trillerpfeife in seiner Tasche, die er für Notfälle bei sich hatte. Würden seine Kollegen ihn hören? Aber zunächst wollte er dem schändlichen Treiben ein Ende bereiten.

»*Fermate vi!*«, schrie er. Stammte dieses ängstliche Krächzen etwa von ihm?

Im blassen Mondschein gewahrte er drei kräftige Gestalten, die sich lässig zu ihm umdrehten. Täuschte er sich oder grinsten sie ihn frech an?

»Was macht ihr da, Gesindel? Wollt ihr wohl …«

Zu spät hatte er das warnende Knirschen der Schuhe hinter sich wahrgenommen. Er versuchte noch, sich umzudrehen, und erhielt im gleichen Augenblick einen harten Schlag auf den Kopf.

Merda!, zuckte es ihm durch den Kopf. Seine Taschenlampe polterte zu Boden, dann umhüllte ihn gnädige Schwärze und er sank mit einem seufzenden Laut zu Boden.

I.

Pompeji, 23. August 79 n. Chr., dritte Stunde

Die Sonne brennt schon zu früher Stunde ohne Erbarmen auf das Forum von Pompeji nieder. Ein wunderschöner Tag im August, ganz Pompeji scheint im flüssigen Gold einer verschwenderischen Sonne zu schwimmen, vielleicht ist es schon ein wenig zu heiß.

Die Perle Kampaniens liegt ergeben in den sengenden Strahlen und kein kühlender Hauch mildert die Glut. Gleißend brechen sich die Strahlen an den schneeweißen Wänden und Säulen der Tempel und Amtsgebäude, die nach dem letzten Erdbeben erst vor Kurzem wieder fertiggestellt worden sind, jedenfalls zum größten Teil. Einige Baugerüste hinter dem Forum künden davon, dass noch nicht alle Arbeiten erledigt sind. Am Augustustempel steht noch das Gerüst, mit dem die Statue des neuen Kaisers Titus errichtet wurde, der Zement ist noch nass.

Auf dem prachtvollen Forum stehen schon wieder die Statuen früherer Kaiser wie Augustus, Tiberius, Claudius und Vespasian auf ihren Säulen aus blendend weißem Marmor und überwachen mit kaiserlicher Autorität das geschäftige Treiben. Ein Imperator wie Nero ist freilich aus guten Gründen der Rache behördlichen Vergessens anheimgefallen, ein Schicksal, das er mit Kaiser Caius teilt, den alle Welt – jedenfalls hinter seinem Rücken – Caligula genannt hatte.

Trotz der frühen Stunde ist das Forum von Menschen aller Art bevölkert. Der Lärm mischt sich mit den Ausdünstungen von Menschen und Tieren, Obst und Gemüse zu einem undurchdringlichen Inferno. An zahlreichen Ständen versuchen die Händler mit wildem Geschrei und einladenden Gesten die Kundschaft auf ihre Waren aufmerksam zu machen. Herrinnen mit ihren Sklaven im Gefolge betasten kritisch die angebotenen Waren und feilschen lauthals um die Preise. Sklaven fordern die Umstehenden lauthals auf, Platz zu machen für den edlen Herrn, den sie in teurer Sänfte durch die Menge tragen. Adlige Herren mit ihren Klienten im Gefolge betrachten das chaotische Geschehen nicht ohne eine gewisse Abscheu und genießen doch den Respekt, den man ihnen entgegenbringt.

Dazwischen schlendern Müßiggänger in sinnlose Gespräche vertieft und lassen ihre Blicke nach links oder rechts schweifen, je nachdem, wo der Lärm am größten ist. Eitle Gecken, geschminkt und mit gefärbten Haaren in schreiend bunten Tuniken – der neueste Schrei! – stellen ihren Hochmut zur Schau. Gladiatoren der nahen Gladiatorenschule genießen die verzehrenden Blicke der Mädchen, die voller schamlosen Verlangens über ihre muskulösen Körper streifen. Die Beamten des *Aedils* mustern mit strengem Blick das Treiben und greifen ein, wenn die Waage sich allzu deutlich zugunsten des Händlers verschiebt.

Herrenlose Hunde jagen mit hängender Zunge durch die Menge und versuchen ein Stück Fleisch zu erhaschen, das von überladenen Tischen fällt. Völlig ungezwungen spazieren auch die Taschendiebe umher, ihre *Sica*, den kurzen Dolch unter der schäbigen *Tunika* verborgen, um sich, wenn sich die Gelegenheit nur bietet, mit einem kurzen Schnitt in den Besitz der Geldbörse zu bringen, die der Besitzer allzu sorglos um sein Gewand hängen hat. Alles bietet das Bild unbeschwerten Wohlstands, die ganze geschäftige Stadt treibt fröhlich lärmend ihrem Unheil entgegen – und ahnt doch nichts davon!

Gelegentlich lässt ein dumpfes Grollen die Menschen aufhorchen, wie ferner Donner hallt es dann vom Berg, der bis oben hin mit prachtvoll reifenden Weinstöcken bedeckt ist. Aber das ist schnell vergessen und man wendet sich wieder den Dingen des Alltags zu.

Nur wenige scheinen eine Vorahnung von den Dingen zu haben, die da kommen.

»Hast du gesehen, Flavius? Das neue Prätorium hat schon wieder Risse bekommen!«, ruft ein dicker Fischhändler seinem Standnachbarn zu. Der nickt und sortiert seine Kohlköpfe, die alten nach oben, die frischen nach unten.

»Und am Forum ist eine Statue runtergefallen. Die Erde hat wohl wieder gebebt. Ist doch nichts Neues, mach dir keine Sorgen, Quintillus. Sorg lieber dafür, dass du deinen alten Fisch loswirst. Bei Mercur, der stinkt ja erbärmlich.«

Eine alte Frau in einem abgewetzten blauen Kittel mischt sich ein. Sie blickt von den Kräutern auf, die sie eben noch zum Trocknen ausgelegt hat. »Der Brunnen vom alten Catulus ist wieder versiegt. Wie damals vor dem großen Erdbeben. Und schaut doch mal nach oben.« Ihre knochigen Finger weisen zum Himmel, wo große Vogelschwärme davonfliegen. Die Stimme nimmt ein unheilvolles Krächzen an: »Die wissen Bescheid, sie fliehen. Die Götter zürnen uns. Es wird noch ein schlimmes Ende nehmen. Man muss Vulcanus ein Opfer bringen, sonst wird er sich rächen.«

Was sie weiter vor sich hinsabbert, versteht keiner, will aber auch keiner wissen.

Für solche düsteren Prophezeiungen haben die anderen nur ein geringschätziges Lachen übrig, solange nur die Geschäfte gut gehen.

»Kümmere dich um deine verfaulten Datteln, alte Hexe«, lacht Flavius und wendet sich wie die anderen wieder seinen Geschäften zu.

Dem aufmerksamen Betrachter wäre freilich ein abgerissener Bursche von zwergenhaftem, missgestaltetem Wuchs in einer äußerst verschlissenen, schäbigen und völlig durchgeschwitzten *Tunika* nicht entgangen, dessen ausgemergelte Gestalt sich ohne Ziel rastlos durch die Menge schiebt. Ein noch aufmerksamerer Betrachter hätte in ihm einen entlaufenen Sklaven entdeckt, weil der Abdruck des gewaltsam entfernten Sklavenreifs auch jetzt noch deutlich den dürren Hals verunstaltet.

Servulus war der Name dieses armen Burschen, den sowohl die jämmerliche Erscheinung als auch der despektierliche Name sofort als Sklaven auswiesen.

Misstrauisch blickte sich die Jammergestalt nach allen Seiten um. Jetzt erwischt zu werden, würde den Tod bedeuten. Entlaufene Sklaven fanden keine Gnade. Servulus wischte sich erschöpft den Schweiß von der Stirn, aber schon Sekunden später bahnten sich neue Tropfen ihren Weg über sein ausgemergeltes Gesicht und verloren sich auf seiner schäbigen *Tunika*.

Mit verzogenen Lippen blickte Servulus an seiner kleinwüchsigen Gestalt herab. Die kräftigen schwarzen Locken hingen schweißnass in seiner Stirn, über die sich eine feuerrote Narbe zog. Seine schäbige Tunika in verwaschenem Grün schlotterte in Fetzen um seine dünnen Glieder. Seine Sandalen verdienten diesen Namen nicht mehr.

Nein, die Natur hatte es nicht gut mit ihm gemeint. Oder waren es doch die unsterblichen Götter, die diesen Anblick des Jammers zu verantworten hatten?

Nur die flinken blauen Augen irrten unstet umher, schienen alles zu registrieren, waren unermüdlich auf der Jagd, denn Servulus hatte immer Hunger, großen Hunger.

Und wenn die Pompejaner nicht so sehr mit ihrer Lieblingstätigkeit beschäftigt gewesen wären, der Vermehrung ihres Reichtums, hätten sie dem armen Burschen eine Münze, vielleicht nur ein paar *Asse* oder etwas Obst zukommen lassen.

Aber so kümmerte sich niemand um den entlaufenen Sklaven. Mitleid war eine teure Gunst, die sich niemand leistete. Schon mehrfach hatte er bei den Kaufleuten um etwas Brot gebettelt, aber jedes Mal schrien sie angewidert:

»*Abscide, nequissime!* – Hau ab, Taugenichts. Oder wir hetzen die Hunde auf dich!«

Aus einer Garküche war er gar mit der Peitsche vertrieben worden, die Hiebe spürte er jetzt noch auf seinem knochigen Rücken.

Auch wenn er nur ein Sklave und Schläge gewohnt war, so fühlte er sich nun frei, und eine solche Behandlung ärgerte ihn. Nein, sie erregte Zorn in ihm. Zorn und das Gefühl, sich dafür rächen zu müssen. Ja, das Gefühl der Rache wurde so stark in ihm, dass es mitunter sogar den beißenden Hunger verdrängte. Wieso haben die einen so viel und ich gar nichts?

Im Gegensatz zu früher empfand er diesen Zustand zunehmend als sehr ungerecht.

Das können die Götter nicht wollen!

Und so keimte in ihm nicht nur das Verlangen nach Rache, sondern auch das Gefühl, etwas an diesen ungerechten Besitzverhältnissen ändern zu müssen. Seine Hände tasteten nach der *Sica*, dem kurzen Dolch, den er seinem Herrn gestohlen hatte. Sie würde ihm bei seinem Feldzug nützlich sein.

Sein erster Versuch gelang problemlos. An einem Obststand schaffte er es immerhin, zwei Äpfel zu stibitzen, ohne dass der Händler ihn mit der Peitsche dafür belohnt hätte. Voller Gier und stolz auf seine erfolgreiche Tat biss er in die frische Frucht. Der herbe Saft lief über seine verdörrten Lippen und tropfte auf sein schmutziges Gewand.

An einem Brunnen am Rande des Marktes ließ er sich erschöpft nieder. Höhnisch starrte ihn das Gesicht des Wasserspeiers an. Tief tauchte er die dürren Arme in das kühle Nass, formte die Hände zu einem schmalen Becken und ließ einen erfrischenden Schwall Wasser über seinen Kopf laufen, immer wieder, bis er prustend den Kopf schüttelte wie ein durchnässter Hund.

Passanten beobachteten den Zwerg, der so ausgelassen mit dem Wasser spielte, und machten abschätzige Bemerkungen. Aber Servulus ließ sich davon nicht beirren, jetzt ging es ihm besser.

Seltsam, aber der Wasserspiegel zitterte in feinen Wellen, auch wenn er seine Hand nicht hineintauchte. Gleichzeitig meinte er, für Sekunden ein leichtes Beben des Bodens zu spüren, aber er hatte keine Zeit, sich solch sinnlosen Betrachtungen hinzugeben, denn plötzlich näherte sich ein potenzielles Opfer, das arglos an ihm vorbeischlenderte.

Ein wohlgenährter älterer Herr von hohem Wuchs und edlen Gesichtszügen. Sein Haar war so schlohweiß wie seine *Toga*, offenkundig ein Patrizier. Er humpelte leicht, und dennoch hatte der alte Sklave, der ihn begleitete, noch Mühe, seinem Herrn zu folgen.

Servulus witterte leichte Beute und beschloss, den beiden Alten in sicherem Abstand zu folgen. Vielleicht konnte man sich hier das Geld für eine Mahlzeit besorgen, sicher trug der feine Herr eine wohlgefüllte Börse unter seiner teuren *Toga*. Mit dem, was so ein nutzloser Umhang kostet, könnte ich bequem zwei Jahre leben, dachte Servulus geringschätzig.

Gemeinsam tauchten sie in das Gewirr der kleinen Straßen ein, das den Marktplatz umgab. Die beiden vor ihm wandten sich zunächst über die *Via Augustalis* nach Osten und erreichten die *Via Stabia*, die sie in nördlicher Richtung heraufgingen. Servulus kannte sich hier nicht aus, aber am Ende der Straße erkannte er die *Porta Vesuvia* und im Hintergrund den

Berg, der dem Tor seinen Namen gab. Ein dünner Rauchfaden stieg aus dem Vulkan, aber dieser Anblick bot sich schon, seitdem Servulus auf seiner Flucht hier angekommen war.

Kein Grund zur Besorgnis!

Langsam beschleunigte der ehemalige Sklave seinen Schritt, während seine Hand nach dem kleinen Dolch tastete, der kaum von der fadenscheinigen *Tunika* verborgen wurde. Die beiden Männer vor ihm hatten nun den *Viculus Mercurius* überquert und betraten eine kleine Querstraße zur rechten Seite. Sie passierten eine *Taberna*, an deren rohen Holztischen weintrunkene Männer saßen und mit lauter Stimme ihr Würfelspiel kommentierten.

Einige Schritte weiter blickte Servulus sich um. Kein Mensch weit und breit, die *Taberna* hatten sie hinter sich gelassen. Hier gibt es keine Läden, sondern nur die Wohnhäuser Wohlhabender, die verborgen in der Hitze liegen. Hohe, abweisende Mauern umgeben die Grundstücke und schützen sie vor dem Blick des neugierigen Betrachters.

Die soliden Mauern sind sorgsam in strahlendem Weiß verputzt, nur rotglühendes Weinlaub hängt, von schweren Beeren durchsättigt, in frohem Kontrast über dem Weiß oder schmiegt sich gierig an schmale Zypressen.

Die Gelegenheit war günstig. Servulus zog seine *Sica* und beschleunigte den Schritt.

Nur noch zwei Meter trennten ihn von den beiden.

II.

Pompeji nuova, 15. März früh am Abend

Nein, sicher nicht die Welt-, aber die hier erzählte Geschichte wäre anders verlaufen, wenn Monsignore Dr. Peter Diefenstein an diesem Tag nicht gerade *diesen* Weg eingeschlagen hätte. Einen Weg, der ihn über die *Piazza Anfiteatro* geradewegs auf die *Via Roma* führte, den touristischen Mittelpunkt von Pompeji. *Pompeji nuova* wohlgemerkt, das neu erbaute Pompeji, nicht so schön, nicht so groß, nicht so eindrucksvoll wie sein antiker Vorgänger, dafür aber unzerstört, laut – und ziemlich hässlich. Hier, wo die *Via Plinio* in die *Via Roma* übergeht, drängeln sich auf beiden Seiten unzählige kleine Läden, Hotels und Restaurants mit unscheinbarer Architektur und suchen die Aufmerksamkeit der Touristen, die in großer Zahl hierhin strömen.

Und nach der Besichtigung des antiken Trümmerfelds ist ein Rundgang durch das neue Pompeji unerlässlich, denn der Magen verlangt Nahrung, das gemarterte Gemüt nach einem Glas Wein und der Körper nach einer angenehmen Schlafstatt. Und wer die Stadt nicht wieder nach vierstündigem Besuchsmarathon im Bus verlässt, sondern sich und der antiken Sensation etwas mehr Zeit gönnt, der bleibt einige Tage dort. Wie zum Beispiel Monsignore Dr. Diefenstein, seines Zeichens Pfarrer der Basilika St. Pantaleon in Köln, ein stattlicher Mann, gut in den Sechzigern, von hohem, schlanken Wuchs, kurzem eisgrauen Haar und ausgeprägter Hakennase.

Nach einem weiteren, durchaus erschöpfenden Rundgang durch die Reste des alten Pompejis hatte Diefenstein wie üblich die Abendmesse besucht und dann beschlossen, den Tag bei einem guten Glas Wein und einer Portion *Spaghetti carbonara* ausklingen zu lassen. Mit großem Appetit studierte er zu diesem Zweck die Speisekarten der Gaststätten an der *Via Roma*. Zwölf Euro für eine simple Portion Nudeln mit etwas Schinken und Käsesoße, dazu das Gedeck noch extra berechnet. Herr im Himmel ...

Vielleicht doch eher in der kleinen Trattoria an der Ecke?

Plötzlich zupfte ihn jemand an seinem rechten Ärmel. Erstaunt drehte er sich um. Ein kleiner Junge, nicht älter als zehn Jahre, vor Dreck starrend und mit strengem Geruch, aber blitzenden Zähnen unter einem ungebändigten schwarzen Haarschopf. Mit einem strahlenden Lächeln versuchte er die Aufmerksamkeit des deutschen Besuchers zu erlangen.

»*Want to buy? Prego.* Du kaufen! Hier, *look. Original, very old* Schrift *from Romans. Molto precioso!*« Ein seltsames Sprachengemisch aus Englisch, Deutsch und Italienisch, dazu bittende, klare Augen und ein Lächeln zum Dahinschmelzen.

Diefensteins erste Reaktion war Ablehnung. Ein schroffes »*No*« wäre vielleicht angemessen gewesen, aber dieser ärmliche Junge!

Gleichzeitig hielt ihm der kleine Bursche ein Stück Papier vor die Nase, nachlässig in eine alte Kunststoffhülle verpackt.

»Was ihr dem geringsten meiner Brüder getan habt …« Vielleicht war es diese Bibelstelle, die den guten Monsignore veranlasste, einen kurzen Blick auf das Papier zu werfen.

Ein Stück alten Papyrus', offenkundig gefälscht und auf alt getrimmt, wie sie zu Hunderten auf den Straßen antiker Metropolen kursierten.

Der Junge schien die Zweifel des potenziellen Käufers zu spüren und verdoppelte seine Anstrengungen. »Nur zehn Dollar, Signore, *prego, molto antiquo!*« Er schien ihn jetzt für einen Amerikaner zu halten und hatte daher die entsprechende Währung gewählt.

Dr. Diefenstein griff resignierend nach seiner Geldbörse, woraufhin ein Strahlen das Gesicht des Kindes verzückte.

»*Come ti chiami?* – Wie heißt du, Kleiner?«

»*Sono Francesco, Mister.*«

»Okay, Francesco. *Lo prendo.* Dollar habe ich nicht, ich gebe dir zehn Euro, *capito?*«, antwortete er automatisch im gleichen Kauderwelsch.

Der Junge nickte freudig, griff nach dem Schein und drückte Diefenstein den Plastikhefter in die Hand. Sekunden später war er verschwunden.

Diefenstein schüttelte den Kopf. Armut macht erfinderisch. Er warf einen kurzen Blick auf die Hülle und das enthaltene Papier.

»Würde mich nicht wundern, wenn auf der Rückseite ›Made in Hongkong‹ stünde«, murmelte er und verschwand im nächsten Lokal.

III.

Rom, im Herbst 54 n. Chr.

Theophilos grüßt seinen Fronto in brüderlicher Liebe.

Wenn es dir gut geht, mein Freund, freue ich mich. Mir geht es gut.

Du schriebst, du wollest wissen, wie es mir hier geht – hier im Rom der Tempel und Paläste, dem prächtigen Mittelpunkt der Welt. Es ist nun mehr als ein halbes Jahr her, dass ich unser eher beschauliches Pompeji mit dem großen Rom vertauscht habe, und ich kann dir vieles berichten, denn ich werde mich gerne an unser Versprechen halten, dass wir uns zweimal in jedem Jahr einen Brief schreiben. Halte du dich auch daran, lieber Freund, und es wird uns beide erfreuen.

So höre denn, mein Freund, höre und staune.

Viele hier hausen in Buden, die nur ein paar morsche Balken noch stützen; wenn der Hausverwalter sie ausgebessert hat, ermahnt er sie, ruhig zu schlafen und ohne allzu viel Bewegung, denn sonst drohe dem Haus der Einsturz.

Aber wer kann denn in einer gemieteten Wohnung ruhig schlafen? Nur wer in Rom viel Geld hat, hat auch seine Ruhe.

Und zu diesem Kreis gehören die meisten unserer Brüder nicht, auch wenn ich durch die Gnade meiner Erbschaft privilegiert bin und sie an den Vorzügen meines unverhofften Vermögens teilnehmen lasse.

Nachts rollen die Wagen durch die verwinkelten Gassen, die tagsüber draußen warten müssen, bis sie endlich eingelassen werden. Ziegenherden verstopfen die Gassen, während ihre Hirten sich laut streiten und Zecher kehren vom Nachtmahl zurück, lärmend und grölend erleichtern sie sich an unseren Hauswänden.

Wenn die Pflicht ruft, dann wird der Reiche in seiner Sänfte über die Köpfe hinweggetragen und kann darin lesen, schreiben oder schlafen. Seine hochmütigen Klienten umringen ihn und preisen seinen Namen, haben sie sich doch gerade mit einem kostenlosen Frühstück bei ihm gestärkt.

Ich jedoch komme nicht voran, denn der eine stößt mich mit dem Arm, ein anderer mit einem harten Brett; einer trifft mich mit einem Balken am Kopf, ein anderer mit einer Tonne. Schmutz aller Art hängt klebrig an meinen Füßen; bald treten mich die genagelten Sohlen der Soldaten.

Aber, lieber Fronto, höre, wenn du meinst, dies sei alles, was einem das Leben in der Großstadt verleide, es gibt auch noch andere Gefahren: Von den Dächern herab krachen Ziegel auf deinen Schädel und kaputte Töpfe fliegen mit solcher Wucht zum Fenster heraus, dass ein Loch im Pflaster bleibt. Sei deshalb froh, wenn die Bewohner nichts als den Inhalt eines Nachttopfs herabschütten.

Weil ich in Rom immer nur Brände, den Einsturz der Häuser und tausend andere Gefahren fürchten muss, weil die Arbeit in Rom nichts mehr gilt und keinen Gewinn mehr bringt, weil der Besitz immer knapper wird, so vermisse ich die ländliche Stille Pompejis immer mehr und beneide dich um die Ruhe, die dich eher umgibt als mich.

Freilich mag es ein erhabenes Gefühl sein, über das glanzvolle Forum zu schlendern, wenn dich nicht gerade die Prätorianer des Kaisers vertreiben, aber es wiegt die schlaflosen Nächte nicht auf, die uns der nächtliche Lärm beschert.

Doch genug davon.

In meinem nächsten Brief will ich dir gerne Weiteres von Rom berichten, denn trotz aller Widrigkeiten habe ich begonnen es zu lieben und zu bewundern, denn Macht und Ruhm sind an jeder Ecke sichtbar.

Aus der Heimat unseres Herrn erreichen uns wunderbare Nachrichten, wenn sie nur stimmen mögen. Simon, den alle Petrus, den Fels, nennen, soll den Plan haben, uns zu besuchen und wird vielleicht schon bald hier sein. Stell dir vor, der Mann, der unseren Herrn gut gekannt hat, viele Wege mit ihm gegangen ist, seine Worte mit eigenen Ohren gehört hat, der die Gemeinde in Jerusalem geleitet hat und mit all denen umgegangen ist, die uns als heilige Vorbilder gelten – dieser Mann nimmt alle Beschwerlichkeiten und Gefahren auf sich und kommt zu uns. Zu uns, die wir doch noch klein an Zahl, zagend und furchtsam sind. Wie groß ist doch unsere Freude. Sicher wird er unsere kleine Gemeinde stärken können, denn die Zahl der Zagenden und Zweifelnden nimmt zu.

Der Kaiser regiert hart, aber gerecht. Er lässt uns in Ruhe und das bedeutet uns schon viel. Es sind nun dreizehn Jahre, seit er die Regentschaft von seinem unsäglichen Vorgänger Caligula übernommen hat.

Aber nun zu dir. Übst du noch das Amt des Prätors aus? Wenn ich mich richtig erinnere, sprachst du in deinem letzten Brief von baldigen Neuwahlen. Also wünsche ich dir Glück, auch wenn es dafür bereits zu spät sein mag!

Übrigens habe ich neulich im Antiquariat des Spurius – in der Sichelmachergasse, ich hab dir schon von ihm erzählt – eine sehr interessante Schrift in die Hand bekommen. Sie stammt von Seneca, jenem stoischen Philosophen, den Agrippina vor fünf Jahren aus dem Exil hat holen lassen, in das ihn Messalina geschickt hatte. Du siehst, wie die Frauen am Hofe die Entscheidungen treffen. Aber egal – wenn ich die Schrift gelesen habe, will ich dir davon erzählen. Aber wie ich dich kenne, finden sich unter deinen zahlreichen Papyri auch Werke dieses Mannes. Also schreib mir recht bald, ob du ihn kennst, vor allem aber, wie es dir geht.

Gerne werde auch ich dir weiter über alles berichten und grüße dich solange mit brüderlicher Liebe.

Dein Theophilos

IV.

Pompeji nuova, 15. März später Abend

Das Essen war eine einzige Enttäuschung gewesen. Der Wein zu sauer, die Spaghetti fast kalt und die Soße zu fettig. Der übel gelaunte Kellner hatte sich zu allem Überfluss über das kleine Trinkgeld geärgert und dem Gast leise Verwünschungen nachgeschickt. Missmutig machte sich Diefenstein auf den Weg zu seinem Hotel. Ein leichter Nieselregen hatte eingesetzt. Der Pfarrer schlug seinen Mantelkragen hoch und beschleunigte seine Schritte. Sein Hotel lag etwas abseits von der *Via Roma* in der *Via Carlo Alberto*, einer kleinen, relativ ruhigen Seitenstraße, die von großen Touristenströmen verschont blieb. Mit schnellen Schritten überquerte er die *Piazza Bartolo Longo*.

Der Platz war um diese Zeit und bei diesem Wetter schon fast menschenleer. Weder aufdringliche Verkäufer noch um Mitleid heischende, humpelnde Bettler oder neugierige Touristen bevölkerten ihn. Einzig ein Bus mit Düsseldorfer Kennzeichen, der sich offenbar verfahren hatte, rangierte mühevoll hin und her, während einige einheimische Jugendliche die Bemühungen des Fahrers hämisch kommentierten. Ein Bus aus *Düsseldorf* – der Kölner Pfarrer verkniff sich mühsam ein hämisches Grinsen.

Einige Minuten später grüßte Diefenstein den verschlafenen Portier seines kleinen Hotels, stürmte trotz seines Alters mit fast jugendlichem Tritt die Treppe hinauf und betrat sein Zimmer im ersten Stock, das er sich mit einem Freund und Kollegen teilte.

Markus Bassler machte wirklich keinen guten Eindruck. Obwohl von gleichem Alter wie Diefenstein, sah er im augenblicklichen Zustand wesentlich älter aus. Sein hageres Gesicht wirkte eingefallen, die blonden Haare hingen wirr durcheinander, die kräftige Gestalt lag zusammengekrümmt auf der schmalen Liegestatt.

Eine heftige Magenverstimmung mit ihren unerquicklichen Folgen hatte ihn an jedem weiteren Besuch der Ausgrabungsstätte ebenso gehindert wie an dem vergeblichen Versuch einer Mahlzeit. Er blickte aus trüben Augen kurz von der Couch auf, auf die er sich zurückgezogen hatte, und nippte wieder an seinem Fencheltee.

»Wie war das Essen?«, fragte er ohne größere Anteilnahme.

»Besch...eiden!«, lautete die Antwort. »Wie geht es dir, du Armer?«

»Noch nicht wirklich besser, ich bleibe stets in Reichweite der Toiletten. Was hast du denn da mitgebracht?« Er deutete auf die Plastikhülle, mit der Diefenstein ihm zuwinkte.

»Eine echte Rarität, sozusagen eine archäologische Sensation. Hat mich zehn Euro gekostet. Hier, schenk ich dir. Zumindest auf der Toilette wirst du es noch brauchen können, wenn das Papier wieder alle ist.«

In hohem Bogen flog die Plastikhülle nebst Inhalt durch das Zimmer und landete auf dem Krankenlager. Aber Krankheit schützt vor Neugier nicht, und so erhob Bassler sich ächzend und zog langsam das Papier aus der Hülle, das unter seinen Händen fast zu zerbröckeln schien. Vorsichtig legte er es auf den Tisch und musterte es sorgfältig.

»Lateinisch!«, sagte er nach einigen Minuten.

»Wie?«

»Es ist eine lateinische Schrift«, schrie Bassler, wie man es bei einem Schwerhörigen zu tun pflegt.

»Du musst nicht so schreien, ich höre noch ganz gut. Außerdem muss das hier nicht jeder hören.«

»Aber nebenan ist nur die Putzkammer«, murmelte Bassler, während er die Schriftrolle mit wachsendem Interesse beäugte, »wer sollte uns also hören?«

»Also Latein.« Diefenstein interessierte das alles wenig und außerdem war er hungrig und müde. Ein dunkelbrauner Schweinebraten, dazu ein herber Roter und dann sein heimisches Bett, das hätte ihm jetzt besser gefallen als solch ein billiges Imitat, mit dem Touristen das Geld aus der Tasche gezogen wurde.

Er öffnete die Balkontür und ging hinaus. »Zimmer mit Meeresblick« hatte man ihnen versprochen. Stattdessen fiel sein Blick auf einen dunklen Innenhof, in dem sich der Abfall türmte. Zwei schwarze Kater balgten sich lautstark um die Gunst einer getigerten Katze, die das Geschehen interessiert verfolgte. Die Häuserrückseiten wurden durch Klimaanlagen verunstaltet, die, obwohl sie kaum funktionierten, mit lautem Brummen auf sich aufmerksam machten. Nur wenn man sich auf die Zehenspitzen stellte und den Kopf reckte, um über das nächste Flachdach zu spähen, konnte man einen flüchtigen Blick auf die Bucht erhaschen. Aber das reichte wohl, um das Attribut »Meeresblick« zu rechtfertigen.

Der Monsignore schenkte dem Nieselregen, der Häuser und Plätze mit feinen Fäden verhüllte, noch einen kurzen missmutigen Blick. Dann ging er hinein und schloss die Tür. Er warf sich in den verschlissenen Sessel am Fenster und versuchte, sich in die heimische Tageszeitung zu vertiefen. Da er Italienisch ebenso fließend sprach wie Englisch und Französisch, bereitete ihm die Lektüre keinerlei Mühe. Überhaupt war der Mann ein Sprachgenie, denn neben diesen modernen Fremdsprachen beherrschte er Latein, Altgriechisch und sogar Hebräisch meisterhaft.

Jetzt lachte er hell auf.

»Hier, das musst du lesen. Sie haben einen fünfundsechzigjährigen Nachtwächter auf dem Ruinengelände überfallen, einen gewissen Baldoni. Angeblich sollen ihn sieben Mann brutal gefoltert haben. Na ja, das dürfte wohl übertrieben sein. Sie haben ihm seine Taschenlampe, die Trillerpfeife und den Schlagstock abgenommen. Ist das nicht köstlich? Taschenlampe, Trillerpfeife und Schlagstock! Was für ein grässliches Verbrechen. Der Mann hat Fantasie. War wahrscheinlich besoffen und ...«

Er hielt die Zeitung hoch. Das Bild zeigte einen alten Mann mit grauem, müden Gesicht, der die trüben Augen weit aufgerissen hatte und ziemlich dümmlich aus der faden Wäsche schaute. Nein, Giuseppe Baldoni sah nicht wie ein Held aus. So hatte er sich die Schlagzeile wohl doch nicht vorgestellt.

Aber Bassler schaute nicht auf. Er hatte gar nicht zugehört.

»Du solltest dir das mal anschauen, Peter. Sieht nach einem römischen Historiker aus. Vielleicht Livius?«

»Also ehrlich, Markus. Was soll der Unsinn?! Diese gefälschten Schriften kriegt man an jeder Ecke. Du nimmst einen alten Text aus der Schulzeit, schreibst ihn mit zitternder Hand auf ein noch älteres Papier, zerknüllst den Text ordentlich und behandelst ihn am Rand mit einem

Feuerzeug. Dann musst du nur noch auf einen alten Narren wie mich warten und du hast deine zehn Euro verdient. Aber von so etwas hat ein lutherischer Ketzer wie du sowieso keine Ahnung.«

»Das muss ich mir von einem senilen Papisten kaum sagen lassen«, kam es müde zurück.

Die Frotzelei zwischen den Männern hatte Tradition, denn obwohl sie einst Klassenkameraden des gleichen Gymnasiums und einige Zeit sogar Studienkollegen gewesen waren, wurde doch der eine katholischer Pfarrer, der andere evangelischer Pastor, und das in der gleichen Stadt. Trotz der konfessionellen Unterschiede – oder vielleicht gerade deswegen – schätzten sich die beiden Männer schon seit ihrer Schulzeit gegenseitig sehr. Mehr noch: Sie pflegten auch im Alter eine intensive Freundschaft, auf die keiner von beiden verzichten wollte und die sie jetzt gemeinsam in die Ruinenstadt geführt hatte.

Bassler hatte sich hingesetzt, seine Beschwerden schienen vorübergehend verschwunden. Er schüttelte den Kopf.

»Du irrst, Peter!«, murmelte er leise. Das Papier hatte ihn unwiderstehlich in seinen Bann gezogen.

»Das hier ist wirklich antik, ganz altes Material, vermutlich sogar ein echter römischer Papyrus. Ich fürchte, ich hab schon einen Fehler gemacht, als ich ihn einfach so aus der Hülle gezogen habe. Und ich wette, es ist ein Historiker. Vielleicht Tacitus oder Sallust?«

Diefenstein legte die Zeitung weg. Wenn Bassler so etwas von sich gab, musste man ihn ernst nehmen. Aber bevor Bassler weitere Ausführungen machen konnte, presste er sich die Hände schmerzverzerrt auf den Magen und rannte zum Badezimmer.

Jetzt schaute sich Diefenstein den Papyrus auch interessiert an. Tatsächlich machte das Papier einen alten Eindruck. An den Rändern war es zerfasert, fast verkohlt, die verblichene Tinte nur mit Mühe lesbar und der Papyrus dünn und gewellt, als wäre er vorher gerollt gewesen – wie eine alte römische Schriftrolle.

Die Spülung im Badezimmer kündigte die Rückkehr des Kranken an.

Ächzend und blass kam sein Freund aus dem Badezimmer zurück. Gemeinsam beugten sie sich über das seltsame Schriftstück. Es strömte einen intensiven Geruch aus, wie man es aus uralten Büchern kennt. Zugleich rochen sie nach ... Asche, Staub, Vergangenheit?

»Was liest du hier, Peter?«

»Ohne Lupe lese ich gar nichts.« Diefenstein stand auf und kramte in seiner Reisetasche nach einem Vergrößerungsglas.

»So, jetzt geht es besser.« Laut und ohne Stocken konnte er den alten Text vorlesen:

FINIS FUIT SECUNDUM BELLUM PUNICUM IN QUO QUINTUS FABIUS MERITO COGNOMEN MAXIMUS ADEPTUS EST QUIA ...

»Kein Problem«, unterbrach Bassler und übersetzte: »*Das Ende des zweiten punischen Krieges, in dem* – halt, das geht nicht, BELLUM ist kein Genitiv. Also anders: *Der zweite punische Krieg war das Ende ...*«

Diefenstein klopfte auf den Tisch und schüttelte den Kopf. »Geht nicht, mein Freund. FINIS gehört nicht zum Prädikat, das ergibt keinen Sinn. Der Satzanfang fehlt. Ohne ihn geht es nicht.«

Beide Männer hatte das Fieber des archäologischen Entdeckers gepackt. Verschwunden waren Misstrauen und Argwohn gegenüber der bräunlichen Papyrusrolle, verschwunden auch jedwede Bauchschmerzen.

So mochte sich Schliemann gefühlt haben, als er das sagenumwobene Troja ausgrub, oder Howard Carter, als er die ersten Stufen zum Grab von Tutanchamun entdeckt hatte; oder John C. Trever, als er die Rollen von Qumran in seinen Händen hielt.

»Internet«, flüsterte Bassler heiser, »wir brauchen einen Internetzugang. Nur so können wir die Schrift identifizieren und ganz einsehen. Meinst du, im Hotel hier ...?«

»Wir werden morgen ein Internetcafé suchen. Ich bin müde und der Text läuft uns nicht weg.« Monsignore Diefenstein hatte ein Machtwort gesprochen und sein Freund fügte sich gerne, weil ihn schon wieder ein unaufschiebbares menschliches Bedürfnis überkam.

V.

Rom, Frühjahr 55 n. Chr.

Theophilos grüßt seinen Fronto in brüderlicher Liebe.

Liebsten Dank für deinen Brief. Ich freue mich, dass du gesund bist und gratuliere dir zu deiner Wahl zum Praetor. Einen besseren hätte man nicht finden können. Und dass Marcus Casellius Marcellus an deiner Seite das Amt des Aedils bekleiden wird, gefällt mir, denn er ist ein anständiger Mann, wenn er auch für einen Mann schon fast zu schön ist. Hieß es nicht von ihm, dass »sogar Venus ihn zu ihrem Liebling erkoren hat«?

Aber nun: Was sagst du zu den Vorgängen in Rom? Sicher ist es bereits bis zur Provinz Campanien durchgedrungen, dass wir einen neuen Caesar haben, und noch dazu solch einen jungen! Sicherlich, der Kaiser war alt, und doch ranken sich in den Gassen Gerüchte um seinen Tod, die ich hier lieber nicht wiedergeben will. Sicher ist wohl auch, dass seine Mutter bei der Thronbesteigung ihre Finger im Spiel hatte. Dazu mag es auch passen, dass der junge Britannicus plötzlich am Fest der Saturnalien gestorben ist.

Wie es heißt, an einem seiner Anfälle, die ihn schon länger quälten. Eigentlich hätte ja er nach dem Tode von Caesar Claudius den Thron besteigen müssen, ist er doch der leibliche Sohn des Herrschers gewesen. Und die Gerüchte um den Palatin verstummen nicht, dass Locusta, die unsägliche Hexe, ihre gichtigen Finger im Spiel gehabt haben soll und einen ihrer todbringenden Säfte gemischt hat. Wer aber solches öffentlich sagen würde, dem wäre kaum noch zu helfen, und so vertraue ich dir diese Gerüchte voller Vertrauen an und weiß doch, dass du nie anderen davon erzählen wirst.

Immerhin ist mit dem armen Britannicus der letzte männliche Spross des stolzen claudischen Geschlechts gestorben.

Einstweilen liegt jedenfalls die Verwaltung des Reiches in den Händen zweier tüchtiger Männer, weil der Caesar noch zu jung ist. Burrus, der mächtige Praefect der Praetorianer, und Seneca, der weise Philosoph – das sind zwei erfahrene und tüchtige Männer, in deren Händen unser Heil liegt. So verbindet sich die Macht des

Schwertes mit der Weisheit des Geistes zum Segen für das Imperium. Ich sehe wunderbare Zeiten vor uns liegen und hoffe, dass unser Herr und Gott das Kaiserhaus segnet.

Ansonsten ist hier alles beim Alten. Die Gerüchte, dass der große Apostel uns besucht, haben sich verdichtet. Wir warten mit großer Sehnsucht.

Gestern habe ich in der Taberna des Lucillus am Forum gesessen und seinen köstlichen Caecuber genossen. Was für ein farbenfrohes Treiben, was für ein Lärm beherrscht unser stolzes Forum.

Und die Menschen erst! Aus allen Städten, ja aus der ganzen Welt strömen sie hierher.

Da schreitet der edle Senator in purpurverbrämter Toga hinter dem langhaarigen Gallier in seinen merkwürdigen Beinkleidern einher, der rotbärtige Britannier drängt den tiefschwarzen Nubier beiseite. Den schwarzgelockten Parther solltest du nicht zu lange ansehen, da er sich sonst beleidigt fühlt und nach seinem krummen Schwert greift.

Nimm noch den blonden Germanen, der ein frisches Bärenfell (jedenfalls riecht er so!) zu tragen scheint; den mandeläugigen Orientalen in seinem prachtvoll besticktem Gewand und den stolzen Skythen. Dann noch die finsteren Äthiopier; aufgetakelte Freudenmädchen aus Babylon, die grell geschminkt auf Kundenfang gehen; die ärmlichen Kornspendenempfänger; die schreienden Kuchenverkäufer; die einbeinigen Veteranen; Schiffsknechte und Hungerleider aus der Provinz; Wahrsager und Pädagogen, die ihre Schützlinge zur Schule an der Ecke begleiten. Misch sie alle durcheinander und stelle sie auf das Forum, dann magst du einen Eindruck haben!

Der größte Teil von ihnen scheint kein Vaterland zu haben. Die einen bringt der Ehrgeiz hierher, die anderen die Notwendigkeit des Amtes, wieder andere die Begierde des Studierens.

Andere wollen einfach nur die großen Spektakel der Stadt sehen, im Circus, in der Arena, im Theater oder wo auch immer. Manche bringt die Freundschaft hierhin, andere die Feindschaft. Wieder andere suchen nur einfach einen Ort, an dem sie ihren Drang nach verderbtem Luxus befriedigen können, denn die Stadt dient nicht nur schönen Künsten.

Sie ist auch, geliebter Fronto, ein Ort verdorbener Pracht, an dem du für das nötige Entgelt alle Leistungen kaufen kannst, von denen mir die Scham zu sprechen verbietet.

Du schreibst mir, du habest einen neuen Sklaven namens Antisius und seine Enkelin gekauft. Der Mann sei schon älter, aber sehr zuverlässig, und seine Enkelin noch recht jung, aber du habest es nichts übers Herz gebracht, die beiden zu trennen. Wie ich dich kenne – der Scherz sei erlaubt – hast du am Preis sparen wollen. Gerne würde ich dir dazu meinen Glückwunsch aussprechen, aber du musst wissen, ich habe alle meine Sklaven freigelassen. Einige haben mich glückstrahlend verlassen, andere dienen mir so gut wie zuvor, nur dass sie jetzt bezahlt werden. Du wirst dich fragen, warum ich das getan habe, denn immerhin haben sie mich eine Menge Sesterzen gekostet? Nun, es ziemt sich nicht für jemanden, der den Geboten Christi folgt, Menschen in Sklaverei zu halten und ihnen das vorzüglichste Gut des Menschen vorzuenthalten: die Freiheit.

Viele der Unsrigen handeln inzwischen ebenso; freilich nicht alle. Die einen hält die Sparsamkeit von diesem Schritt ab, die anderen die Bequemlichkeit, wieder andere die Tradition. Denn haben wir nicht immer Sklaven gehabt und beruht nicht unser Reichtum und der des Imperiums weitgehend auf ihnen?

Ich jedenfalls war zu dem Entschluss gekommen, dass ich so handeln müsse, und Lavinia, mein geliebtes Weib (von der ich dir herzliche Grüße bestellen soll), hat meine Absicht trotz aller Bedenken unterstützt.

Sicher werde ich dir keine Vorschriften machen, aber ich glaube, wenn du tiefer in die Gnade unseres Glaubens eingetaucht bist, wirst du ähnlich denken. Gott kennt nicht Sklaven und Herren, er kennt nur Menschen, und er liebt sie alle gleich.

Ich gebe zu, dass dies ein Gedanke ist, an den man sich erst gewöhnen muss – zumal, wenn man ein Römer ist, der von sich glaubt, die ganze Welt zu besitzen, wie es die meisten hier tun. Aber wenn unser Glaube hier die Herzen aller erreicht hat, werden viele umdenken.

Ich freue mich auf deinen nächsten Brief und
grüße dich in brüderlicher Liebe.
Theophilos

VI.

Pompeji, 23. August 79 n. Chr., vierte Stunde

Servulus hatte sein Ziel fast erreicht, die Hand umschloss den kleinen Dolch energisch. Doch im gleichen Augenblick öffnete sich die Tür des Hauses, an dem die Männer vor ihm gerade vorbeigegangen waren. Eine kräftige Matrone, gefolgt von zwei noch kräftigeren Sklaven, verließ das Haus und strahlte, als sie den älteren Herrn sah.

»Salve, Marcus Lucretius Fronto! *Mehercule,* es scheint deinem Bein besser zu gehen, oder?«

Der Angesprochene blieb stehen und ergriff den Arm der Matrone mit Herzlichkeit.

»Danke, Caecilia, für deine mitfühlenden Worte und den gewürzten Kuchen, den du mir hast schicken lassen. In der Tat, der *Medicus* scheint ein Wunder vollbracht zu haben. Ich gehe schon fast wie ein junger Gladiator.«

Erst jetzt fiel sein Blick auf die abgerissene Gestalt, die wie erstarrt hinter ihm stehen geblieben war.

»Und du? Wer bist denn du, mein armer Freund?«

Servulus blickte sich verdutzt um, aber hinter ihm stand niemand. *Wen meinte der Mann?*

»Ja, dich meine ich!«

Caecilia murmelte etwas davon, dass sie schnell weiter müsse, und eilte davon, nicht ohne dem ärmlichen Hungerleider einen verächtlichen Blick zuzuwerfen. Noch größere Verachtung lag freilich in den Blicken der beiden Sklaven, die folgsam hinter ihr hertrotteten.

Fronto trat auf Servulus zu.

»Du siehst hungrig aus, durstig, müde, krank. Komm in mein Haus und sei mein Gast!«

»Ich?« *Was bei Mercurius will der Alte von mir?*

Servulus trat erschrocken einen Schritt zurück, seine *Sica* fiel klirrend zu Boden, was Fronto mit einem feinen Lächeln quittierte.

»Du hast da etwas verloren, was du in unserm Haus nicht brauchst. Antisius!«

Mit einer Geschwindigkeit, die man dem Alten nicht zugetraut hätte, bückte sich der greise Sklave und nahm das Messer an sich, um es blitzschnell in den Falten seines Gewandes verschwinden zu lassen. Servulus ließ es verwundert geschehen.

»Meinen Namen kennst du ja jetzt schon. Und wie ist dein Name, Fremder?«

»Äh ... Servulus«, stotterte der Sklave ohne zu bedenken, dass er mit seinem Namen auch seinen Status verraten würde.

»Sklävlein.« Fronto lächelte. »Da hat sich jemand aber einen hübschen Namen für dich ausgedacht.«

Im gleichen Augenblick lief das Gesicht des entlaufenen Sklaven vor Angst und Scham rot an. *Was bin ich doch für ein Narr. Jetzt weiß er, dass ich ein Sklave bin. Ein entlaufener Sklave! Was jetzt ...?*

Aber der Mann, den die Frau Fronto genannt hatte, lächelte nur fein. Nichts Böses, keine Tücke war in seinem Gesicht zu lesen, nur Milde und Liebe.

»So sei mein Gast und begleite mich!«

Er packte den Überraschten und zog ihn ohne weitere Worte die wenigen Schritte zur Tür seines Hauses.

Das Haus, das Servulus staunend betrat, war eher klein, schien aber recht neu zu sein. Man roch noch die frische Farbe an den Wänden. Das *Vestibulum* war quadratisch und geschmackvoll eingerichtet. Eine kleine Statue der Vesta stand in der Ecke und hieß den Gast willkommen. Fronto hielt den Arm des armen Servulus immer noch mit sanftem Druck fest und zog ihn durch einen kleinen Gang in eine offene Säulenhalle, das *Atrium*, dessen Mitte ein kleines Wasserbecken zierte. Servulus vermisste die kleinen Götterstatuen, die er vom Hause seines Herrn gewohnt war, sagte aber nichts.

Sonnenstrahlen fielen durch die Dachöffnung und verliehen dem Raum einen friedvollen Glanz. Es fiel Servulus auf, wie ruhig und friedlich es hier nach der Hektik des Forums war.

»Setz dich, mein Freund.«

Fronto wies auf zwei Marmorbänke, die um das Wasserbecken gruppiert waren. Servulus blickte sich schweigend um. *Was soll das alles? Was will der Alte bloß von mir?*

»Sicher möchtest du dich etwas erfrischen. Dafür soll gesorgt werden.«

Auf einen Wink hin eilte eine hübsche junge Dienerin herbei und Fronto flüsterte ihr etwas ins Ohr.

»Warum tust du das, Herr?«

Ein Schatten des Unmuts flog über das feine alte Gesicht.

»Nenne mich nicht, Herr. Denn ich bin nicht dein Herr und du nicht mein Sklave. Viel eher magst du mich Bruder nennen.«

»Bruder?« *Meinen Bruder habe ich zuletzt als Kleinkind gesehen.* Servulus schluckte. Irritiert strich er mit den Händen über seine zerrissene *Tunika.*

Fronto lächelte. »Das werde ich dir später erklären, Freund. Jetzt erfrische dich erst einmal. Wir werden später zusammen essen und dann werde ich dir erklären, warum ich nicht dein Herr bin, sondern vielmehr dein Bruder.«

Während er das *Atrium* verließ, trat die Dienerin ein und brachte eine Schüssel mit frischem Wasser und ein kühles Leinentuch. Über dem Arm trug sie eine frisch gestärkte blaue *Tunika.*

Und Servulus erwartete eine weitere Überraschung.

VII.

Pompeji nuova, 16. März morgens

Am nächsten Morgen hatten sie das Hotel frühzeitig verlassen. Fast wären sie mit einem schwarzen Hausarbeiter zusammengestoßen, der fröhlich zwitschernd ein Sortiment von Putzmitteln und Putzlappen aus dem Raum neben ihrem Zimmer geholt hatte und jetzt einen großen rumpelnden Wäschewagen vor sich herschob. Er trug einen grauen Kittel, einen weißen Mundschutz, der fast das ganze Gesicht verdeckte, und einen Hut, den ihm vermutlich einmal ein bayerischer Tourist geschenkt hatte. Seine farbenfrohe Aufmachung verlieh dem Mann ein nahezu perfektes folkloristisches Aussehen.

»Buon giorno, buon giorno!« Der junge Mann winkte euphorisch mit den Händen und schenkte den Gästen ein strahlendes Lächeln. Doch die Männer grüßten nur flüchtig. Sie waren zu aufgeregt.

»Hast du eine Ahnung, warum das Putzpersonal hier Mundschutz trägt?«, fragte Diefenstein, als sie das Hotel verließen. »Ist doch wohl nicht landestypisch, oder?«

Bassler schmunzelte. »Das hat mir der Direktor am ersten Tag erklärt. Sie hatten hier vor einigen Wochen einen Fall von Tuberkulose unter den Gästen. Eine Putzfrau hat sich angesteckt und ist schwer erkrankt. Seitdem legt er Wert auf solche Vorsichtsmaßnahmen.«

Zu diesem Zeitpunkt konnten die Männer freilich nicht wissen, dass ihnen ein solcher Mundschutz noch einmal unschätzbare Dienste erweisen würde.

Das kleine Internetcafé in der *Via Roma* war schmutzig und alles andere als einladend, aber es erfüllte seinen Zweck. Zu dieser frühen Zeit waren sie fast allein.

Kaum hatten die Männer die Anfangszeilen bei Google eingegeben, war das Rätsel gelöst – jedenfalls zur Hälfte. Die Suchmaschine wies eindeutig den römischen Historiker Sallust als Autor aus, allerdings nur teilweise.

»Der Text endet hinter dem Wort PVNICVM«, murmelte Bassler überrascht.

»Kein Wunder«, entgegnete Diefenstein, »er stammt aus den *Historien* und ist nur in Fragmenten überliefert, der Hauptteil des Werkes ist verloren gegangen. Aber«, er kratzte sich nachdenklich am Kopf, »aber wenn der Text in unserem Papyrus weitergeht ...«

»Dann bedeutet das«, unterbrach ihn Bassler aufgeregt, »dass wir den Teil einer kompletten Abschrift vor uns haben, und damit ein Original. Und wo es das gibt, da gibt es noch mehr!«

»Und die Übersetzung ist jetzt auch kein Problem mehr: *Der zweite punische Krieg war für beide das Ende von Uneinigkeit und Streit. In diesem Krieg erlangte Quintus Fabius mit Recht den Beinamen ›der Große‹, weil er ...* – und dann bricht der Text endgültig ab. Aber die letzten zehn Wörter finden sich in keiner uns bekannten Ausgabe. Gelten nicht große Teile der *Historien* als verschollen?«

Diefenstein nickte nachdenklich. »Soweit ich weiß, ja. Das haben wir schon in der Schule gelernt, beim alten Schiwek, weißt du noch?«

»Schiwek, klar, unser alter Lateinpauker. Gott habe ihn selig. Aber das hier«, seine schmalen zitternden Finger deuteten auf den Papyrus, »das ist eine Sensation, eine absolute Sensation. Und wir haben sie entdeckt!«

»Nur die Ruhe, mein Freund.« Diefenstein versuchte die Begeisterung seines Freundes zu zügeln. »Und nicht so laut, man guckt schon!« In der Tat hatte sich das Café inzwischen etwas gefüllt und einige Leute hatten sich nach den beiden Deutschen umgedreht, obwohl sie von ihrem Gespräch vermutlich nichts verstanden hatten.

»Wir müssen den Jungen finden«, flüsterte Bassler, »er wird noch mehr davon haben.«

»Wir sind in Pompeji«, meinte Diefenstein nachdenklich, »etwa ein Viertel der antiken Trümmer sind noch nicht ausgegraben. Mag sein, dass seine Familie einen unbekannten Eingang zu einem noch nicht ausgegrabenen Haus gefunden hat und jetzt nach und nach die Fundstücke verscherbelt, ohne zu wissen, um welche Reichtümer es sich handelt.«

Bassler nickte, heute ging es ihm endlich besser. »In Ägypten leben noch heute ganze Familien vom organisierten Grabraub. Sobald sie was brauchen, statten sie dem Pharao einen Besuch ab und verkaufen hier etwas Schmuck, dort ein Amulett und so weiter.«

»Äh, was?«

Diefenstein hatte nicht zugehört, gedankenverloren starrte er auf den Monitor, dann hatte er einen Entschluss gefasst.

»Komm mit«, sagte er nur und zog seinen verdutzten Freund zum Laden hinaus.

Es waren nur wenige Schritte vom Internetcafé zur Touristeninformation, die an diesem frühen Morgen gut besucht war.

Ein vielsprachiges Stimmengewirr begrüßte sie. Doch Diefenstein ging nicht zu einem der Informationsschalter, sondern zog Bassler zu einer Übersichtskarte an der Rückwand.

»Schau hier«, er deutete auf die bunten Muster der großen Karte, »was sie Regio V, III und IX nennen, ist überhaupt noch nicht ausgegraben, Regio IV nur zur Hälfte. Es wäre tatsächlich möglich, dass sich die Familie des Jungen einen geheimen Zugang gegraben hat und nun Gegenstände oder auch Schriftstücke aus einem Haus verkauft, das offiziell noch gar nicht erschlossen worden ist. Ein lohnendes Geschäft!«

»Müsste man nicht die archäologische Verwaltung informieren?«

»Lieber Markus«, er betrachtete seinen Freund mit nahezu väterlichem Wohlwollen, »das ist nun wieder einmal ein prägnantes Beispiel protestantischer Ignoranz. Ohne Zweifel, das müsste man wohl. Und dann? Dann würde unsere mögliche Quelle für alle Zeit versiegen, nicht wahr? Hast du nicht selbst gesagt, dass es da noch mehr geben wird? Wenn das offiziell bekannt wird, ist unser Zugang für alle Zeiten verschlossen. Sie werden die Schriften an sich nehmen und die werden in irgendwelchen Museen verschwinden. Wie war es damals bei den Qumranschriften? Es hat Jahre gedauert, bis die Öffentlichkeit Teile von ihnen zu Gesicht bekommen hat. Nein, so lange möchte ich nicht warten. Wir müssen den Jungen wiederfinden. Und zwar bald, bevor er die Dinge an irgendwelche Japaner oder Amerikaner verhökert. Die kaufen doch alles. Aber vorher muss ich noch mal ins Internetcafé.«

»Warum?« Bassler konnte es kaum abwarten, auf der Straße nach dem Jungen zu suchen und weitere Funde zu erwerben.

»Ich muss da was klären, bevor wir weitermachen. Trink doch du da vorne in dem Café einen Blasentee. Ich bin in zehn Minuten zurück.«

»Ich hab's am Magen, nicht an der Blase, du vatikanischer Narr.«

Es waren dann doch eher dreißig Minuten, bevor Diefenstein zurückkam und sich mit einem breiten Grinsen zu seinem Freund setzte.

»Du strahlst wie ein Honigkuchenpferd«, meinte Bassler, »haben sie dich zum Bischof befördert?«

Diefenstein schmunzelte. »Das wär ein Schlag für dich, was? Nein, im Ernst. Ein Hoch aufs Internet. Ich habe einen guten alten Freund im Vatikan angerufen.«

Bassler schaute ihn ratlos an. »Den Papst?«

Diefenstein lachte schallend. »Höre ich da Neid? Nein, ein paar Stufen darunter. Prälat Winter lehrt an der päpstlichen Hochschule in Rom Altphilologie. Wir haben einige Semester zusammen studiert und er schuldete mir noch einen Gefallen. Jedenfalls hat er nicht viel recherchieren müssen, um uns recht zu geben. Er ist ein wahrer Fachmann. Diese Stelle ist in der Fachliteratur wahrhaftig unbekannt. Der Gute war ganz aufgeregt und hält es für eine literaturarchäologische Sensation ersten Ranges.«

Bei der Erwähnung des Vatikans zuckte es wieder streitlustig um Basslers Lippen, aber er verzichtete auf jeden Kommentar.

»Schön, das wäre geklärt. Und wie machen wir weiter?«

»Wir müssen den Jungen finden. Ich beschreibe ihn dir und wir werden uns aufteilen. Sicher gibt es auch noch weitere Verkäufer. Wir werden so viel wie möglich kaufen, aber letztlich müssen wir versuchen, die Quelle zu finden.«

»Du meinst, man würde uns verraten, woher die Sachen stammen, und wir könnten ...«

»... versuchen, mit Geld einiges zu erreichen. So hoch sind die Preise nicht. Komm, wir fangen sofort an. Ich gehe zur *Via Roma* und du in die andere Richtung.«

Die beiden Männer konnten nicht ahnen, dass sie mit diesem wohlmeinenden Entschluss im Begriff waren, ihr ganzes Leben auf den Kopf zu stellen und sich in einen Strudel lebensgefährlicher Abenteuer zu stürzen.

VIII.

Rom, Herbst 55 n. Chr.

Theophilos grüßt seinen geliebten Fronto.

Heute regnet es den ganzen Tag und dunkle Gewitterwolken ziehen über mein Haus, während grelle Blitze die einsamen Gassen erhellen. So mag dies der richtige Tag sein, um meinem treuen Schreiber Demetrios einen weiteren Brief an dich zu diktieren.

Geliebter Freund, ich habe einen Schatz gefunden. Nein, nicht ich, wir alle hier in unserer kleinen Gemeinde. Es ist uns gelungen, eine Abschrift eines Berichtes zu erlangen, den ein gewisser Marcus angefertigt hat. Du musst wissen, dass jener Marcus, ein junger Mann noch in der Blüte seiner Jahre, eine Zeit lang unseren Herrn Jesus Christus begleitet hat und gar bei seiner Kreuzigung dabei war. Nach dem Tode des Herrn hat er dann den Apostel Petrus begleitet.

Danach war er dann mit dem großen Paulus unterwegs, von dem ich dir noch berichten werde. Dann war er wieder Begleiter des Petrus, und jetzt ist er bei uns in Rom. Er ist sozusagen ein Vorbote, denn wenn Petrus nach Rom kommt, wird er ihm als Sekretär und Dolmetscher dienen.

Petrus beherrscht nämlich unsere Sprache nur leidlich und auch des Griechischen ist er wenig mächtig.

Woher auch, denn wenn er uns jetzt auch als großer Verkündiger gilt, ist er doch innerlich immer das geblieben, was er von Anfang an war: ein einfacher Fischer. Wir erwarten ihn mit großer Freude.

Doch nun zu unserem Schatz. Dieser Marcus hat in Petrus' Auftrag begonnen, seine Erlebnisse mit unserem Herrn aufzuschreiben. Er nennt sie »Heilvolle Nachricht nach Marcus« und schreibt auf Griechisch. Er ist ein Mann hoher Bildung. Eigentlich ein Jude durch und durch, als Levit eine Persönlichkeit mit angesehener religiöser Stellung. Doch durch die Begegnung mit Petrus erkannte er unseren Herrn als den verheißenen Messias, auf den sein Volk ja schon so lange sehnlich wartet. Ich habe ihn vor einigen Tagen getroffen, er ist ein bescheidener, sehr angenehmer und gebildeter Mann und wir alle hier hängen an seinen Lippen, wenn er uns von den Geschehnissen in Iudaea erzählt.

Ich habe von Demetrios eine Abschrift anfertigen lassen und lege sie diesem Brief bei. Hoffentlich erreicht beides unversehrt Campanien, aber so weit ist der Weg ja nicht.

Du schriebst mir, du wollest auch alles über die Entwicklung in unserer Stadt und vor allem unseren neuen Kaiser wissen. So höre denn:

Unser geliebter Nero Claudius Caesar Augustus Germanicus (solch einen langen Namen kann nur ein wahrhaft mächtiger Mann haben, oder?) regiert jetzt schon ein Jahr und das Imperium erfreut sich an seiner Herrschaft. Das Volk ist von seiner volkstümlichen Milde begeistert, der Senat ist zufrieden, der Adel entzückt. Was könnte man mehr wollen? Wer die Herrschaft des wahnsinnigen Caligula oder des strengen Claudius in Erinnerung hat, preist diese neue Form der Regentschaft. Die einen loben die Götter, die uns diesen Mann gesendet haben, andere danken dem Zufall. Ich weiß nicht, wem oder was wir diese Gunst zuzuschreiben haben und hoffe nur, sie möge möglichst lange anhalten.

Und er ist ja nicht nur Imperator, er ist auch Künstler. Wie man hört, dichtet er, singt er; er meißelt, er malt – und in allem zeigt er eine gewisse Kunstfertigkeit, wenn man den Gerüchten aus dem Palatin glauben darf. Schon in seiner Antrittsrede hatte er so vieles versprochen, was dieser Stadt nottut: Er wolle die Bestechung abschaffen (das aber dürfte schwerfallen, ist sie doch in Rom längst zur vertrauten Kunst gediehen), er will keine Kriege führen, die Gerichte säubern und dem Senat die frühere Macht wieder einräumen. Und stell dir vor, der junge Caesar hat vierhundert Sesterzen pro Kopf an die Bevölkerung der Stadt verteilen lassen (auch ich habe meinen Anteil erhalten und ihn sofort in köstlichen Falerner umgesetzt). Und: Er hat die Steuern gesenkt.

Kunst und Literatur blühen auf wie lange nicht mehr. Spiele für die Jugend hat der Kaiser eingerichtet, im Circus gibt es die verschiedensten Spektakel, im Theater die besten Stücke. Wer weinen will, besucht die Tragödien, und wer lachen will, schaut sich Komödien an, es ist für alle etwas dabei. Nur die Gladiatorenkämpfe lassen wir aus, denn es ziemt sich nicht, sich an Blut und Tod anderer Menschen zu erfreuen. Und oft – du wirst es nicht glauben, lieber Fronto – werden nach den Vorstellungen Geschenke an das Volk verteilt: die besten Delikatessen, Getreidegutscheine, Gold, Silber, Perlenschmuck und sogar Sklaven und Vieh.

Kein Wunder, dass das Volk ihn wie einen Gott verehrt. Sicher ist diese gute

Entwicklung auch seinem früheren Erzieher und jetzigen Berater Seneca zu verdanken, der stets im Hintergrund steht, aber vieles mit seiner Weisheit lenkt.

Er ist übrigens zurzeit Consul, ohne dass er als solcher besonders in Erscheinung tritt. Vielleicht ist das Amt auch nur Belohnung für all die Dienste, die er dem jungen Caesar erwiesen hat.

So, der Himmel hellt auf und die Wolken haben sich verzogen. Die Finger meines getreuen Schreibers sind müde geworden. Ich werde jetzt für ein paar Stunden in die Thermen gehen und mich richtig durchkneten lassen, denn die alten Rückenbeschwerden sind wieder aufgetaucht.

Schreibe du recht bald und vor allem, wie dir der Bericht des Marcus gefallen hat. Wenn ich dich richtig einschätze, alter Freund, wirst du wie ich erkennen, welches Heil in seinen Worten steckt.

Sei in Liebe gegrüßt.

Dein Theophilos

IX.

Pompeji nuova, 16. März abends

Am Abend breiteten die beiden Männer ihre Beute auf dem schmalen Holztisch ihres Hotelzimmers aus. Den Jungen hatten sie zwar nicht entdeckt, dafür aber drei andere Personen, die ihnen »echte« Schriftstücke anboten: Eine alte Frau und zwei junge Mädchen überließen ihnen nach kurzem Feilschen erfreut ihre Ware.

Jetzt machten sie sich gespannt über ihre Beute her. Vielleicht ...?

»Alles *Fake*«, meinte Bassler nach kurzer Untersuchung.

»Fake? Was ..., was ist das denn?« Diefenstein schien irritiert.

»Das ist ein modernes Wort für Fälschung, lieber ungebildeter Freund. Ihr mittelalterlichen Scholastiker kennt solche neuzeitlichen Formulierungen wahrscheinlich nicht.« Bassler grinste unverschämt.

»Fake! Fälschung. Wie auch immer. Wir...«

»Wir hatten halt keine Zeit, das Zeug an Ort und Stelle zu überprüfen«, unterbrach ihn Bassler.

Die Enttäuschung spiegelte sich in seinem Gesicht.

Auch Diefenstein nickte düster. »Typischer Touristenschrott. Ich hab für meine Sachen vierzig Euro bezahlt. Ich hätte noch fünf Büsten, zwölf Münzen und vier Öllämpchen kaufen können, alles angeblich echte Funde.«

»Mir ist es nicht anders ergangen, und für diese Papyri hier habe ich glatte fünfundzwanzig Euro ausgegeben«, nickte Bassler, »weggeworfenes Geld.«

Es handelte sich eindeutig um Fälschungen, hastig auf altes Papier gekritzelt, auf alt getrimmt, in fehlerhaftem, teils unverständlichem Latein. Eine auch mit altgriechischen Lettern, aber ohne jeden Sinn. In diesem Geschäftszweig hatte sich eine regelrechte Industrie entwickelt mit nicht zu unterschätzenden Umsatzzahlen. Wenn Touristen sich im Ausland befinden, sitzt das Geld eben lockerer als zu Hause, und das wusste man.

»Vielleicht verkauft ja nur eine Familie die echten Sachen, weil nur sie Zugang zu der Quelle hat«, meinte Bassler nachdenklich. Er biss hungrig in sein Salamibrötchen aus Weißbrot und spülte das trockene Brot mit einem Schluck Bier dazu herunter. Was sehnte er sich nach seiner Bäckerei in Köln, die richtiges Brot mit Schrot und Korn verkaufte!

»Da kannst du recht haben, mein Freund, wir ...«

In diesem Augenblick klingelte Basslers Handy.

»Meine Frau«, meinte er froh, »hm ... ist aber eigentlich noch nicht ihre Zeit. *Pronto!*«

Einige Augenblicke lauschte er konzentriert, aber weitgehend verständnislos der Telefonstimme.

»Wer hat angerufen?«

Er warf Diefenstein einen merkwürdigen Blick zu.

»Und du hast es ihr gesagt? Okay, ... merkwürdig, aber was soll's? Und sonst, mein Schatz? Was machen die Kinder? Ist Friederike noch so erkältet? Hat sie die Deutscharbeit schon geschrieben?«

Bassler lauschte noch einige Augenblicke und verabschiedete sich dann hastig von seiner Frau.

»Und? Du schaust so merkwürdig. War doch deine Frau, oder?«

Bassler nickte. »Doris, äh ... ja. Aber weißt du, wer sie angerufen hat?«

»Woher soll ich das wissen? Bin ich Hellseher? Sag schon!«

»Deine Haushälterin!«

»Frau Zobel? Du machst Witze!«

»Kein Witz. Deine Frau Zobel hat einen Anruf aus Rom bekommen. Man hat sich nach deinem Aufenthaltsort erkundigt. Und weil Frau Zobel nicht wusste, wo du abgestiegen bist, hat sie meine Frau angerufen. Meine Frau hat ihr unsere Adresse gegeben und die hat deine treue Perle anscheinend nach Rom weitergeleitet. Der Anrufer aus Rom wollte wieder bei Frau Zobel anrufen.«

»Anrufer aus Rom? Wen, ... wen meinst du?«

Bassler blickte seinen Freund nachdenklich an.

»Kennst du einen Pater Danelli, Roberto Danelli?«

»Pater wie? Sanella? Danelli? Nie gehört. Wer soll denn das sein?«

»Vielleicht steht deine Ernennung zur Eminenz bevor? Oder der Heilige Stuhl schickt dich als Nuntius nach Bolivien. Vielleicht wirst du auch päpstlicher Geheimkämmerer?«

»Schweig, du unverbesserlicher Ketzer, du sündiger Bilderstürmer. Aber im Ernst, ich habe absolut keine Ahnung!«

Die Männer blickten sich nachdenklich an, während draußen die Dunkelheit langsam durch die Straßen kroch und von der Stadt Besitz ergriff.

X.

New York, 16. März mittags

John D. Baldwyn konnte eigentlich mit sich zufrieden sein, und er war es auch. Entspannt saß er an seinem riesigen Schreibtisch aus gewachstem Mahagoni und blätterte gelangweilt in der *Financial Times*, um hin und wieder seinen Blick über die trägen braunen Fluten des Hudson schweifen zu lassen.

Eigentlich habe ich alles richtig gemacht, sinnierte er lustvoll. Er gönnte sich einen kräftigen Schluck aus dem Brandyglas.

Alleininhaber der *Baldwyn Chemical Incorporation* mit einem Aktienwert von ungefähr fünfhundert Millionen Dollar, einem durchschnittlichen Jahresumsatz von zweihundert Millionen, einem Privatvermögen von geschätzten vierzig Millionen, so genau wusste er das nicht. Dazu Joan, seine attraktive Frau, und die Kinder Leslie und Brian. Nicht zu vergessen Janette, seine nicht weniger attraktive, aber wesentlich teurere Geliebte.

Alles in allem eine beeindruckende Bilanz für einen Mann, dessen Urgroßvater sich noch als Jacob Baldwein in der elterlichen Metzgerei in Schwäbisch Gmünd den Buckel krumm geschuftet hatte, bis er auf die glorreiche Idee gekommen war, seine Zukunft in der Neuen Welt zu suchen. Eine wahrhaft grandiose Idee!

Zufrieden legte Baldwyn die Zeitung beiseite. Sein Blick fiel auf die Wand gegenüber zu dem wuchtigen venezianischen Barockspiegel aus dem frühen 18. Jahrhundert, ein Geschenk zum sechzigsten Geburtstag im vorigen Jahr. Es zeigte einen stark übergewichtigen Mann mit angegrautem vollem Haar, dem das amerikanische Geschäftsgebaren tiefe Falten in das fleischige Gesicht geprägt hatte. Er setzte ein Lächeln auf.

Nun ja, man muss den Verhältnissen eben Tribut zollen. Immerhin waren seine Cholesterinwerte nicht so schlecht und die Pumpe arbeitete, bis auf sporadische Aussetzer, ganz vernünftig. Über seine Leberwerte wollte er nicht nachdenken, denn ...

»Mr Baldwyn, ein Anruf für Sie auf Leitung 5.«

»Danke, Lisa.« John D. Baldwyn griff nach dem Telefon, seine fleischigen Finger drückten eine Taste.

»Hallo?«

»Mr Baldwyn, hier ist Dr. Sennermann. Wir sind mit der Untersuchung fertig. Die Schrift ist echt, zweifelsohne, ein Papyrusfragment aus dem ersten Jahrhundert nach Christus, fünfzig Jahre rauf oder runter. Sogar der Zustand ist akzeptabel.«

»Oh boy! Und es besteht kein Zweifel?« Baldwyn saß plötzlich aufrecht, seine Finger spielten nervös mit einem goldenen Montblancfüller.

»Nein, Sir, wir haben sie mit allen gängigen Methoden untersucht, einschließlich der C-14-Methode, bei der alle ...«

»Verschonen Sie mich mit Ihrem Fachchinesisch, Doktor. Wie sicher sind Sie?«

»Alle Zweifel sind ausgeschlossen.«

»Und der Inhalt? Was weiß man darüber?«

»Nichts Sensationelles, so etwas haben Liebhaber im Bücherschrank stehen. Eine Passage aus einer Rede des römischen Philosophen und Politikers Cicero. Sie trägt den Titel *Pro Milone*.«

»Pro was?« Klassische Bildung war weniger das Metier des Millionärs.

»Eine Verteidigungsrede vor Gericht. Cicero musste damals im Jahre 52 vor Christus ...«

»Sagten Sie nicht eben erstes Jahrhundert nach Christus?«

»Äh ja, Sir. Der Papyrus stammt wohl aus dieser Zeit, aber die Rede wurde hundert Jahre früher gehalten. Man hat auch damals schon Abschriften angefertigt, sozusagen Kopien und ...«

»Schon gut.« Baldwyn winkte unwillig ab, ohne dass sein Gesprächspartner diese Geste hätte sehen können. Er hasste es, von Untergebenen belehrt zu werden, auch wenn sie einen veritablen akademischen Titel trugen.

»Wichtig ist, dass sie alt ist, echt eben. So was hat nicht jeder, oder?«

»Das ist selten, um nicht zu sagen, einmalig. Von diesen Schriften sind bislang nur Abschriften erhalten, sogenannte Kodizes aus dem frühen Mittelalter, keine Originale. Eine Sensation! Darf man fragen, woher die Schrift stammt?«

»Darf man nicht, Doc, sorry. Vielleicht später einmal.«

Baldwyn räusperte sich vernehmlich vor Ärger. Der alte Weißkittel sollte nicht so neugierig sein, kriegt doch ein anständiges Honorar. Schnell hatte er sich wieder in der Gewalt und versuchte, seiner Stimme etwas mehr Freundlichkeit zu verleihen.

»Müssen Sie verstehen, Dr. Sennermann. So was muss man sehr diskret behandeln, verstehen Sie?«

Dr. Sennermann war weit davon entfernt zu verstehen. Schließlich hätte ein Hinweis auf die Herkunft einiges zur Datierung beitragen können. Aber er war an die schroffe Art seines Auftraggebers durchaus gewöhnt.

Schon fuhr Baldwyn fort, noch etwas freundlicher als zuvor: »So, Sensation, ja? Okay, Doc, gut gemacht. Ich wusste, dass ich mich auf Sie verlassen kann. Und ... und was kostet so etwas?«

»Sie meinen den Wert dieser Schrift?«

»Was sonst?«, raunzte Baldwyn. Er hasste es, wenn er nicht sofort verstanden wurde.

Dr. Sennermann ließ sich seinen Ärger nicht anmerken.

»Der Wert ist kaum zu beziffern. So etwas kann man nicht kaufen, jedenfalls bis jetzt nicht.«

»Eine Zahl, Doc. Ich brauche eine Zahl!«

Eine kurze Zeit kam nur Schweigen aus dem Hörer, dann mit zögernder Stimme: »Diese Schrift, die hier vor mir liegt, ist nur ein Fragment. Sie allein dürfte jedem Museum 200 000 oder 300 000 Dollar wert sein. Und ich kenne private Sammler, die noch mehr bezahlen würden. Wenn es sich aber nicht um ein kleines Fragment, sondern um eine komplette Rolle handelte, sprächen wir sicher von Millionen. Genügt das?«

Es genügte, Baldwyn lehnte sich erfreut zurück.

»Ja, Doktor, das genügt einstweilen. Und äh ... danke schön. Schicken Sie das Ding per Expresskurier rüber, ich möchte es innerhalb einer halben Stunde auf meinem Schreibtisch liegen haben. Mal sehen, vielleicht kann man es auch rahmen und aufhängen. Die Rechnung ...«

»Wie üblich, Mr Baldwyn. Und einen angenehmen Tag noch.«

Voller Unmut wagte es Dr. Sennermann, seinen Brötchengeber zu unterbrechen. Er verkniff sich eine passende Bemerkung zu dem Vorhaben, eine solch wertvolle Schrift einzurahmen und über den Schreibtisch zu hängen. Er kannte Baldwyn zu gut. Der Prototyp eines ungebildeten Banausen, aber eben mit viel Geld, sehr viel Geld. Und von irgendetwas musste auch ein Wissenschaftler leben. Er verzog geringschätzig seine Miene, gut, dass Baldwyn das nicht sehen konnte. Verärgert knallte der Wissenschaftler seine Brille auf den Tisch. Einrahmen, eine Originalschrift des großen Cicero!

Doch Baldwyn war viel zu unsensibel, um die Verärgerung seines Gesprächspartners auch nur ansatzweise wahrzunehmen. Im Übrigen wäre sie ihm auch völlig gleichgültig gewesen.

»*Thanks*, werd' ich haben, Doc.«

Er legte auf und griff nach einer seiner Vierzig-Dollar-Zigarren, die er für besondere Anlässe aufbewahrte. Entspannt sog er den Rauch ein und blies ihn in blauen Kringeln zur Decke. Was kann einem Multimillionär noch Freude machen? Ein hübsches williges Mädchen, möglichst unter achtzehn; ein Sieg seiner *Yankees* beim Baseball – oder eben ein weiteres wertvolles Stück für seine archäologische Sammlung.

Und das war ihm nun offenbar gelungen, wenn auch nur durch einen lausigen Zufall. Baldwyn schmunzelte. Vor vier Wochen war seine Tochter Leslie von ihrem Auslandsaufenthalt in Italien zurückgekommen und hatte ihm neben einigen geharnischten Visacard-Rechnungen ein paar Souvenirs mitgebracht, unter anderem den alten Papyrus.

»Für dich, Dad, vielleicht was für deine Sammlung. Hab's in Pompeji gekauft, einer alten Stadt, die vor zweitausend Jahren von einem Vulkan verschüttet wurde. Da liegen nur noch Trümmer und so was. Ich bin nicht sicher, ob's echt ist, wohl eher nicht, aber sieht doch sehr hübsch aus. Und riecht echt geil, oder?«

Baldwyn hätte nicht einmal gewusst, dass Pompeji in Italien lag, und hielt auch jetzt noch Barcelona für die Hauptstadt Italiens, oder war es doch Lissabon?

Nicht, dass Baldwyn wirkliches Interesse an Archäologie hatte. Wie seine Urahnen war er Jäger und Sammler. Jäger schöner Frauen, das hatte allerdings in den letzten Jahren aus naheliegenden Gründen spürbar nachgelassen. Und Sammler von wertvollen alten Dingen, wenn sie nur echt waren, echt und teuer. Am besten so teuer, dass sein Freund Paul, der versnobte Banker, über jedes neue Exponat vor Neid erblasste.

Er dachte mit wohligem Vergnügen an seine Sammlung, die im Keller seines exklusiven Wohnhauses in *Marble Hill* sicher und wohltemperiert untergebracht war. Sogar eine echte Mumie aus der zwölften Dynastie lag dort, wohlverwahrt in ihrer grauenhaften Hässlichkeit. Dazu Kunstgegenstände und Exponate aus allen Epochen und Ländern: ein vergoldeter Reichsapfel von Karl VI. aus der Heimat seiner Ahnen; Möbel aus dem mittelalterlichen Florenz (angeblich hatte sogar ein italienischer Herrscher darauf gesessen, aus dem Geschlecht der Mediziner oder so ähnlich – die hatten doch seltsame Namen, diese Europäer!); echte römische Münzen von sieben verschiedenen Kaisern; ein Amulett von Agrippina (auch irgend so eine Italienerin); sogar mehrere bunte Originalscherben vom Scherbengericht eines gewissen Themistokles aus Athen; ein Schwert, das einem persischen Großkönig namens Darius II. gehört haben soll; kleine babylonische Tontafeln in Keilschrift. Die Liste war endlos. Und doch fehlte bis jetzt noch ein römischer Papyrus.

Die älteste Abschrift seiner Sammlung stammte aus dem zwölften Jahrhundert und enthielt irgendeinen Lehnsvertrag, was um alles in der Welt das auch war. Viele Museen hätten ihn um seine Exponate beneidet, wenn sie nur davon gewusst hätten, und bei diesem Gedanken strich sich Baldwyn genüsslich über den kompakten Bauch.

Besonders aber hatten es ihm die Römer angetan, dieses mächtige und ruhmreiche Volk, denen er wirklich Respekt zollte. *Toll, was die Burschen damals schon so alles geregelt haben.* Eigentlich fußte seine Bewunderung mehr auf der Tatsache, dass er mindestens schon zehnmal den Film *Ben Hur* gesehen hatte, wegen der tollen Seeschlacht und diesem wahnsinnigen Wagenrennen. Und außerdem war er mit Charlton Heston, dem Hauptdarsteller, gut bekannt gewesen, jedenfalls bis zu dessen Ableben. Toller Typ, dieser Mann, wählte die richtige politische Partei und liebte wie er das US-amerikanische Waffengesetz. Vieles hatte ihn mit dem verstorbenen Schauspieler verbunden und manchen Whiskey hatten sie gemeinsam genossen.

Baldwyn hatte einen Entschluss gefasst. Er legte die Zigarre weg und griff zum Telefon.

»Lisa, hören Sie! Henderson soll kommen, so schnell wie möglich!«

»Ja, Sir, ich werde ihn sofort anpiepen«, hauchte seine Sekretärin gehorsam in den Hörer.

»Ach, und Lisa, buchen Sie ihm für morgen früh einen Flug nach Rom.«

»Ja, Sir«, kam es zögernd, »aber morgen, morgen hat sein Sohn Peter seinen vierten Geburtstag und Sie wissen doch, wie sehr er an ihm hängt.«

»Sohn? Vierter Geburtstag, so? Hm. Das kann man auch nachfeiern, oder? So was merkt der Kleine doch gar nicht, was? Ha, ha, also buchen Sie nur!«

Kaum zehn Minuten später betrat ein Mann das luxuriöse Büro, den man als gutaussehend hätte bezeichnen können, wenn nicht die gnadenlosen Augen eine so eisige Kälte versprüht hätten, dass man bei seinem Eintritt am liebsten sofort zum Heizungsregler gegriffen hätte.

Frank Henderson war von gedrungener, aber sehr sportlicher und kräftiger Gestalt, die seine vierzig Jahre kaum ahnen ließen. Selbst unter dem weit geschnittenen blauen Anzug von Armani zeichneten sich seine Muskeln deutlich ab.

Die kurzen blonden Haare standen in sensationellem Kontrast zu den hellblauen Augen, die Hände wirkten kräftig und gepflegt, insgesamt eine tadellose Erscheinung. Wären da nicht eben diese Augen gewesen.

Henderson war Baldwyns Mann für alle Fälle, manchmal auch für die gröberen. Offenkundig loyal und erfindungsreich, wenn nötig ohne überflüssige Skrupel, dazu diskret und absolut vertrauenswürdig. Er sprach mehrere europäische Sprachen und hatte deutlich mehr Bildung als sein Chef. Dazu hatte er in einem früheren Leben bei den US-Marines eine Nahkampfausbildung gehabt, die ihm mehr als einmal von Nutzen gewesen war. Freilich hätte es Baldwyn wenig gefallen, wenn er gewusst hätte, dass Hendersons Loyalität ihn nicht von gelegentlichen Treffen mit Joan Baldwyn abhielt, bei denen sich diese das Maß an Zuneigung holte, das sie von ihrem Gatten nicht mehr erhielt.

»Sie haben mich rufen lassen, Sir?«

Die unterkühlte, akzentfreie Stimme passte irgendwie zu diesem Mann.

»Setzen Sie sich, Henderson, ich habe einen Auftrag für Sie.«

XI.

Pompeji, 23. August 79 n. Chr., sechste Stunde

Servulus konnte sich nicht daran erinnern, jemals so gut gespeist zu haben. Gebratenes Huhn mit Eiern in Garumsoße; Salate, die er noch nie gesehen hatte; dazu frisches, knuspriges Brot – ein einfaches, aber köstliches Mahl. Obwohl er zweimal von der großen Platte genommen hatte, tunkte er immer noch gierig das Brot in die Fischsoße und leckte sich genießerisch die Finger ab, bis eine Dienerin kam und ihm dezent ein Wasserschüsselchen für die Hände reichte. Er lag auf der Gästeliege im *Triclinium*, gegenüber dem Hausherrn, und ließ bewundernde Blicke über die Wände des Speisezimmers gleiten.

»Wer, wer ist das?«, fragte er, während er immer noch mit vollen Backen kaute, und seine tropfnassen Finger deuteten auf ein buntes Fresko, das die ganze Stirnseite des Esszimmers einnahm.

Fronto blickte seinen kleinwüchsigen Gast mit Wohlwollen an. In der frischen blauen *Tunika*, die ihm der alte Diener angelegt hatte, machte er schon einen weitaus besseren Eindruck.

»Das ist Neoptolemus, der in Delphi von Orest getötet wird.«

»Neop... Wer?«

Fronto lächelte. »Das ist eine Gestalt aus der griechischen Mythologie, der Sohn von Achilles und Deidameia. Odysseus hat ihn mit nach Troja genommen und dort half er, die Stadt zu erobern.«

»Ach so«, meinte Servulus verständnislos. Davon hatte er noch nie gehört.

»Er soll Priamos, den König von Troja, getötet haben. Aber das ist alles schon sehr lange her, und ob es wirklich so war, wer weiß?«

»Du bist sehr gebildet, Herr.«

»Du sollst mich nicht Herr nennen. Das sagte ich schon, und ich meine es auch so. Verwende einfach meinen Namen, wenn dir die Bezeichnung Bruder nicht über die Lippen gehen mag.«

»Aber ...«

»Wer könnte denn dich zum Sklaven und mich zum Herrn gemacht haben? Sind wir nicht alle Sklaven und zugleich auch Herren? Es kommt nur auf den Blickwinkel an.«

»Darf ich dich etwas fragen, He..., äh, Bruder Fronto?«

»Nur zu, frag!« Fronto lächelte über die ungewohnte und merkwürdige Anrede.

»Ich habe hier außer der Statue der Vesta im *Vestibulum* keine Götterstatue gesehen. Verehrst du nicht die Götter? Im Hause meines Herrn standen viele Statuen: von Mars, Jupiter, Minerva, sogar von Mithras. Und daneben natürlich die Penaten, seine Hausgötter. Nicht einmal sie habe ich gesehen«.

»Ich werde dir das später erklären, mein Freund. Erzähl mir zuerst etwas von dir. Außer deinem Namen weiß ich nichts von dir. Und trink noch einen Schluck von dem edlen Falerner hier.«

Dazu bedurfte es keiner weiteren Aufforderung. Servulus stärkte sich gerne mit einem weiteren Schluck des köstlichen Weins, den er bisher nur in den Gläsern anderer gesehen hatte. Er räusperte sich vernehmlich und begann. Erst zögernd und stotternd, doch dann ergoss sich ein wahrer Schwall von Worten, als wäre ein Damm gebrochen.

XII.

Pompeji nuova, 17. März morgens

»Uns läuft die Zeit davon, Peter, morgen geht unser Flug!«

Da das Frühstück in ihrem Hotel traditionell ungenießbar war, saßen sie in einem kleinen Café an der *Via Roma* bei Capuccino und Croissants und diskutierten über den weiteren Verlauf.

»Nötigenfalls müssen wir hier verlängern, dürfte im Hotel kein Problem sein. Wir sind doch zu dieser Zeit fast die einzigen Gäste. Und zu Hause werde ich meinen Subsidiar informieren, der mich gerne vertreten wird, obwohl er schon gut über siebzig ist.«

Bassler lächelte gequält. »Du hast es gut mit deinem Subsidiar. Ich hab' so was nicht. Ich muss morgen fliegen, definitiv! Meine Gemeinde wartet – und meine Familie auch. Selbst wenn ein armes Zölibatsopfer wie du das nicht verstehen kann.«

Diefenstein gab seiner Stimme einen leicht schulmeisterlichen Ton. »Ein Zölibat ist kein Opfer, sondern eine Gnade. Doch lassen wir das. Ein lutheranischer Nihilist wie du kann das nicht begreifen. Ich verstehe aber, dass du abreisen musst. Ich werde das hier allein zu Ende bringen!«

»Hier stehe ich, ich kann nicht anders! Das hat selbst ein alter Büttel des Vatikans wie du schon mal gehört.«

Diefenstein antwortete mit einem müden Lächeln.

Er verzichtete äußerst ungern auf den Beistand seines Freundes, doch es gab keine Alternative. Dann raffte er sich auf.

»Aber heute haben wir noch eine Chance und die sollten wir nutzen.«

Sein Blick fiel durch das Fenster auf die Straße. Die Regenwolken waren hinter den Hängen des Vesuvs verschwunden und hatten der Sonne Platz gemacht, die mit ersten wärmenden Strahlen die Menschen auf die Straßen lockte.

»Das Wetter wird gut heute, das heißt: viele Touristen und viele Verkäufer. Vielleicht treffen wir heute Francesco. Hast du seine Beschreibung noch vor Augen?«

Bassler nickte. »Klein, schmutzig, schwarze Haare, unangenehm riechend, aber mit strahlenden Augen. Gehen wir! Du nimmst das Gebiet von der *Piazza Anfiteatro* bis zur *Piazza Longo*, ich suche die Straßen an der *Via Vittorio Emanuele* einschließlich Seitenstraßen ab.«

»Gut, aber diesmal kaufen wir nur bei dem Jungen. Wer ihn zuerst findet, ruft den anderen an.«

»Va bene!«

Und das Schicksal schien ihnen gewogen zu sein. Es dauerte nur fünfzehn Minuten, bis Diefensteins Handy die Glocken des Kölner Doms erklingen ließ und ein aufgeregter Bassler mitteilte, er habe den Jungen gefunden.

»Wo bist du, Markus?«, gab Diefenstein nicht weniger aufgeregt zurück.

»Moment, ich muss mal nach dem Straßenschild sehen.« Und zehn Sekunden später: »*Piazzale Schettini.* Soll ich ihn aufhalten?«

»Was macht er denn im Augenblick?«

»Er dreht einem Amerikaner ein Schriftstück an.«

»Scheiße!«, entfuhr es dem Monsignore unwillkürlich. »Die *Piazzale* liegt am Ende der *Via San Michele*, oder?«

»Ja!«

»Ich bin nur fünf Minuten von dir entfernt. Lass ihn nicht entkommen!«

Und so kam es, dass der Monsignore, obwohl er als solcher nicht erkennbar war, weil er im Urlaub zivile Kleidung trug, mit wehender Jacke die *Via Roma* entlanglief, rechts in die *Via San Michele* einbog und alsbald seinen in einem Hauseingang versteckten Freund winken sah.

»Wo?«, rief er völlig außer Atem. Bassler zeigte auf den linken Rand des Platzes, wo ein Junge und ein Mann zusammenstanden.

Offenbar waren hier länger andauernde Verkaufsverhandlungen im Gange.

Diefenstein zögerte nicht lange und ging auf die beiden zu, um wenig später enttäuscht zurückzukehren.

»Du blinde Protestantennuss, das ist er nicht!«

»Aber bei der päpstlichen Mitra, du sagtest doch ...«

»Ich sagte: etwa zehn bis zwölf Jahre. Der hier hat schon fast einen Bart, könnte eher der Vater sein. Vermutlich handelt es sich um einen Familienbetrieb«, murmelte Diefenstein missmutig und lachte dünn.

Das Verkaufsgespräch war inzwischen ohne Erfolg beendet worden. Der Junge hatte sich abgewendet und ging zur Platzmitte. Im gleichen Augenblick ertönte ein Pfiff und ein weiterer Junge, kleiner und jünger als der erste, betrat die Piazzale.

Diefenstein hatte nur einen flüchtigen Blick auf die Szene geworfen. Doch dann stockte er.

»Das ..., das ist er«, flüsterte er atemlos. Bassler fixierte den jungen Burschen, die Beschreibung stimmte.

»Berufskollegen oder vielleicht Brüder«, meinte er. »Wir sollten warten, bis sie sich getrennt haben.«

Diefenstein nickte schweigend. Sorgenvoll blickte er zum Himmel, wo sich inzwischen wieder neue dunkle Wolken sammelten und vor die Sonne schoben. Der Wind frischte spürbar auf und fuhr durch das Geäst der jungen Orangenbäume, die in bunten Kübeln den Platz säumten. Es würde wohl nicht mehr lange trocken bleiben. Doch sie mussten nicht lange warten. Die beiden Jungen unterhielten sich kurz, schienen etwas auszutauschen und beugten sich über irgendetwas. »Vielleicht vergleichen sie ihre Einnahmen«, flüsterte der Monsignore. Dann trennten die Jungen sich. Das war das Zeichen. Arglos und unbekümmert schlenderten die beiden Männer zur Platzmitte und mussten nicht lange warten. Der Junge hatte sie als neue Opfer erspäht und beeilte sich, zu ihnen zu kommen.

»Volete comprarli, want to buy? Assolutamente economici ed autentici.«

Der Junge schien seinen früheren Käufer nicht wiederzuerkennen. In der Hand hielt er zwei Schriftstücke in den altbekannten Plastikmappen, die er aus einer um die Schulter gehängten Leinentasche holte.

Diefenstein nickte nur und griff nach einer der Schriften, Bassler nach der anderen. Ein kurzer Blick genügte um festzustellen, dass beide von der gleichen Qualität waren wie die erste – und ohne Zweifel echt! Sie versuchten gar nicht erst, den Preis zu drücken. Der Junge strahlte über die schnelle Geschäftsabwicklung.

Für zwanzig Euro wechselten die Papyri den Besitzer. Vorsichtig verstaute Diefenstein sie in einer Plastiktüte, die er in seiner Jacke mitgenommen hatte.

»*Ma come ti chiami* – Wie heißt du eigentlich?«, fragte Diefenstein dann, wie er es am Tag zuvor auch getan hatte.

»*Sono Francesco, Signore*«, kam die gleiche Antwort zurück.

»*Ne hai di più?* – Hast du noch mehr davon?«, meinte Bassler leichthin und gab seiner Stimme einen bewusst lässigen Ton. »Das sind ganz nette Souvenirs für zu Hause.«

Der Junge nickte. »*Domani ne posso portarli ancora di più.* – Ich kann Ihnen morgen mehr bringen.«

»*Ma dove abiti?* – Und wo wohnst du denn?«

Diefenstein hatte die Frage kaum ausgesprochen, als ihm klar wurde, welch gravierenden Fehler er gemacht hatte. Mit einem Mal war das Lächeln aus dem Gesicht des Jungen verschwunden und eine Wolke des Misstrauens zog über sein hübsches Gesicht.

Er machte eine vage Geste. »*Laggiù* – dahinten. *Ora devo andare* – ich muss jetzt gehen.« Dann drehte er sich ohne weitere Worte um und verließ mit raschen Schritten den Platz.

»Wir müssen ihm folgen«, flüsterte Diefenstein.

Bassler nickte. »War übrigens eine äußerst geschickte Gesprächsführung. Haust du bei deinen Beichten deine armen Schäfchen auch so diplomatisch vor den Kopf? Kein Wunder, dass sie in Massen konvertieren!«

Diefenstein antwortete nicht. Er kniff verärgert die Lippen zusammen.

Wie konnte es ihm bloß passieren, den Jungen so zu verunsichern? Wenigstens hatte der Wind die Wolken vertrieben und die Sonne sandte wieder ihre wärmenden Strahlen über das Land.

Vorsichtig folgten sie dem Jungen in sicherer Entfernung. Der Junge hatte seinen Schritt jetzt wieder verlangsamt und ging in Richtung *Via Roma*. Diefenstein und Bassler beobachteten, wie er einem Touristenpaar ein Öllämpchen andrehen wollte, aber offensichtlich ohne Erfolg. Auch ein weiteres Gespräch mit zwei baumlangen Amerikanern blieb ohne Ergebnis. Francesco war inzwischen an der *Piazza Anfiteatro* angelangt, wo er einen Supermarkt betrat.

Wenig später kam er mit einer großen Flasche Wasser heraus. Durstig setzte er die Flasche an und nahm einen tiefen Schluck. Die beiden Männer hatten im Eingang einer geschlossenen Pizzeria Schutz gesucht und beobachteten den Burschen aus sicherer Entfernung.

»Das kann dauern«, murmelte Diefenstein, »so bald geht der nicht nach Hause.«

Aber das Schicksal schien es gut mit ihnen zu meinen. Francesco führte ein weiteres Verkaufsgespräch – und diesmal mit Erfolg. Eine ältere Dame interessierte sich für sein Angebot und reichte ihm einen Geldschein.

»Einen Papyrus hatte er wohl noch«, murmelte Diefenstein missvergnügt.

»Schon wieder ein Klassiker der Weltliteratur, der für zehn Euro unwiederbringlich verloren geht.«

»Sei nicht so pessimistisch, Peter. Doch schau, jetzt ist er wohl ausverkauft.«

In der Tat machte die Leinentasche, aus der Francesco die Schriften holte, einen leeren Eindruck. Francesco blickte sich einen Augenblick unschlüssig um. Dann trabte er zurück, über die *Piazza Longo*, vorbei an einer alten Kirche, welche die beiden Männer von ihrem täglichen Gottesdienst kannten.

Vor der Kirche stand ein deutscher Bus mit Düsseldorfer Kennzeichen und spuckte eine Gruppe deutscher Touristen aus, die lärmend und schwatzend den Kirchvorplatz betraten.

Der Junge kümmerte sich überhaupt nicht darum, sondern bog nach links ab.

Hier gab es kaum noch Geschäfte oder Hotels. Stattdessen duckten sich kleine ärmliche Häuser in den Schatten der Kirche links und rechts von der kleinen, engen und schmutzigen Straße. Hierhin verirrten sich Touristen wohl eher selten und entsprechend ungepflegt war die Gegend.

Via Piave lasen die Männer auf dem uralten Straßenschild. Immer noch folgten sie dem Jungen, während sie jede Deckung ausnutzten. Doch der Junge schien keinen Verdacht zu schöpfen und drehte sich nicht um. Jetzt blieb er kurz stehen und unterhielt sich mit einem hübschen schwarzgelockten Mädchen, das vor einem Haus auf den Treppenstufen saß und ihm etwas zugerufen hatte.

Wenig später setzte er seinen Weg fort, bog links in die *Via de Fusco* ein und war Sekunden später in einem alten zweigeschossigen Haus verschwunden, das schon bessere Zeiten gesehen hatte. Bis auf eine alte Frau, die einen schwarzen Mischlingshund ausführte, und einen noch älteren Mann, der mühsam auf seinen Rollator gestützt über den Bürgersteig schlurfte, war die Straße menschenleer.

»Da wohnt er also«, meinte Bassler. Sie schlenderten langsam weiter und passierten das Haus. Unter dem Vorwand, seinen Schuh zuzubinden, hielt Diefenstein vor dem Haus an, bückte sich und warf beim Aufrichten einen Blick auf das Namensschild. Auf einem verwitterten Pappschild las er *Antonio di Carmacci*.

Unauffällig marschierten sie weiter. Sie konnten nicht ahnen, dass Francesco ihnen aus einem Fenster des Obergeschosses mit zusammengekniffenen Augen misstrauisch nachstarrte.

XIII.

Rom, Frühjahr 56 n. Chr.

Theophilos grüßt seinen geliebten Freund Fronto.

Es ist doch bis zur Hauptstadt durchgedrungen, dass ihr im »fernen« Pompeji jetzt auch die Segnungen der hypocaustischen Heizung genießen dürft. Also lasse dir das in dein schönes Haus einbauen, du wirst es nicht bereuen und in den kalten Wintermonaten wie ich die Segnungen moderner Erfindungen genießen, auch wenn sie von den Griechen kommen.

Wie gerne hätte ich dir von der Ankunft von Petrus berichtet, auf die wir alle schon so lange warten. Doch aus Gründen, die ich nicht kenne, scheint sie sich weiter zu verzögern. Gleichwohl blüht unsere Gemeinde und die Zahl derer, die sich taufen lassen, wächst mit jedem Tag. Längst sind es schon nicht mehr nur einfache Menschen und Sklaven (ja, viele Sklaven, denn von uns werden sie zum ersten Mal wie Menschen behandelt!), sondern sie kommen aus allen Schichten: Ritter, Patrizier, zwei Senatoren gar. Diener aus dem Palatin sind ebenso dabei wie die Fischfrau vom Forum Piscatorium, der Tuchwalker aus der Subura, der Gemüsehändler vom Velabrum, entlaufene und freigelassene Sklaven, Legionäre (davon nicht zu viele) und Veteranen (davon schon mehr), sie alle kommen zu uns, hören unsere Lehre und lassen sich taufen.

Und dann tragen sie die leuchtende Fackel des Glaubens weiter, von der schäbigen Subura bis zum feinen Aventin, in alle Bezirke Roms und weit darüber hinaus. Sie nehmen ihn sogar mit in die Provinzen, in das sonnnendurchflutete Africa ebenso wie in das geheimnisvolle Asien, in das kalte, ferne Britannien oder das waldgetränkte Germanien, und wohin auch immer sich die römische Macht verbreitet hat, nehmen sie den Samen unseres Glaubens und die Liebe und Lehre unseres Herrn Jesus Christus mit. Es ist eine wahre Freude, dies zu sehen.

Erinnerst du dich noch an Lucilius Iunior? Seine Eltern haben dieses schöne kleine Haus an den Stabianer Thermen, gegenüber von dem unfreundlichen Bäcker, der uns immer vertrieben hat, wenn wir vor seinem Laden gespielt haben. Das scheint jetzt ewig her zu sein, aber so lange ist das noch gar nicht. Er ist wie wir in Pompeji geboren und schon vor Jahren wie ich nach Rom gekommen.

Nun jedenfalls habe ich ihn bei einem Gastmahl bei Cornelius Lentulus Gaetulicus getroffen und er hat sich meiner sofort erinnert. Er fristet hier ein karges Leben, ist aber mit Seneca befreundet, und da darf man vermuten, dass es ihm bald besser gehen wird.

Natürlich möchte er in den Ritterstand aufsteigen und er wird es sicher schaffen. Also, er bat mich ihn zu besuchen und ich tat ihm den Gefallen, nicht ohne es später zu bereuen. Warum? Er wohnt in einer kleinen Wohnung, in der früher Seneca gewohnt hat, bevor er zu seinem Reichtum kam, den er täglich zu mehren scheint, obwohl ein Stoiker den ja wohl verachtet. Aber dazu später mehr.

Jedenfalls wohnt der arme Lucilius über den Thermen und das, guter Fronto, kannst du dir in deiner beschaulichen Villa nicht vorstellen. Da umtönt dich von allen Seiten ein so vielfältiger Lärm, dass dir deine Ohren zum Ärgernis werden: Wenn die Kraftprotze üben und lautstark ihre bleibeschwerten Hände schwingen, wenn sie sich abmühen oder so tun als ob und den weiten Raum mit Stöhnen und Ächzen füllen. Nimm noch einen Ballspieler dazu, der die Bälle zu zählen beginnt, oder einen trägen Zeitgenossen, der sich damit begnügt, sich einsalben zu lassen und es für eine Wohltat erachtet, wenn die Hände des massierenden Sklaven ihm klatschend auf die Schulter schlagen. Stell dir dazu einen zänkischen Menschen vor, der sich laut über das zu kalte Wasser beschwert; einen anderen, der das warme beklagt; einen ertappten Dieb, der seine Unschuld jammernd beteuert, oder einen Besucher, dem seine eigene Stimme im Bad gefällt.

Füge diejenigen hinzu, die mit lautem Tosen des umherspritzenden Wassers ins Becken springen; oder diejenigen, die mit schriller Stimme auf den Haarauszupfer reagieren; den alles übertönenden, aus voller Kehle schreienden Getränkeverkäufer, der sich lautstarke Duelle mit dem Zuckerbäcker liefert; und die übrigen Inhaber von Garküchen, die alle ihre Waren anpreisen.

Draußen kann man nachts die vorbeifahrenden Wagen zählen; der Schmied nebenan haut auch spätabends noch ohne Erbarmen auf den Amboss; ein Nachbar sägt, so viel Holz kann es gar nicht geben; einer versucht sich auf der Trompete und kann es doch nicht. Der arme Lucilius! Wie froh war ich doch, als ich ihn verlassen konnte und musste doch versprechen, ihn recht bald wieder zu besuchen.

Du fragst, was es Neues auf dem Palatin gibt.

Der Caesar ist unter die Architekten gegangen. Die Hausbesitzer müssen nun Arkaden anlegen, damit man von ihren flachen Dächern aus die Brände löschen kann, die uns regelmäßig heimsuchen – und der Caesar bezahlt sie aus seinem Vermögen.

Das alles klingt gut, aber es gibt auch Schlimmeres zu melden. Von den Brüdern, die auf dem Palatin arbeiten, hörte ich, dass der junge Caesar sich zum ersten Mal über unsere Gemeinde geäußert hat. Er nannte die Christiani eine Sekte, die sich einem neuen gemeingefährlichen Aberglauben ergeben habe. Was das heißen will, weiß ich noch nicht, aber es scheint mir eine erste Warnung zu sein. Gut, dass wir in seinem Umfeld Leute haben, die uns zu berichten wissen.

So, mein lieber Freund, satis scripsi, ich habe genug geschrieben. Und auf meinen nächsten Brief wirst du warten müssen, denn ich werde mich trotz meines fortgeschrittenen Alters (wem sage ich das?) auf eine längere Reise begeben und unsere Gemeinden in Antiochia, Ephesos und Korinthos besuchen. Mehrere Freunde werden mich begleiten.

Oh, wie wünschte ich, du könntest auch darunter sein. Aber dich bindet die Pflicht des Amtes in deiner Stadt.

Lavinia ist um meine Gesundheit besorgt, doch das ist nicht nötig. Das Meer ist frei von Piraten und die Jahreszeit gerade günstig zum Segeln.

Bei meiner Rückkehr werde ich dir gerne von allem berichten und hoffe, mindestens einen oder zwei Briefe von dir vorzufinden.

Sei in Liebe umarmt und herzlich gegrüßt.

Dein Theophilos

XIV.

Flughafen Rom-Ciampino, 17. März mittags

»*Scusi!*«

Frank Henderson tastete sofort nach seiner Brieftasche. Ein junger Mann mit den schwarzen Locken des jungen Dean Martin und dem Gesicht von Leonardo DiCaprio hatte ihn angerempelt. Henderson war sofort auf der Hut. Der Trick war allzu bekannt, gerade in Italien. Aber seine Brieftasche befand sich unversehrt in seinem Zweihundert-Dollar-Jacket von Boss. Zielstrebig ging er durch die lärmende Menge zum Ausgang, in der einen Hand seine schmale Reisetasche, über den anderen Arm einen leichten Trenchcoat geworfen. Aber in seinem scharf geschnittenen Gesicht stand deutlicher Ärger.

Wenn man nach Pompeji will, bucht man Neapel, nicht Rom! So viel an geografischen Kenntnissen sollte man auch in Amerika haben, aber bei Baldwyn durfte man das wohl nicht erwarten.

Kurz vor dem Abflug hatte er sich mit Leslie, Baldwyns Tochter, zusammengesetzt und von ihr erfahren, wo und von wem sie den Papyrus gekauft hatte. Leslie hatte den jungen Burschen genau beschrieben, der sollte zu finden sein. Sogar den Namen hatte sie nennen können.

»Er heißt Francesco, hat er mir gesagt, aber vergessen Sie Ihr Deo nicht, er riecht etwas, äh, streng.« Bei der Erinnerung daran spielte ein dünnes Lächeln um seine schmalen Lippen.

Der Auftrag war klar umrissen: »Kaufen Sie so viel wie möglich von dem Zeug, Henderson. Geld spielt keine Rolle, ha ha, ist ja nicht wie bei armen Leuten, nicht? Und wenn es zu viel wird, kann man es sehr gut an unsere Museen weiterverkaufen.

Und, Henderson, seien Sie nicht so zimperlich. Manchmal brauchen diese kleinen Spaghettifresser etwas, nun ja, Nachdruck. Sie wissen schon, was ich meine, *old boy!*«

O ja, Henderson wusste genau, was Baldwyn meinte. Die Stimme seines Chefs dröhnte noch unangenehm laut in Hendersons Ohren. Nicht so zimperlich: Das bedeutete den Einsatz aller Mittel, um die Schriften zu bekommen. Und wenn Baldwyn von *allen* Mitteln sprach, dann meinte er auch *alle*. Normalerweise wäre das kein Problem für Henderson gewesen, er hatte in seinem gut bezahlten Job längst alle Skrupel abgestreift, die einen Normalbürger auszeichneten. Dieser Umstand hatte unter anderem dazu geführt, dass er in mehrere Länder unter seinem Namen nicht mehr einreisen konnte, da er dort mit Haftbefehl gesucht wurde.

Nein, das war für ihn kein wirkliches Problem, aber dass sein Sohn Peter heute seine Geburtskerzen anzündete und seinen Vater vermisste, den er ohnedies selten zu Gesicht bekam, das ärgerte ihn nicht nur, es machte ihn toll vor Wut. Bei diesen Gedanken verzog sich sein ebenmäßiges Gesicht zu einer zornerfüllten Fratze.

Er hasste Baldwyn, den er als ungebildet, roh und geldgierig kennengelernt hatte, und die Liebschaft mit seiner Ehefrau war Teil eines ausgeklügelten Rachefeldzugs. Irgendwann würde er ihm seine Sammlung ins Maul stopfen. Aber jetzt musste er sich erst einmal um einen schnellen Anschlussflug nach Neapel kümmern.

XV.

Pompeji nuova, 17. März mittags

»Und jetzt? Was jetzt? Sollen wir der Familie di Carmacci einen Besuch abstatten und fragen, ob sie nicht noch ein paar Papyri für uns hätten?«

»Pscht, Markus. Ich muss nachdenken. Ein solcher Vorgang ist dir vermutlich fremd.«

»Seit wann denken katholische Pfarrer nach? Sie kriegen doch alle Antworten aus Rom.«

»Du bist ein unverbesserlicher Ketzer, offenbar haben dir deine protestantischen Häresien das Gehirn vernebelt. Aber im Ernst, ich denke, wir gehen zum Hotel, trinken einen Schluck und planen unseren Feldzug.«

»Feldzug? Oder besser Kreuzzug? Immerhin geht es doch darum, quasi heilige Papiere aus den Händen unseliger Barbaren zu befreien. So wie damals. Ich denke an Papst Urban II. ›Gott will es‹, und so was.«

Diefenstein musste lachen. »Was bin ich froh, wenn du morgen in deinem Flieger sitzt und ich in Ruhe arbeiten kann, du lutherischer Ignorant. Dir ist ja nichts heilig!«

Inzwischen hatten sie ihr Hotel erreicht. Diefenstein holte den Schlüssel bei der Rezeption ab.

»Irgendwelche Nachrichten, Anrufe oder so?«

»No, Signore. Nur Ihre Bruder ware hiere, hate nach Ihnen gefragte. Ich gesagte, Sie unterwegs.«

»Mein Bruder? Wer ...?«

»Sì, fratello. Anche un padre.«

Kopfschüttelnd nahm Diefenstein den Schlüssel an sich. Ein Bruder, der auch Priester war? Gemeinsam stiegen sie die wenigen Stufen bis zu ihrem Zimmer hinauf. Nachdenklich schloss Diefenstein auf. Er musste immer noch an seinen »Bruder« denken.

Er betrat als Erster das Zimmer – und erstarrte. In dem Sessel an dem kleinen Tisch saß ein Geistlicher, eine Zigarette in der Hand und grinste sie fröhlich an. Die Balkontür hatte er geöffnet und frische Luft strich in den verqualmten Raum.

»Was zum Donnerwetter machen Sie denn hier? Und wer sind Sie?« Sofort kam ihm der vom Portier genannte »Bruder« in den Sinn.

Bassler drängte sich hinter ihm ins Zimmer und musterte den unbekannten Besucher mit großen Augen. Der Unbekannte war mittleren Alters, von schlanker Statur. Sein kurzes, fast weißes Haar, welches sich im Bereich der Stirn schon stark lichtete, umgab ein schmales Gesicht mit leicht stechenden, aber freundlichen Augen.

Eine dünne Brille mit Goldrand verlieh ihm einen distinguierten, wissenden Eindruck. In seinem schwarzen Anzug mit weißem Priesterkragen sah er irgendwie so aus wie einer der Prälaten, die im Fernsehen immer neben dem Papst stehen und ihm die Namen der Besucher zuflüstern.

»Der Vatikan ist da«, entfuhr es ihm, was der Unbekannte mit einem feinen Lächeln quittierte.

»Sie sollten zunächst die Tür schließen, Monsignore.«

Zur Verwunderung der beiden Männer sprach er ein fast akzentfreies Deutsch. Und die Erklärung dafür lieferte der Unbekannte sofort nach.

»Wir können uns übrigens in Ihrer Sprache unterhalten, meine Herren. Ich spreche ganz gut Deutsch.«

»Wirklich? Ja, natürlich.«

Bevor noch die obligatorische Frage nach der Herkunft solch bewundernswerter Sprachkenntnisse gestellt werden konnte, drückte der Geistliche die Zigarette aus, erhob sich und reichte Diefenstein die Hand.

»Guten Tag, Monsignore, ich bin Pater Roberto Danelli. Und Sie sind, wie ich vermute, Monsignore Dr. Peter Diefenstein?«

Der Angesprochene nickte nur, unfähig etwas zu sagen.

»Dann dürften Sie der verehrte Kollege von der Konkurrenzkonfession sein, Markus Bassler?«

»Ganz recht«, antwortete Bassler und ergriff zögernd die dargebotene Hand.

»Schön, das hätten wir«, knurrte Diefenstein, »aber was, bei allen Aposteln, machen Sie in unserem Zimmer? Und wie sind Sie überhaupt hier hereingekommen?«

»Eins nach dem anderen. Sollten wir uns nicht zunächst einmal setzen?«

Die Männer setzten sich.

Pater Danelli griff nach einem Glas Wein, an dem er sich offenbar vorher bereits ungeniert bedient hatte, und blickte die beiden ratlosen Männer freundlich an.

»Sie sollen auf alles eine Antwort bekommen.«

Er lächelte und offenbarte dabei eine Reihe ebenso weißer wie vermutlich falscher Zähne. »Also, hereingekommen bin ich mit einem Nachschlüssel, den ich zufällig bei mir hatte. Es erschien mir passender, hier auf Sie zu warten als draußen, wo mich jeder sehen konnte. Im Übrigen hatte Ihr Freund«, er wies mit einem freundlichen Nicken auf Bassler, »mit seiner eher scherzhaften Bemerkung durchaus recht. Ich bin im Auftrag des Vatikans hier.«

»Des Vatikans? Wie kann ...?«

»Sie erinnern sich an Ihren Anruf bei unserem geschätzten Kollegen Prälat Winter, Ihrem gelehrten Freund?«

Diefenstein nickte düster. »Natürlich, war doch erst gestern.«

»Hm, ja, gestern, ganz recht. Nun, Prälat Winter hielt es angesichts der Bedeutung der Ereignisse für geraten, die Sache, wie soll ich sagen, weiterzugeben.«

»Weiterzugeben? An wen?«, warf Bassler ein.

»An seine Eminenz Kardinal Esposita, den stellvertretenden Leiter der Kongregation für die Glaubenslehre.«

»Die Nachfolgeorganisation der Inquisition, oder?«

Diese Bemerkung konnte sich Bassler nicht verkneifen.

Danelli quittierte diese Unhöflichkeit, die gleichwohl historisch durchaus korrekt war, mit einem nachsichtigen Lächeln, legte seine Beine übereinander und räusperte sich.

»Es freut mich, wenn unsere evangelischen Kollegen sich in der Struktur des Vatikans etwas auskennen. Wie auch immer, seine Eminenz hielt es für angebracht, die Angelegenheit unserer Behörde zu übergeben. Der Heilige Vater wurde informiert und ist sehr interessiert. Er hat seine Zustimmung zu dieser Vorgehensweise signalisiert.«

Bassler und Diefenstein kamen aus dem Staunen nicht mehr heraus. Jetzt war bereits der Papst involviert. Welche Wendung hatte ihr kleines Abenteuer genommen!

Und der geheimnisvolle Pater fuhr fort: »Sie sehen, Ihr Fund hat für Aufsehen gesorgt. Man kann sich gar nicht vorstellen, welche weiteren Funde noch zutage treten könnten. Und dabei könnten …«

»Schriften sein, die für die Kirche von höchstem Interesse sein könnten, nicht wahr?« Diefenstein hatte sofort verstanden, warum Danelli hier war.

»Richtig, Monsignore. Man stelle sich vor, es gäbe neben dem von Ihnen gekauften säkularen Text auch solche mit frühchristlichem Inhalt, nicht unbedingt neue Evangelien, dafür fehlt jeder Hinweis, aber vielleicht Briefe, ergänzende Kommentierungen oder Ähnliches. Was für ein Fund für unsere heilige Mutter Kirche! Von den materiellen Werten solcher Funde will ich gar nicht sprechen, die sind in diesem Zusammenhang ohne Bedeutung.«

Wer sein ehrliches Gesicht sah, nahm ihm diese Einschätzung gerne ab.

So auch Diefenstein, der nachdenklich nickte.

»Pompeji wurde im Jahre 79 n. Chr. verschüttet. Zu diesem Zeitpunkt dürfte die Christianisierung weit über Rom hinaus auch bis in eine Provinzstadt wie Pompeji gedrungen sein. Es wäre also tatsächlich möglich.«

»Es *wäre* möglich«, betonte Pater Danelli. Sein Gesicht war jetzt völlig ernst und die grauen Augen fixierten seine Gesprächspartner. »Und weil das so ist, hielt man es in Rom, wie gesagt, für geraten, die Sache, mit Verlaub gesagt, in professionelle Hände zu übergeben.«

»Und was macht Ihre Hände so professionell? Und zu welcher Gruppierung im Vatikan gehören Sie überhaupt, wenn ich fragen darf? Sie sprachen eben von ihrer ›Behörde‹, welche ist das? Der päpstliche Geheimdienst, der CIA des Vatikans oder so was?«

Diefenstein war etwas lauter geworden. Diese Frage hatte sich Bassler auch schon gestellt und er nickte zustimmend.

Danelli lächelte milde.

»Ihre Frage ist durchaus berechtigt. Nun, einen päpstlichen Geheimdienst gibt es nicht, allenfalls in Romanen, die man gerne als sogenannte Vatikanthriller bezeichnet, wie Dan Brown zum Beispiel.«

Er schüttelte entschieden den Kopf. »Nein, sehen Sie in mir vielmehr einen, wir wollen sagen: Sonderermittler des Vatikans. Rein formell gehöre ich zum *Corpo di Vigilanza*.«

»Verzeihung«, fragte Bassler erstaunt, »sehen Sie es einem Anhänger der Reformation nach, wenn er sich nicht so genau auskennt. Das hört sich nach einer Polizeiabteilung an, aber mir ist in diesem Zusammenhang nur die Schweizer Garde bekannt.«

Danelli lächelte wieder. Irgendwie schien Lächeln seine zweite Natur zu sein.

»Die in den prachtvollen Uniformen, die angeblich von Michelangelo entworfen wurden?«

»Nicht?«

»Nein, aber das tut nichts zur Sache. Die Schweizer Garde ist direkt für die Sicherheit des Heiligen Vaters zuständig. Sie versieht Ehren- und Sicherheitsdienste, häufig im eher repräsentativen Bereich. Die Vigilanza ist eine kleine Polizeieinheit, nicht mehr als zweihundert Mann. Wir sind dem Gouvernatorat unterstellt und – wie soll ich es sagen? – für die Sicherheitsaufgaben *im* Vatikanstaat zuständig. Gelegentlich, wie in diesem Fall, auch *außerhalb*.

Wir tragen keine Uniformen, stehen zum Teil im geistlichen Dienst, wie ich, andere aber auch nicht. Wir haben eine vielseitige Ausbildung, und manchmal werden wir eben für ganz spezielle, diskrete Aufgaben eingesetzt.«

Interessiert hatten die beiden Männer Danellis Ausführungen gelauscht. Diefenstein hatte sich Wein eingeschenkt und das Glas in einem Zug geleert.

»Und kommt es schon einmal zu Überschneidungen, also Situationen, in denen beide Einheiten konkurrieren?«, wollte Bassler wissen.

Danelli nickte. »Das kommt vor. Aber wir sollten jetzt zur Sache kommen. Können Sie mir einen kurzen Bericht über die Ereignisse der letzten beiden Tage geben?«

Die beiden Männer erzählten freimütig alles, was sie in den letzten Tagen erlebt hatten. Danelli lauschte konzentriert, ohne auch nur einmal zu unterbrechen.

Nach dem Bericht der beiden Männer herrschte Schweigen in dem kleinen Zimmer. Jeder schien das Gehörte zu verarbeiten.

»Und Sie haben schon herausgefunden, wo er wohnt?«, fragte er dann.

Diefenstein nickte.

»Das könnte die Sache erleichtern. Aber leicht wird es nicht.«

Der päpstliche Agent machte ein nachdenkliches Gesicht und zündete sich eine Zigarette an, was Bassler, der militanter Nichtraucher war, schweigend, aber mit bösem Blick quittierte.

Danelli bemerkte den Blick und entschuldigte sich hastig.

»Nur keine Umstände, wir müssten nur nachher lüften«, gab sich Bassler betont gelassen.

Bassler zeigte ungekannte Toleranz, fand Diefenstein.

Plötzlich fiel Danellis Blick auf die Tüte, die Diefenstein nachlässig auf die Kommode gelegt und ganz vergessen hatte.

»Neue Einkäufe?«

Danelli deutete auf die Kommode.

»Was? Ja, natürlich. Die hab' ich in der Aufregung ganz vergessen.«

Diefenstein schlug sich gegen die Stirn.

»Dann sollten wir vielleicht einmal einen Blick hineinwerfen«, meinte Danelli süffisant.

Und die Männer konnten nicht ahnen, welche Überraschung ihnen bevorstand.

XVI.

Rom, Herbst 57 n. Chr.

Theophilos grüßt seinen geliebten Fronto.

Wenn es dir gut geht, freut es mich. Mir geht es schlecht.

Du wirst betrübt sein, das zu hören, aber es ist die Wahrheit. Auf der Rückfahrt von Ephesos befiel ein schweres Fieber sowohl die Mannschaft als auch die Passagiere unseres Schiffes, ein Fieber, das den ganzen Körper und vor allem die Augen angegriffen hat. Die Augen sind so dick geschwollen, dass sie kaum das Tageslicht sehen, und wenn die Sonne doch durchdringt, schmerzt es besonders.

Die Ursache wird wohl das stinkende, faule Wasser gewesen sein, das wir aus den Fässern schöpften. Schließlich wurde es so schlimm, dass die Mannschaft die Segel nicht mehr bedienen konnte und wir in Korinth anlegen mussten, wo wir vier Wochen blieben.

Erst als wir frisches Wasser und Obst an Bord nehmen konnten, ging es allmählich, Stück für Stück besser. Dennoch waren sieben Tote zu beklagen, vor allem Kinder und Alte.

Auch gab es keinen Medicus an Bord, der Linderung hätte bringen können. So lagen wir dann geschwächt unter den schlaffen Segeln, beteten und hofften auf die Hilfe des Herrn.

Nun liege ich zu Hause in meinem Cubiculum unter der Obhut der fürsorglichen Lavinia, die Fenster sind verdunkelt und sperren das Licht der Sonne aus, das meinen geschwollenen Augen schmerzt. Die gute Lavinia hat sofort einen Arzt ins Haus geholt, einen Griechen natürlich. Der hochnäsige Freigelassene hört auf den edlen Namen Alexander.

Zuerst hat er an meinem Krankenbett um das Honorar gefeilscht, dann sah er mich nachdenklich an und meinte, der Tod sei vielleicht gar nicht mehr fern. Daraufhin hat sich das Honorar weiter erhöht. Ich weiß gar nicht, ob ich wirklich so viel wert bin?!

Seitdem lässt mich dieser hochbezahlte Peiniger täglich zur Ader, reibt mich mit warmem Wein ein und gibt mir ekelerregende Säfte zu trinken, die er direkt aus dem Giftschrank der Locusta entwendet haben muss.

Der Ekel, den diese Säfte verursachen, lässt den Schmerz vergessen. Vielleicht hatte der alte Cato ja doch recht, als er meinte, auf diese Weise würden sich die Griechen an uns Römern für die Eroberung von Hellas rächen.

Leider fand ich bei der Rückkehr keinen Brief von dir vor. Das lässt mich glauben, dass du meinen Brief aus Antiochia nicht erhalten hast. Das kann mich nicht verwundern, denn der syrische Schiffer, dem ich ihn anvertraute, machte wahrhaft keinen verlässlichen Eindruck. Sicherlich hat er meine Sesterzen in einer jener üblen Hafenkneipen vertrunken und die Zeilen, die ich ihm leichtsinnig anvertraut hatte, lösen sich in den Fluten des Meeres langsam auf und dienen den Fischen zur Speise.

So wirst du auf den Bericht über meine Reise warten müssen und auch über das, was sich hier in der Stadt ereignet hat, falls du es nicht schon erfahren hast.

Sei in brüderlicher Liebe gegrüßt.

Theophilos

XVII.

Pompeji, 23. August 79 n. Chr., elfte Stunde

Servulus hörte gar nicht mehr auf zu erzählen. Zwischendurch trank er in hastigen Zügen mit Wasser vermischten Wein, als müsse seine dürre Kehle ständig befeuchtet werden.

Er erzählte von seiner Heimat im fernen *Hispania* und dass ihn schon als Kind seine hochverschuldeten Eltern an Sklavenhändler verkauften. Er war damals schon fast so groß wie jetzt. Irgendwann, wenn auch viel zu früh, hörte er auf zu wachsen und seitdem trägt er auch den Namen »Sklävlein«. Wie alt er ist? Das weiß er nicht so genau. Aber zwanzig Winter hat er bestimmt schon gesehen.

Fronto lauschte gespannt und bediente sich höchstens hin und wieder aus dem üppigen Früchtekorb, während er Servulus zuhörte.

Servulus' Eltern verkauften ihren Sohn an Lucius Plautillus, einen Tuchhändler in *Neapolis*, wo er den ganzen langen Tag im Urinbecken stand, um Stoffe zu walken. Die Mitsklaven lachten ihn aus und sein Herr war oft ungerecht. Der Herr ließ seine Launen mit Vorliebe an dem *Pumilus* aus, dem Zwerg, wie er ihn voller Verachtung nannte. Solch einem Wutausbruch verdankt er auch die Narbe an seiner Stirn.

Auch Domitilla, die Herrin, trieb nur ihren Schabernack mit ihm. Servulus stockte, trank einen Schluck und sprach dann langsam weiter. Manchmal musste er ihr gar zu Willen sein, obwohl er dies nur mit Ekel ertragen konnte, zumal die Herrin unsauber war und schlecht roch.

Zuletzt schmeckte er öfter die Peitsche als Brot – und deshalb fasste er den kühnen Plan zur Flucht. Eines Nachts ...

Gerade als er von seiner gelungenen Flucht erzählen wollte, füllte ein beängstigendes Grollen den Raum, und man wusste nicht, ob es aus der Erde oder von draußen kam.

Fronto blickte irritiert auf und legte die Finger auf die Lippen. Das Grollen wiederholte sich, lauter und grimmiger als zuvor, gleichzeitig ging ein Beben durch das ganze Haus, dass die Gläser auf dem Tischlein vor der Speiseliege zitterten.

Erschrocken schwieg Servulus und blickte sich um, als könne er die Ursache des Grollens in der dunklen Zimmerecke ausmachen. Dann war es vorbei, aber die Sorgenfalten auf dem Gesicht des Hausherrn waren unübersehbar.

»Der Berg!«

Er wies aus dem Fenster und deutete auf den Vesuv, der sich als dunkler, gefahrvoller Schatten im Hintergrund abzeichnete.

Gemeinsam verließen sie das *Triclinium* und eilten ins *Peristyl*. Der kleine Garten gab den Blick direkt auf den Vulkan frei. Längst war die Sonne untergegangen und die Sterne, die am klaren Himmel wie Diamanten funkelten, schienen den Berg wie einen König zu umkränzen und verliehen ihm eine Aura verderblicher Göttlichkeit.

Fronto schüttelte den Kopf.

»Das geht schon seit Tagen so«, sagte er, »und ich kenne nicht wenige Leute, die die Stadt aus Angst schon verlassen haben.«

»Angst? Aber wieso?«

»Der Vesuv ist ein Feuerberg, ein Vulkan, und Vulkane können Tod und Verderben bringen, wenn sie ihr Feuer herausschleudern. Hast du davon noch nicht gehört? Aber dieser hier ...«

Er brach abrupt ab und starrte sorgenvoll in den nachtdunklen Himmel, bevor er mit leiser Stimme fortfuhr: »Andere meinen, sie könnten die Götter des Feuers beruhigen. Sie bringen Vulcanus Opfer und wollen ihn gnädig stimmen, sie opfern ihm und tanzen wie wild um seinen steinernen Tempel, aber das ist sinnlos!«

Seine Stimme wurde lauter. Zorn mischte sich in seine Stimme.

»Sinnlos?« Servulus verstand diese Bemerkung und den Zorn des alten Mannes nicht. Wie konnte es sinnlos sein, den mächtigen Gottheiten zu opfern? Er dachte daran, dass er Mercur regelmäßig kleine Opfer brachte (meist von dem, was er vorher gestohlen hatte), weil er so hoffte, auf seiner gefahrvollen Flucht unter dem Schutz des Gottes stehen zu können, in dessen Macht der Schutz der Reisenden, Kaufleute – und der Diebe lag!

Fronto blickte seinen Gast nachdenklich an.

»Willst du mir ins *Tablinum* folgen, Freund?«

Der so Angesprochene folgte seinem neuen Freund nur zu gerne ins Arbeitszimmer, wo ihn ein äußerst behaglicher Raum erwartete.

Doch als er eintrat, erstarrte er.

XVIII.

Pompeji nuova, 17. März nachmittags

Gut gelaunt saß Frank Henderson in einer Trattoria an der *Piazza Immacolata* und verspeiste mit großem Appetit sein Carpaccio aus hauchdünnem rohen Rindfleisch. Kross gebackenes Weißbrot, begleitet von einem kühlen Glas *Ripasso Valpolicella*, dazu ein azurblauer Himmel. Ohne Zweifel: Die Italiener besaßen Lebensart.

Einen Flug nach Neapel hatte er schnell bekommen. Im lauten und frenetischen Neapel hatte er schnell eine notwendige Angelegenheit geregelt, sich aber ansonsten nicht länger als nötig aufgehalten und sofort ein Taxi nach Pompeji genommen. Bei der Ankunft in Pompeji hatte er dem lautstark protestierenden Fahrer die Hälfte des geforderten Fahrpreises gezahlt und ihn mit einem Blick aus seinen gnadenlosen Augen zum Schweigen gebracht – das funktionierte immer noch.

Dann hatte er sich einen Leihwagen gemietet und sich in dem gutbürgerlichen *Hotel Sacra* in der gleichnamigen Straße einquartiert.

Während Henderson die nächste Gabel mit Rindfleisch in seinen Mund schob, blickte er auf seine Fingerknöchel, die leicht angeschwollen waren. Obwohl er sich nicht länger als eine halbe Stunde in Neapel aufgehalten hatte, hatte die Stadt ihr in aller Welt verbreitetes Klischee ohne Verzögerung bedient: Ein junger Taschendieb hatte versucht, ihm seine Brieftasche aus der Jacke zu fingern. Henderson bemerkte die fremde Hand in der Tasche sofort und zögerte nicht. Blitzschnell wirbelte er herum und blickte in das unrasierte, von Akne entstellte Gesicht eines dunkelgelockten jungen Mannes. Eine Duftwolke von Armut und billigem Alkohol schlug ihm entgegen. Ohne weitere Worte landete er einen krachenden Schwinger an das Kinn des Taschendiebes. Der Bursche verdrehte schmerzhaft die Augen und sank sofort bewusstlos zu Boden. Ohne sich um die empörten Schreie der Umstehenden zu kümmern, die freilich nichts von den Umständen wussten, schlenderte Henderson weiter zum Taxistand.

Ein breites Grinsen zog über sein kantiges Gesicht, wenn er an die Szene dachte. Wer ihm die Brieftasche klauen wollte, musste es viel geschickter anstellen.

Er bestellte noch einen Espresso und rief den Kellner. »Vorrei pagare per favor.«

Neben Italienisch sprach Henderson fließend Französisch, auch etwas, was ihn von dem unkultivierten Baldwyn unterschied, der es nie für nötig gehalten hatte, auch nur eine einzige Fremdsprache zu lernen.

»Wenn sie etwas von uns wollen, sollen sie verdammt noch mal Englisch sprechen«, war seine wenig kosmopolitische Devise. Beim Gedanken an seinen Auftraggeber zog eine Wolke des Missmuts über Hendersons Gesicht.

Gleichzeitig aber musste er an Joan Baldwyn denken und seine Züge hellten sich wieder auf. Hendersons Mund wurde trocken. Einfach atemberaubend, diese Frau. Sie hätte einen anderen Mann verdient als diesen reichen Barbaren.

Langsam verließ er das Lokal und blickte sich lauernd nach allen Seiten um. Er war es gewohnt, ständig seine gesamte Umwelt im Blick zu haben und war damit stets gut gefahren. Man musste früh aufstehen, um Henderson zu überraschen.

Seit seiner Ankunft am Nachmittag war er schon sehr erfolgreich gewesen: Innerhalb von nur zwei Stunden fand er den von Leslie hervorragend beschriebenen Jungen, der sich bereitwillig als Francesco vorstellte. Henderson kaufte ihm sogar drei Schriftstücke für fünfundzwanzig Dollar ab, mit deren Inhalt er freilich nichts anfangen konnte. Sorgsam schob er sie in eigens dafür vorbereitete Hüllen.

Auch die Suche nach Francescos Wohnort war kein Problem gewesen. Er folgte ihm einfach auf seinem Heimweg und gelangte bald zu dem schäbigen alten Haus in der *Via de Fusco*.

Während er anschließend sein Carpaccio verspeiste, überlegte er sich, wie er weiter verfahren würde. Es gab, wie meistens in solchen Fällen, mehrere Wege, die zum Erfolg führen könnten. Längere, mit Geduld und Freundlichkeit, ohne Risiko, aber auch ohne Erfolgsgarantie. Und die kürzeren, die mitunter ein gewisses Gewaltpotenzial beinhalteten, aber nach seiner Erfahrung fast todsicher von Erfolg gekrönt waren. Henderson neigte stets zu den kürzeren Wegen.

Heute Abend würde er der lieben Familie Carmacci einen Besuch abstatten. Seine Hände tasteten nach der Beretta 9 mm, die er unauffällig in der Hosentasche verstaut hatte. Auf dem Flug hatte er natürlich keine Waffe mitnehmen können. Und so hatte er sie sich ohne jedes Problem in Neapel besorgt. Man musste halt nur die richtigen Kontakte haben. Ein freudloses, bösartiges Grinsen verzog sein Gesicht.

Vielleicht brauchte er die Waffe ja noch. Man konnte nie wissen, wie kooperativ die Geschäftspartner waren.

XIX.

Rom, Winter 57 n. Chr.

Theophilos grüßt seinen geliebten Fronto.

Dank für deinen Brief, den ich vor einigen Tagen erhielt, und Dank für deine Sorge. Es geht mir wieder gut und ich weiß nicht, ob wegen oder trotz des Arztes. Jedenfalls hätte ich früher, als ich noch Sklaven hatte, für die Höhe seines Honorars zwei kräftige junge Sänftenträger kaufen können. Doch genug davon.

Es ist geschehen: Man hat mich zum Ritter gemacht. Nicht dass dies eine Schande wäre, und ich will auch nicht klagen, war ich es doch selbst, der dem Censor die Summe von 400 000 Sesterzen vorwies. Nun schmückt mich eitler Narr der Ritterring und der schmale Purpursaum an der Toga. Ob ich mich wirklich politisch betätigen und gar den Cursus honorum beschreiten will, weiß ich noch nicht.

Wie du mich kennst, bin ich eher von epikureischer Trägheit und so reizt mich weder der Offiziersdienst noch die politische Laufbahn. Aber immerhin werde ich in meinem neuen Rang unserer Gemeinde mehr nützen können. Doch verzeih mein eitles Geschwätz.

Vieles gibt es zu berichten, und Wichtigeres dazu: Petrus ist da. Er, den wir so lange erwarteten, ist vor einer Woche gekommen und unsere kleine Gemeinde ist voller Freude. Er ist von mittlerer Gestalt, eher kräftig, das volle Haupthaar ergraut, und er trägt einen Bart nach griechischer Sitte. Seine Stimme ist kraftvoll, aber er spricht unsere Sprache noch unvollständig, die der Griechen noch weniger. Sein Begleiter und Secretarius Marcus übersetzt und notiert vieles, was sein Meister sagt. Wir hängen an seinen Lippen, bedrängen ihn mit Fragen, nehmen ihn ganz in Anspruch.

Es begann schon am zweiten Tag. Petrus rief alle Anhänger in einem verborgenen Raum zusammen. Er stärkte unsere Herzen, dann erzählte er uns vom Leben unseres Herrn, dann von seinem Tod, aber auch von seiner Auferstehung, und alle waren furchtbar aufgeregt. Dann bestürmten wir ihn mit tausend Fragen und er beantwortete sie in großer Geduld.

Fronto, mein Freund, du kannst dir das Gefühl nicht vorstellen, neben einem Mann zu stehen, der die Hand unseres Herrn gedrückt hat, der ihn umarmt, seine

Worte gehört und gemeinsam mit ihm das Brot gebrochen hat. Aber etwas bedrückt diesen großen Mann, und wir haben noch nicht herausgefunden, was es ist.

Natürlich wollen wir auch wissen, was in der Zeit seit dem Tod des Herrn passiert ist. Er hat versprochen, auch dies alles zu erzählen. Auch drängt es uns zu erfahren, was aus den Männern geworden ist, die man Apostel nennt.

Du musst wissen, lieber Freund, dass unser Herr Jesus Christus, als er noch in den staubigen Wüsten Judäas wanderte, unter seinen Anhängern zwölf Männer auswählte, zu denen er wohl besonderes Vertrauen hatte. Er nannte sie in seiner Sprache »Saliahs«, was »Gesandte« bedeutet, in der Sprache der Weisheit, wie du weißt »Apostolos«.

Unter diesen war auch jener Judas, der ihn verriet und sein schmachvolles Leben selbst beendete. An seiner Stelle wählten die übrigen Elf einen Mann namens Matthias durch das Los. Doch ist schon einer von ihnen, wie uns Petrus berichtete, gestorben. Es handelt sich dabei um einen Mann namens Jacobus. Ihn ließ der jüdische König durch das Schwert töten. Soweit wir erfahren haben, leben die anderen noch und wir sind gespannt, mehr über sie zu hören. Vielleicht kommen ja weitere aus dieser auserwählten Schar nach Rom.

Neben diesen Nachrichten nehmen die Entwicklungen hier in Rom sicher einen geringeren Wert ein. Und doch ereignen sich merkwürdige Dinge. Wie man hört, pflegt der junge Kaiser nachts mit seinen wüsten Gesellen vermummt durch die Straßen zu ziehen und ehrsame Bürger zu verprügeln. Er wirft sie gar in die Kloaken oder bricht in Läden ein und beraubt sie. Und das, was er bei nächtlichen Raubzügen stiehlt, versteigert er dann später in seinem Haus. Seltsam genug für einen Kaiser, nicht wahr?

Aber, wer prügelt, muss auch einstecken! Neulich geriet er an den Falschen, einen jungen, kräftigen Ritter, dessen hübsche junge Frau er belästigte.

Der tapfere Mann indes zahlte mit gleicher Münze zurück und versohlte dem jungen Caesar derb das Fell. Seitdem lässt sich Nero auf seinen nächtlichen Zügen von Soldaten begleiten, die im Hintergrund lauern. Qualis mundus – was für eine Welt!

Was wohl mit dem tapferen jungen Ritter geschehen wird? Ganz Rom spricht darüber, wenn auch unter vorgehaltener Hand. Aber sie fragen sich hier auch, was da in den jungen Imperator gefahren ist. Und was sagt die Kaiserinmutter dazu?

Und der weise Seneca, sein Mentor? Und wie weit wird dieses Verhalten noch gehen, das eines römischen Kaisers doch wahrhaft unwürdig ist?

Wieder schreibe ich diese Zeilen in der Hoffnung und Gewissheit, dass sie nicht in die falschen Hände geraten, denn sonst würde es mir schlecht ergehen – und dir, dem Empfänger der Zeilen auch. Also, wenn du die Zeilen nicht vernichtest (und du hast ja gesagt, du sammelst sie mit Eifer), dann hüte sie jedenfalls sorgsam.

Ich schreibe dir all dieses, weil du es willst, aber auch, weil ich nicht weiß, was davon in die Provinz zu unserem geliebten Pompeji dringt, denn ist die Entfernung auch nicht so groß, so scheint mir doch vieles, was hier passiert, die Mauern der Stadt kaum zu verlassen.

Und wieder wirst du auf den nächsten Brief eine Zeit lang warten müssen, denn Lavinia, mein geliebtes Weib, der das Alter die ersten Spuren in das schöne Gesicht prägt, will unbedingt ihren kranken Bruder in Faesulae besuchen. Das ist weit im Norden und wir werden wohl einige Monate dort bleiben. Ich stelle mir dieses Nest ziemlich barbarisch vor, kann aber meinem lieben Weib diesen Gefallen nicht abschlagen. Vor allem werde ich die Gespräche mit Petrus und den anderen vermissen.

Übrigens habe ich über all den Neuigkeiten ganz vergessen, dir von meiner Reise zu berichten. Du siehst, dass ich langsam alt werde! Aber das werde ich im nächsten Brief nachholen, aber nur, wenn ich bis dahin mindestens zwei von dir erhalten habe.

Also, mein Freund, tunke den Stilus in die Tinte und schreibe.

Sei in Liebe gegrüßt und nicht weniger deine teure Quintilla.

Theophilos

XX.

Pompeji nuova, 17. März nachmittags

»Schauen Sie, das ist eine interessante Stelle!«, rief Danelli aufgeregt. »Solche Texte sind von großem Wert.« Er ließ offen, welche Art von Wert er meinte.

Mit fliegenden Fingern deutete der Pater auf eine gut lesbare Textstelle:

PETRVS OMNES DISCIPVLOS CELLA IN ABDITA CONVOCAVIT ET ANIMOS EORVM CONFIRMAVIT TVM EIS DE VITA DOMINI NOSTRI TVM MORTE EIVS SED ETIAM DE RESVRECTIONE ET OMNES MAXIMA EXCITATIONE AFFECTI SVNT ...

»*Petrus rief alle Anhänger in einem verborgenen Raum zusammen. Er stärkte ihre Herzen, dann erzählte er ihnen vom Leben unseres Herrn, dann von seinem Tod, aber auch von seiner Auferstehung und alle waren,* äh ...«

»... *waren völlig aus dem Häuschen*«, ergänzte Diefenstein lächelnd.

»›Aus dem Häuschen‹, ja, so könnte man es wohl übersetzen.«

Danelli lächelte nahezu väterlich. »Das ist sensationell, das ist großartig, von einer solchen Textstelle habe ich noch nie gehört. Das findet sich in keiner der kanonischen Schriften!«

»Auch nicht in den apokryphen?« Basslers Einwand war berechtigt. Neben den von der Kirche anerkannten Schriften gab es ganze Reihe von antiken Schriften, deren göttliche Inspiration die Kirche ablehnte und sie daher nicht zu den kanonischen Schriften zählte.

»Apokryph?«, murmelte Diefenstein nachdenklich. »Es gibt ein apokryphes Petrusevangelium, nicht wahr?«

»Ja, sicher«, sagte Danelli, »aber das ist kein Problem.«

Er stand auf und ging zu einem Aktenkoffer, den er in einer Ecke verstaut hatte.

»Soweit ich weiß, hat es aber die Kreuzigung Christi zum Inhalt. Hier scheint es darum zu gehen, dass Petrus Jünger zusammenruft und ihnen vom Herrn erzählt. Das hätte er wohl kaum in Jerusalem getan. Da käme wohl eher seine Zeit in Rom in Frage. Aber das werden wir gleich haben.«

Er öffnete die Tasche und zog einen Laptop heraus. »Hier haben wir alles, was wir brauchen!«

Die beiden Geistlichen guckten ihn ratlos an.

»Bibel, apokryphe Evangelien und vieles mehr, alles auf der Festplatte!« Ein breites Lachen zog über sein asketisches Gesicht.

Es dauerte in der Tat nicht lange, bis klar war, dass diese Stelle nicht aus dem apokryphen Petrusevangelium stammte.

»Das hätten wir!« Danelli lehnte sich entspannt zurück.

»Aber über seine Zeit in Rom wissen wir kaum etwas, selbst die Apostelgeschichte ...« Diefenstein brach ab, fuhr dann aber zögernd fort: »Es könnte eine Stelle aus der Apostelgeschichte sein, oder nicht?«

Der Einwand schien nicht abwegig und Bassler nickte zustimmend. »Mein katholischer Freund könnte recht haben.« Er nahm sich eine Flasche Bier aus dem hoteleigenen Kühlschrank und gönnte sich einen kräftigen Schluck.

»Glaub' ich nicht«, konterte Danelli, »die kenn' ich gut genug! Aber bevor ich meine Festplatte bemühe, Sie haben doch sicher eine Bibel hier, oder?«

»Natürlich!«, gab Diefenstein fast entrüstet zurück und auch Bassler hatte rasch ein Exemplar zur Hand. Gemeinsam durchforsteten die Männer die Apostelgeschichte nach einer Stelle, die der gefundenen entsprochen haben könnte. Aber sie konnten eine solche Stelle nicht finden.

»Eindeutig nicht aus der Apostelgeschichte. Blieben die beiden Petrusbriefe.«

»Vergessen Sie die«, meinte Danelli lakonisch. »In denen spricht er selbst, also in der ersten Person. In unserer Textstelle wird *über* ihn gesprochen. Also ...«

»Keine in der kanonischen Literatur bekannte Stelle!«, ergänzte Bassler mit leiser Stimme.

Danelli nickte, seine Wangen waren vor Spannung gerötet. »Eine Sensation«, flüsterte er.

»Was ist eigentlich mit dem anderen Papyrus?«, fragte Bassler.

»Hm, sehen wir mal nach.«

Vorsichtig breiteten sie die zweite Schrift aus, ohne sie aus der schützenden Hülle zu nehmen. Sie war deutlich schlechter erhalten und ohne Lupe kaum lesbar. Die Ränder waren stark verbrannt, einzelne Stellen fehlten. Mit Mühe und stockender Stimme las Danelli vor:

... IN VNA MOENIA CONVEN ... DISPARI GENERE ... SIMILI LINGVA ALII ALIO MORE VIVE ... INCREDIBILE. EMORATV EST QVAM ...

»*Sie* ... – gemeint ist vielleicht ›convenerunt‹ – *kamen in einer Stadtmauer zusammen, von ungleicher Art, gleicher Sprache,* – da fehlt vermutlich das Praefix *dis-*, – also *ungleicher Sprache, jeder nach anderer Sitte lebend* – heißt das wohl – es ist unglaublich zu erwähnen, wie ... Das ist Sallust!«, rief Diefenstein triumphierend, »*Krieg gegen Iugurtha*, eine Monografie ...«

»Pardon, Monsignore, Sallust ist richtig«, korrigierte Danelli, »aber es handelt sich um eine Stelle aus der Monografie Catilina, in der er über den Verfall der römischen Republik berichtet.«

Diefenstein dachte einen Augenblick nach. »Gut möglich«, räumte er kleinlaut ein, »dann eben Catilina. Jedenfalls eine bekannte Schrift, wird in jeder Lateinklasse behandelt.«

»Und eine säkulare«, ergänzte Bassler, der sich inzwischen ein weiteres Bier aus dem kleinen Hotelkühlschrank geholt hatte und einen tiefen Schluck nahm. Aufregung hatte schon immer seinen Durst angeregt.

Danelli nickte. »Da räumt jemand die Bibliothek eines pompeijanischen Adligen aus, eines Mannes, der vermögend ist, sonst hätte er nicht so viele Schriften, und ...«

»Und Christ ist, oder zumindest Beziehungen zum Christentum hat, oder?«

»Ich vermute, Sie haben recht, lieber Monsignore. Wer weiß, was da noch alles zutage tritt.«

»Vielleicht lässt sich aus den Schriftstücken sogar auf den Besitzer schließen«, meinte Bassler atemlos, »immerhin sind die Namen vieler Besitzer der Häuser Pompejis bekannt.«

»Gut möglich«, murmelte Danelli.

Er klappte seinen Laptop zusammen und schaute auf seine schlichte Armbanduhr. »Es ist noch nicht so spät.«

»Was wollen Sie tun?«, fragte Diefenstein. »Den Jungen suchen?«

Danelli schüttelte den Kopf. »Wozu suchen? Es wird Abend, der Bursche wird zu Hause seinen Teller Spaghetti genießen. Wir werden ihn zu Hause besuchen und mit seinen Eltern sprechen.«

Er klopfte auf seine Aktentasche.

»Der Vatikan hat mir etwas Taschengeld mitgegeben. Wir gehen einkaufen!«

XXI.

Pompeji, 23. August 79 n. Chr., zwölfte Stunde

So viel Schönheit hatte er noch nie gesehen. Selbst sein ehemaliger Herr hätte sich solch eine Pracht nicht leisten können und auch keiner, den er je gekannt hatte. Und so viel Bildung und alles auf teurem *Papyrus*. Zwischen wunderschönen Fresken standen zwei Regale, die von oben bis unten mit Schriftrollen gefüllt waren, viele von ihnen waren durch stabile Lederfutterale geschützt.

»Meine *Bibliotheca*«, sagte Fronto mit Stolz. »Du findet hier alles, was unser Volk in den letzten hundert Jahren an Literatur hervorgebracht hat. Na ja, fast alles.«

Fronto bemerkte den neugierigen Blick seines Gastes.

»An den Bändchen kannst du sie erkennen. Schau, die blauen Bändchen hier, das sind die Historiker.«

Er nahm willkürlich eine Lederrolle heraus, öffnete sie und entrollte den *Papyrus*.

»Kannst du eigentlich lesen?«

Servulus schüttelte den Kopf.

»Das sind die *Historien* von Sallustius. Die dort«, er wies auf die unterste Reihe des Regals, »das sind die *Libri ab urbe condita* von Livius, und da drüben Caesars *Commentarii de bello Gallico*. Die roten Bändchen kennzeichnen die Philosophen wie Cicero und Seneca. Die grünen Bändchen die Dichter wie Ovid, Vergil oder Macer.«

Wer bei Mercur ist das denn?

»Ach so«, Servulus' Interesse ließ spürbar nach, das war nicht seine Welt.

»Und die Gemälde«, fragte er, weil Bilder ihn deutlich mehr interessierten als Bücher, »was zeigen die?«

»Mein ganzer Stolz«, schmunzelte Fronto. »Dieses zeigt die Hochzeit von Venus und Mars.«

»Ach so?« Mit offenem Mund starrte Servulus staunend auf das prächtige Fresko. In der Mitte des Bildes saß eine vornehme Dame, offenbar die Liebesgöttin Venus, in einer langen violetten *Toga*, den Fuß anmutig auf einen Holzschemel gestützt, in der Hand einen angebissenen Apfel. Hinter ihr stand der Kriegsgott mit goldenem Kriegerhelm und blauer Tunika und schien über ihre Schulter zu schauen. Ein unbekleideter Jüngling beobachtete die Szene.

»Das ist der Liebesgott Amor«, erklärte Fronto lächelnd.

»Und dahinter?« Servulus wies auf drei Gestalten, die hinter dem prächtigen Sofa standen.

Fronto zuckte die Schultern. »Vielleicht die Hochzeitsgäste?«

Er lachte. »Ich kann mit diesen Göttern nichts mehr anfangen, aber ich mag die Bilder, hab' sie immer gemocht. Sie sind einfach zu schön. Vielleicht, weil ich es auch als Kind schon so gewohnt war.«

Servulus' Gesicht zeigte Ratlosigkeit.

»Du musst wissen«, fuhr Fronto freundlich fort, »wir hatten vor siebzehn Jahres ein schweres Erdbeben hier. Viele Häuser wurden zerstört, viele meiner Nachbarn starben! Ein Gott hat mir nicht geholfen.«

Er schüttelte den Kopf.

»Wahrscheinlich hatten wir das auch dem Berg dort zu verdanken. Immer wieder rumpelt es in seinem Inneren, und eines Tages werden wir vielleicht alle ...«

Fronto vollendete den Satz nicht und schüttelte nachdenklich den Kopf. Er konnte ja nicht wissen, wie recht er mit seiner Andeutung haben würde.

»Jedenfalls war dieses Haus kaum beschädigt und ich habe die wenigen Schäden wieder herrichten lassen. Und dann, ja dann habe ich eben die letzten Ersparnisse genommen, die mir aus meiner Amtszeit noch geblieben waren.«

Er schmunzelte und schüttete sich einen Schluck Wein aus einem Tonkrug in das Glas, das er mitgenommen hatte. Bedächtig stellte er das Tongefäß zurück auf den Tisch.

»Dann ließ ich Syphax, einen begabten jungen, aber nicht weniger teuren Maler aus Rom kommen und der hat hier zwei Jahre lang gewirkt. Und das Ergebnis siehst du hier.«

Er wies auf ein weiteres Fresko, das, wie er erklärte, den Triumph des Bacchus zeigte.

»Der Weingott«, murmelte Servulus, »aber sagtest du nicht eben, dass dir die Götter fern seien?«

Fronto wies auf zwei mit rotem Stoff bezogene Stühle. Nach kurzem Zögern begann er.

»Früher habe ich wie alle andern noch an diese Götter geglaubt, schließlich war ich so erzogen worden. Ich ging regelmäßig zum Tempel, opferte, betete. Aber schon damals kam es mir vor, als seien es steinerne Götzen, an die ich mich wandte, still und ohnmächtig.

Sie hörten mich nicht, sie spendeten keinen Trost, sie halfen nicht. Es war, als spräche man zu steinernen Wänden.«

Fronto nahm sein Glas und trank es hastig aus, als könne er mit dem Wein unangenehme Erinnerungen auslöschen.

»Ein kostbarer Tropfen, nicht wahr?« Ohne eine Antwort abzuwarten, fuhr er mit kräftiger Stimme fort.

»Und ich vermochte auch keinen Unterschied zu uns Menschen erkennen. Sie hassten und töteten, sie hurten und spannen ihre üblen Intrigen, ja sie schickten gar, wie in Troja, die Menschen stellvertretend für sich in den Krieg. Sie wurden mir immer ferner.«

Er machte eine kurze Pause und beobachtete aufmerksam seinen Zuhörer.

Aber der lauschte ganz gespannt.

»Aber dann ...«, Fronto zögerte und das Sprechen schien ihm nicht leichtzufallen, »... aber dann habe ich den wahren Gott kennengelernt.«

Der kleinwüchsige Exsklave machte aus seiner Verwunderung keinen Hehl.

»Den wahren Gott? Und nur einen? Bei Mercur, das ist wenig!«

Fronto nickte und ein warmherziges Lächeln verzauberte seine alten Züge.

»Ich habe das meinem alten Freund Theophilos zu verdanken. Wir sind hier zusammen groß geworden. Dann ist er vor etwa fünfundzwanzig Jahren nach Rom gezogen, weil er dort ein prachtvolles Haus und ein gewaltiges Vermögen von seinem Onkel geerbt hat.

Und Karriere hat er gemacht, ist ein großer und wichtiger Mann geworden. Ritter ist er geworden, und in der Politik hätte er es weit gebracht, wenn er nur gewollt hätte, aber er hatte andere Ziele. Die Reichen und Mächtigen liegen oft bei ihm zu Tisch. Aber mich hat er nie vergessen, nein, ich darf mich gar seinen liebsten Freund nennen.

Er ist schon sehr bald in Kontakt mit jener Gruppe gekommen, die jetzt Christen genannt werden, und wie ein göttliches Feuer ist die Begeisterung über ihn gekommen. Mit flammendem Herzen hat er mir alles geschrieben und ich, der ich schon lange ein Suchender war, habe diese neue Lehre mit durstigem Herzen aufgenommen. Und nicht nur ich. Die Gemeinde in Rom wächst täglich.«

»Und hier, hier gibt es auch diese Christen?«, fragte Servulus verblüfft nach und nahm behutsam einen Schluck Wein.

Fronto lächelte traurig. »Nein, hier nicht. Wer weiß, vielleicht bin ich hier in Pompeji der Einzige. Noch!«

»Aber du triffst deinen Freund regelmäßig?«

Fronto schüttelte den Kopf, ein schmerzlicher Zug grub sich in sein Gesicht.

»Nein, leider nicht. Seitdem er Pompeji verlassen hat, haben wir uns nur unregelmäßig gesehen, viel zu wenig. Aber wir tauschen uns durch Briefe aus, die für unsere beiden Herzen eine Labsal sind.«

In der Zwischenzeit war es dunkel geworden.

Die Dienerin kam herein und zündete mehrere Öllämpchen an. Ihr flackernder Schein spiegelte sich an den Wänden und erweckte die Fresken zu unheimlichem Leben.

Fronto hatte eine Zeit lang geschwiegen. In Gedanken versunken hatte er ohne Worte auf sein leeres Glas gestarrt. Dann fuhr er mit fester Stimme fort.

»Theophilos hat mir wahrhaft die Augen geöffnet. Er hat mir von einem Mann erzählt, der vor mehr als vierzig Jahren im Morgenland gekreuzigt worden ist.«

»Ein Sklave?«, unterbrach ihn Servulus überrascht.

»Ein Sklave?« Fronto lachte laut auf. »Nein, eher ein König! Der König der Könige! Der Sohn Gottes!«

Servulus starrte seinen Gastgeber ungläubig an. Sein Mund war trocken geworden und seine feinen Nackenhaare sträubten sich. *Was erzählt mir dieser Mann?*

Im gleichen Augenblick durchfuhr ein wildes Beben das Haus, dass es in seinen Grundfesten zu wanken schien. Der Tonkrug fiel vom Tisch, zersprang in tausend Stücke und ergoss seinen blutroten Inhalt auf den mosaikgeschmückten Boden. Wie ein unheilvolles Omen versickerte das Rot langsam in den Mosaiksteinchen.

Die beiden Männer starrten sich an, blanke Angst spiegelte sich in ihren Augen.

XXII.

Rom, Frühjahr 58 n. Chr.

Theophilos grüßt seinen Fronto in brüderlicher Liebe.

Wir sind zurück aus Faesulae und kamen doch zu spät. Lavinias Bruder war schon eine Woche zuvor gestorben und ich tue mein Bestes, um meine Gemahlin zu trösten, denn sie hatte sehr an ihrem Bruder, dem letzten Verwandten, gehangen. Die alte Etruskerstadt ist doch ein recht armes Nest, verfügt aber immerhin seit den Tagen des großen Augustus über ein Theater und angemessene Thermen, in denen ein von der Reise geschundener Körper etwas Erholung finden kann. Nach Glaubensbrüdern habe ich – in aller gebotenen Diskretion natürlich – vergebens gesucht, unser Glaube scheint diesen Teil des Reiches noch nicht erreicht zu haben. Vielleicht hängt es auch an den bärbeißigen Menschen dort.

Wie du sicher weißt, hat Sulla einst in dieser Gegend seine Veteranen angesiedelt und irgendwie scheint man diese Herkunft den Einwohnern hier immer noch anzumerken. Dass sie sich später an Catilinas Verschwörung beteiligt haben, passt zu ihnen, es ist doch ein arges Gesindel. Ich jedenfalls war froh, als ich wieder die Mauern unserer Stadt durchschritten hatte.

Dank dir für deine beiden Briefe, die bei meiner Ankunft hier lagen, du hast dein Versprechen gehalten. Es erfüllt mein Herz mit süßer Freude, dass dir der kleine Bericht des Marcus über das Leben unseres Herrn so gut gefallen hat. Viele Fragen stellst du mir zum Bericht des Marcus, zur Entwicklung unserer Gemeinde, zu den Geschehnissen auf dem Palatin, und ich will mir Mühe geben, sie alle zu beantworten.

Nun der Reihe nach.

Du hast recht, mein Freund. Jesus hat vieles in Form von Gleichnissen gelehrt, bildhaften Umschreibungen aus der Welt der Zuhörer, damit sie es besser verstehen. Und doch bleibt – auch mir – manches rätselhaft. Du erwähnst, was er über die Kinder gesagt hat und dass für solche nur das Himmelreich ist. Ich deute dies so, dass man den Glauben, den Jesus uns verkündet, nur mit gleichsam kindlichem Vertrauen annehmen kann, ihn nicht philosophisch bis ins Letzte erklären kann, wie es die Sophisten tun. Wer sich bemüht zu wissen, irrt, denn die Geheimnisse des Glaubens wären keine Geheimnisse mehr, könnte man sie mit Mitteln der Logik vollkommen erschließen. Nicht wer weiß, ist der himmlischen Belohnung wert, denn das kann ein jeder sich aneignen, so er nur die entsprechende Ausbildung genießt. Wer aber ohne Vorbehalte glaubt, so wie es ein Kind in seinem grenzenlosen Vertrauen tut, der handelt, wie es des Himmels würdig ist. So verstehe ich das.

Ja, auch mich hat es nachdenklich gemacht, dass ein Reicher nur schwer in das Reich Gottes eingehen kann, bin ich doch durch meine Erbschaft sehr vermögend geworden. Aber er hat auch gesagt, dass für Gott nichts unmöglich ist, und das gewährt mir Trost. Ich bemühe mich, meinen Reichtum in seinem Sinne einzusetzen, habe meine Sklaven freigelassen, zahle für Armenspeisungen und unterstütze die Armen unserer Gemeinde vielfältig. Ich spüre immer mehr, wie es das Herz froh macht, von seinem Besitz abzugeben. Tue auch du Gleiches, und du wirst voller Freude eine andere Art von Reichtum kennenlernen.

Und was ist nun mit den Wundertaten, über die Marcus berichtet? Dass er Blinde und Lahme, Aussätzige und Besessene geheilt hat, ja gar eine Tote zum Leben wiedererweckt hat. Freilich fällt das schwer zu glauben, so etwas hat man nie zuvor gehört. Auch ich stehe fassungslos vor solchen Erzählungen. Aber es nährt nicht meine Zweifel, sondern stärkt meinen Glauben. Wenn dieser Mann der Sohn Gottes ist, so mag es ihm möglich sein, solches zu tun. Ist nicht Gott allmächtig und dann nicht auch sein Sohn? Haben wir denn früher an der göttlichen Allmacht eines Jupiter gezweifelt? Haben wir nicht früher die Tempel aufgesucht und voller Inbrunst zu Juno oder Minerva gebetet und Wunder erhofft?

Aber wir haben nie etwas von diesen steinernen Götzen erhalten. Nun aber geschieht, um was wir bitten. Um wie viel mehr soll das doch Grund sein, an diesen Mann und seine heiligen Worte zu glauben! Wenn du weitere Fragen hast, stelle sie mir gerne. Was ich in meiner Schwäche nicht beantworten kann, das wird mir sicher der große Petrus beantworten und ich will es gerne an dich weiterleiten.

Was passiert sonst noch in der Stadt der Städte? Der Kaiser baut und plant, plant und baut. Ein neuer Palast soll errichtet werden, schöner und größer als alles, was Rom jemals zuvor gesehen hat. Das Städtchen Ostia soll durch Kanal und Mauer mit Rom verbunden werden und vieles mehr. Das alles kostet sehr viel, und wenn man den Gerüchten glauben darf, ist die kaiserliche Schatulle leer. Aber der Imperator ist erfindungsreich. Wer als Reicher stirbt, hat ihn in seinem Testament zu bedenken, sonst verliert er alles. Aus den Tempeln gar lässt er die goldenen Opfergefäße einsammeln. Luxus und Prunk hat er verboten, nur nicht für sich! Doch wer das rügt, begeht Majestätsbeleidigung und sein ganzes Vermögen wird konfisziert.

Du siehst, lieber Fronto, die Dinge hier entwickeln sich zum Schlechteren und ich fürchte, ein Ende ist noch nicht abzusehen.

Was ist nur aus dem jungen Prinz geworden, auf dem so viele Hoffnungen ruhten? Hat der weise Seneca als sein Erzieher etwa versagt? Er hat eine Denkschrift mit dem Titel »De Clementia« geschrieben und sie seinem Zögling gewidmet, aber hat es genutzt? Ganz Rom rätselt und schweigt.

Was mich anbetrifft, so werde ich künftig der Hitze und Grausamkeit der Stadt im Sommer entfliehen. Ich habe ein kleines Landgut in Tusculum in den Albaner Bergen gekauft und es wird gerade nach meinen Anweisungen hergerichtet.

Hier hatte einst der große Cicero sein Tusculanum und berühmte Männer wie Marius, Lucullus, Hortensius, Cato oder Caesar wären meine Nachbarn gewesen, hätte ich hundert Jahre früher gelebt.

Und eine weitere Nachricht wird dich sicher so erfreuen wie mich: Da ich unbedingt meine Schwester besuchen will, werde ich auch dich endlich wiedersehen und darauf freue ich mich sehr. Und Lavinia freut sich besonders, die entzückende Quintilla zu sehen, sind sie doch in ihrem Wesen recht ähnlich. Also rechne mit meiner Ankunft etwa zu den Kalenden des Mai, aber mache dir nicht zu viele Umstände, denn ich bin ein bescheidener Gast.

Es grüßt dich in Liebe dein Theophilos.

XXIII.

Pompeji nuova, 17. März frühabends

Das Azurblau des Himmels war vor der Zeit verschwunden und hatte einem kühlen Nordwind Platz gemacht, der vom Meer her über die *Piazza Bartolo Longo* fegte. Feiner Nieselregen hatte eingesetzt, der Häuser und Straßen des Städtchens mit einem Netz aus Millionen hauchdünnen Perlen überzog, ohne dass man den Eindruck hatte, wirklich nass zu werden.

Die drei Geistlichen hatten die Kragen ihrer Mäntel hochgezogen und überquerten eilig den Platz. Ungeduldig drängten sie sich an den letzten Touristen vorbei, die auch hier noch versuchten, in den schmutzigen Ecken und Winkeln malerische Motive für ihre Kameras zu finden.

»*Look, honey, isn't it absolutely idyllic?*«, schrie eine dickliche, hochblondierte Amerikanerin in ausgeprägtem Südstaatendialekt voller Entzücken und drückte mehrfach auf den Auslöser ihrer japanischen Kamera. Ein halb verfallenes Haus mit dem dekadenten Charme des späten Mittelalters, der Vorgarten voller Schneeglöckchen und Primeln, war in ihr Blickfeld geraten.

»*Sure, sweetheart, just great!*«, murmelte ihr Mann mit gepflegtem Bürstenhaarschnitt und schreiend blumigen Hemd und starrte mit wehmütigem Blick einer grazilen Italienerin nach, die mit wiegenden Hüften über den Platz ging.

Wenig später bogen die Männer in die *Via de Fusco* ein. Wie beim ersten Mal war die Straße nahezu menschenleer, nur ein verbeulter Kombi und ein alter Volvo parkten am Straßenrand. Die Männer gingen achtlos an den Fahrzeugen vorbei. Diefenstein zeigte dezent auf das heruntergekommene Haus. »Da ist es!«

Danelli nahm es schweigend zur Kenntnis und beschleunigte seine Schritte. Etwa hundert Meter vor dem Haus stoppte er abrupt.

»Meine Herren«, und seine Stimme nahm einen verschwörerischen Klang an, »ich halte es für sinnvoll, wenn Sie mich allein hineingehen lassen.«

Diefenstein und Bassler sahen den Pater befremdet an. »Stellen Sie sich vor«, fuhr Danelli schnell fort, »wir kreuzen da zu dritt auf. Das muss die einfachen Leute einschüchtern, oder? Sie haben Ihre Arbeit getan, gut getan, lassen Sie mich den Rest erledigen.«

»Aber wir ...«, es war nur ein schüchterner Einwand, den Bassler versuchte, und Danelli unterbrach ihn auch sofort. »Ich bin für solche Aufgaben, sagen wir: geschult. Dies hier ist eine polizeiliche Aufgabe, möglicherweise sogar eine nicht ungefährliche. Ich muss Sie um Verständnis bitten. Ich schlage vor, Sie warten dort an der Ecke auf mich. Tarnen Sie sich etwas, stellen Sie sich in den Hauseingang dort. Schauen Sie«, er streckte die flache Hand in den Regen, »der Regen wird stärker, Sie sollten sich nicht noch eine Erkältung holen.«

Danelli lächelte dünn, aber seiner festen Stimme war zu entnehmen, dass er keinen Widerspruch duldete. Einen Augenblick lang herrschte ein fast peinliches Schweigen zwischen den Männern.

»Nun gut, Pater«, murmelte Diefenstein. Seine Stimme klang enttäuscht und nicht überzeugt, »vielleicht haben Sie ja recht. Wir werden hier warten. Aber Sie müssen uns nachher genau berichten.«

»Und seien Sie vorsichtig!«, ergänzte Bassler, der irgendwie erleichtert schien.

Pater Danelli dankte lächelnd für den Rat und versprach, alles genau zu berichten. Er wartete, bis die beiden Männer den schützenden Hauseingang aufgesucht hatten. Dann ging er ohne Zögern auf das Haus zu, suchte das Klingelschild und drückte zweimal kräftig darauf. Ein schriller Klingelton fuhr durch die Straße. Die beiden Männer zogen sich noch tiefer in den Eingang zurück und so entging ihnen die kräftige Gestalt, die in dem Volvo saß und das ganze Geschehen mit Erstaunen beobachtete.

Nach wenigen Sekunden hörte man schwere Schritte zur Tür schlurfen. Ein rasselnder Husten, der von regelmäßigem Nikotingenuss kündete, gefolgt von einem markigen Fluch, ein schwerer Schlüssel drehte sich im Schloss.

Dann öffnete eine dickliche ältere Frau die Tür, das nachlässig zusammengebundene Haar von silbernen Strähnen durchzogen, das ältliche runde Gesicht voller Falten. Sie musste einmal eine hübsche Frau gewesen sein, aber das war schon sehr lange her. Not und Sorge, aber auch der Ärger des täglichen Lebens hatten tiefe Falten in ihr ehemals ansprechendes Gesicht gegraben.

Zögernd gab die Frau einen schmalen Spalt frei. Mit fahrigen Bewegungen trocknete sie ihre schwieligen Hände an einer schmutzigen Kittelschürze ab und musterte den Ankömmling mit misstrauischem Blick. Hier hatte man nicht oft fremde Besucher. Wozu auch, so was brachte meist Ärger!

»*Che cosa vuole da me?* – Was wollen Sie von mir?«

Ihr Tonfall war unfreundlich und abweisend und während sie sprach, offenbarte sie eine lückenhafte Reihe fauler Zähne. Zugleich drang aus dem Hausflur ein undefinierbarer Schwall verschiedener Gerüche, von denen keiner angenehm war. Der Geruch von gekochtem Kohl mit Zwiebeln, Schwaden kalten Rauchs begleitet von menschlichen Ausdünstungen aller Art und einem seit Jahren ungepflegten Haus hatten sich zu einem absurden Gestank verbunden, der dem Pater penetrant in die Nase stieg. Der schien das aber nicht zu bemerken und lächelte die Frau gewinnend an.

Aus ihrem Versteck sahen die beiden Geistlichen mit wachsendem Erstaunen, wie Pater Danelli in seinen Mantel griff und der Frau etwas vor die Nase hielt, ein kurzer Wortwechsel und beide waren in dem Backsteinhaus verschwunden.

Verblüfft blickte Diefenstein seinen Freund an.

»Wie hat er das jetzt geschafft? Ich hätte gewettet, die Alte schmeißt ihn hochkantig raus.« Nachdenklich kratzte er sich an seinem Kinn, das wieder eine Rasur benötigt hätte.

»Übrigens kenne ich die Frau.«

»Du kennst die Frau?!«

»Na ja, kennen ist eigentlich zu viel gesagt. Aber ich bin mir ziemlich sicher. Ich habe sie schon ein paar Mal in der Kirche bei der Messe gesehen.«

Bassler nickte unsicher. »Stimmt. Jetzt wo du es sagst. Aber dieser Danelli! Der Mann ist mir unheimlich. Er offenbart immer neue Fähigkeiten. Was man so alles im Vatikan lernt. Irgendwie habt ihr doch gewisse Vorteile gegenüber uns.«

»Vorteile? Was meinst du damit?«

»Nun«, gab Bassler lächelnd zurück, »so eine Institution wie der Vatikan macht schon was her. Mit so was können wir nicht mithalten, wir haben halt keine weltumspannende Organisation, die uns alle Türen öffnet.«

Diefenstein murmelte nur etwas von protestantischem Futterneid und starrte weiter auf das Backsteinhaus. Was mochte jetzt darin vorgehen?

Die Antwort auf diese Frage hätte sich der gute Monsignore wahrlich in seinen kühnsten Träumen nicht vorstellen können!

XXIV.

Rom, Herbst 58 n. Chr.

Theophilos grüßt seinen Fronto in brüderlicher Liebe.

Welch eine Freude war es doch, dich und deine liebe Quintilla zu sehen, gemeinsam zu Tisch zu liegen und über all die Dinge zu sprechen, die sich inzwischen ereignet haben. Wir müssen uns in Zukunft öfter sehen und ich hoffe sehr, dass du dein Versprechen wahr machst und dein Gegenbesuch hier bald erfolgen wird. Und dass ich die Ehre hatte, dich zu taufen, wird für mich immer unvergessen bleiben. Was immer auch kommt, bleibe im Glauben fest und vertraue auf Jesus Christus und du wirst deinen Lohn erhalten.

Wir sind ohne Eile zurückgereist und haben die Reise genossen und gerne will ich dir, wie ich es versprach, von der Reise berichten.

Wie ich dir schon angekündigt hatte, haben wir zuerst Pomponius Faesus in Herculaneum besucht. Alt ist er geworden, aber sein Weib wird immer jünger. Kein Wunder, er tauscht sie jährlich aus, der alte Schwerenöter! Erst nach zwei Wochen ließ er uns ziehen. In Neapolis waren wir bei Lucius Fontinus zu Gast, du kennst ihn sicher noch. Er war vor Jahren Quaestor in Herculaneum. Nun hat er sich ein riesiges Haus gekauft und völlig von griechischen Bauleuten umbauen lassen. Es sieht mehr wie ein Tempel aus, bietet aber seinen Gästen alle Bequemlichkeiten.

Abends schleppte er uns entweder ins Theater oder zu den Agonen. So etwas habt ihr in Pompeji nicht, aber sicher hast du schon davon gehört. Wettkämpfe in Musik, Tanz und Dichtung bieten kurzweilige Unterhaltung und sind eine liebliche Abwechslung gegenüber den blutigen Gladiatorenkämpfen. Ich bin nun langsam in einem Alter, in dem ich das viele vergossene Blut und die Schmerzensschreie der Getöteten nicht mehr ertragen kann.

Und dann Baiae!

Ganze vier Wochen haben wir in diesem schönsten aller Bäder zugebracht und waren Gast bei Iulius Fortunatus und seiner schönen Frau Carilla. Welch ein Genuss! Sowohl der Ort als auch die Gastgeber! Warme Bäder, zarte Massagen, Strandfeste und Gastmähler. Es ist eine ganz andere Welt, von der ich nicht weiß, ob sie dir gefallen würde, und jetzt, nach meiner Rückkehr, weiß ich nicht einmal, ob sie mir wirklich gefallen hat.

Denn so schön der Ort auch ist, scheint er mir doch auch in hohem Maß ein Ort der Sünde und der Verworfenheit zu sein.

In prachtvoller Robe stolzieren die Gecken an den geschmückten Stränden entlang, schlendern durch die duftenden Myrtenhaine und zerreißen sich mit Vorliebe die Münder. Der gesellschaftliche Klatsch gedeiht hier mindestens so gut wie die üppige Fauna, die auf den Hügeln rings um die Bucht prangt.

Auf rosenbekränzten Barken fährt man in lauer Nacht durch die matt glänzende Bucht, der sinnenverwirrende Zauber des aromatischen Klimas betört den Geist. Wenn du durch die prachtvollen Platanenhaine wandelst, tönen die lauschigen Lauben aus geschorenen Buchshecken wider vom weltvergessenen Geflüster der Liebenden. Das sind Momente des Genießens, in denen du dich aller Sorgen entledigst. Die Überfülle des Luxus lässt dich – wenn du dazu bereit bist – in unseliger Seligkeit schwelgen. Und doch haftet allem der übel riechende Moder der Sünde an: Zügellosigkeit, Unkeuschheit, Prasserei und Schwelgerei feiern hier ihre Triumphe.

Ich erinnere mich daran, dass der längst verstorbene Elegiker Propertius einst seine Geliebte Cynthia mit den Worten mahnte: »Die Ufer jener goldglänzenden Bucht haben schon so manchem Liebespaar die Trennung gebracht und unzählige ehrenhafte Jungfrauen ins Verderben gestürzt.« Und hat nicht auch jener traurige Dichter der Metamorphosen gemeint, dass schon manche Frau, die in den heißen Quellen der Thermen Heilung gesucht habe, statt der erwünschten Heilung eine schmerzende Wunde im Herzen davongetragen habe?

Und neulich noch las ich in einem Brief, den Seneca, der treffliche Erzieher unseres Caesars, seinem Freund Lucilius schrieb, dass man diesen Ort meiden müsse: »Zwar verfügt er über gewisse natürliche Vorzüge (hier untertreibt der Gute!), doch hat ihn die Genusssucht selbst als Wohnsitz ausgesucht. Es macht mir keine Freude, in einem Gasthaus zu sitzen, betrunkene Menschen am Strand entlangwanken zu sehen, dem Treiben der unerfahrenen Boote zuzuschauen und den Liedern zuzuhören, die aus rauen Stimmen über das Wasser gegrölt werden.«

Mit vielem hat der Philosoph da recht, und doch kann man sich dem Zauber dieses Ortes nur schwer entziehen, selbst wenn man wie wir die Gnade des Glaubens erfahren hat und solcherlei Vergnügungen jetzt mit ganz anderen Augen sieht. Dazu passt, dass ich mit Trauer erfahren habe, dass man an diesem Ort des Luxus eine Gemeinde unseres Herrn vergeblich sucht. Und das hat mir dann letztlich doch den Aufenthalt etwas vergällt. So fiel es mir nicht so schwer, nach vier Wochen Abschied von unserem spendablen Gastgeber zu nehmen, der mir freilich das Versprechen abnahm, ihn bald wieder zu besuchen.

In der alten Griechenstadt Cumae verweilten wir nur drei Tage und besuchten den alten Spurius Favonius. (Erinnerst du dich noch an ihn? Er hat jahrelang in Britannia gedient und ist mit einem Vermögen, aber ohne sein rechtes Bein zurückgekehrt.) Es ist um ihn so still geworden wie in der ganzen Stadt. Seit Puteoli zum neuen Hafen ausgebaut wurde, versinkt der Hafen von Cumae im Schlamm der Vergessenheit. Natürlich haben wir die Grotte der Sybilla besucht, aber der lange Gang, der mit vielen Verzweigungen in den Südhang des Berges geschlagen wurde, ist schon recht mühselig für einen Mann meines Alters.

Mühselig war es auch, den Klagen unseres Gastgebers zuzuhören, der beständig über die Last des Alters und die Beschwerden seiner Krankheiten klagt, anstatt sich zu freuen, dass er überhaupt noch lebt. Freilich lebt er allein, seine Frau ist tot. Kinder hatte er nie und so streitet er von morgens bis abends mit seinen wenigen Sklaven, die mindestens so alt sind wie er, ihm aber nichts recht machen können. So schwingt er mit seinen dürren Händen die Peitsche und das schmerzerfüllte Geschrei der Gepeinigten macht den Aufenthalt zur Qual.

Also waren wir froh, als wir diese wenig gastliche Stätte verlassen konnten.

So bequem auch die neuen Reisewagen mit ihren Federungen sind, waren wir doch genug durchgeschüttelt worden und besonders meine liebe Lavinia bat darum, den restlichen Weg mit dem Schiff zurücklegen zu dürfen. Da aber in Cumae keine großen Schiffe mehr ankern, mussten wir zurück nach Puteoli reisen und waren überrascht und erfreut.

In diesem hübschen kleinen Ort existiert eine durchaus beachtliche Gruppe, die sich zu Jesus Christus, dem auferstandenen Messias, bekennt. Sie wird von einem reichen Kaufmann namens Systimos geführt, der uns überaus gastfreundlich begegnete. Wir blieben vier Tage in seinem Haus und lernten viele unserer Brüder und Schwestern kennen. Stell dir vor, er hat uns zur Hochzeit seiner Tochter Phyllis eingeladen und wir werden ihn gerne im nächsten Jahr, wenn die Schiffe wieder fahren, besuchen.

Phyllis – ist das nicht ein liebreizender Name? So liebreizend wie das Geschöpf selbst. So nannte sich einst – wenn man der Sage glauben darf – die Tochter des thrakischen Königs Sithon, die sich aus Gram über die lange Abwesenheit ihres Geliebten Demophon selbst tötete. Die Götter – so es sie jemals gab – verwandelten sie dann in einen blattlosen Mandelbaum, der erst Blätter trieb, als der zurückgekehrte Demophon ihn umarmte. Sind das nicht schöne Geschichten aus einer längst vergangenen Zeit? Aber verzeih, ich stehle deine Zeit mit dem Geschwätz eines alten Mannes.

Ich kann Wichtigeres berichten: Von unserem trefflichen Gastgeber hörten wir, dass sich seine Gemeinde »Christianoi« nennt, Christen also, nach unserem Herrn Jesus Christus. Aus Antiochia komme der Name und mir gefällt er, stellt er doch eine sprachliche Verbindung her zwischen unserem Herrn und seiner Gemeinde, und ich werde ihn voller Stolz nach Rom tragen. Sicher gefällt er mir besser als die Bezeichnung »Nazarener«, die uns hier manche geben.

Jedenfalls hat uns Systimos eine Passage nach Rom auf einem vernünftigen Schiff besorgt, bei einem griechischen Schiffsführer zu einem vernünftigen Preis. Und so segelten wir bei angenehmem Wellenschlag und ruhiger See ohne unangenehme Ereignisse bis Ostia.

So, mein Freund, das war ein langer Bericht, und du hast ihn verdient, denn du warst, wie könnte es anders ein, ein hervorragender Gastgeber, und unsere Gespräche haben mich erfreut und erfrischt.

Mit ungeduldiger Freude werde ich deinen nächsten Brief erwarten.

Es grüßt dich in freundschaftlicher Liebe

Theophilos

XXV.

Rom, Frühjahr 59 n. Chr.

Theophilos grüßt seinen Fronto in brüderlicher Liebe.

Ich hoffe, mein lieber Freund, du hast dem Überbringer dieser Zeilen ein großzügiges Reisegeld gegeben, denn er ist ein sehr zuverlässiger und diskreter Mann, und genau diese Eigenschaften muss jemand haben, der diesen Brief überbringen soll. Ich habe den Boten jedenfalls mit Sorgfalt ausgesucht, und gleich wirst du wissen, warum ich dies tat.

So höre denn, mein Freund, und verschließe meine Worte in deinem Herz, denn – wie so oft – kann die Wahrheit sehr gefährlich werden, wenn sie denn nach außen dringt.

Die Kaiserinmutter ist tot! Wie sie starb, wirst du fragen. Durch einen Unfall? An einer Krankheit? Sie zählte doch gerade mal um die fünfundvierzig anni!

Sie starb von Neros Hand, wie in allen Gassen geflüstert wird. Leise freilich, denn die Prätorianer sind überall, und wer den Kaiser verleumdet, landet schnell »ad bestias« und dient den hungrigen Löwen zum Futter.

Wie es heißt, soll er zunächst versucht haben, sich ihrer durch ein Schiffsunglück zu entledigen.

Und als sie das überlebte, soll er sie durch gedungene Meuchler in ihrem Landhaus am Lucriner See umgebracht haben.

Vielleicht sind die Gerüchte von dieser unerhörten Tat auch schon in deine liebliche Provinzstadt gedrungen, denn so weit entfernt ist der Ort der Meucheltat ja nicht von deinen Mauern entfernt.

Vom Palatin hört man freilich eine andere Geschichte: Sie soll selbst den Tod gesucht haben, nachdem der Attentatsversuch auf ihren Sohn gescheitert sei. Lügen, Verleumdung, Frevel. Glaub nur ja nichts von dem, wenn es an deine Ohren gelangt.

Ganz Rom vergeht vor Scham und Angst, aber niemand wird es je zeigen. Unklar bleibt, welche Rollen Burrus und Seneca gespielt haben bei diesem schlimmen Bubenstück.

Sie können doch ihre Hand nicht zu solcher Tat gereicht haben, ein ehrlicher Kriegsmann und ein edler Philosoph.

So, mein Freund, das musste ich dir mitteilen. Aber es wird besser sein, wenn du diese Zeilen dem gefräßigen Feuer übergibst. Denn sollte man sie jemals bei dir finden, droht dir wie mir höchstes Ungemach!

Es grüßt und umarmt dich in freundschaftlicher Liebe

Theophilos

XXVI.

Pompeji nuova, 17. März spätabends

Der Regen hatte zugenommen und die beiden Männer noch tiefer in den Hauseingang zurückgetrieben. Schwarze Wolken kündeten von einem drohenden Gewitter, das sich über der kleinen Stadt zusammenbraute. Nach wie vor war die Straße wie ausgestorben, einige wenige Männer hasteten müde und ausgelaugt von der Arbeit zum heimischen Sofa. Sie warfen den Männern im Hauseingang kurz misstrauische Blicke zu, kümmerten sich aber nicht weiter um sie.

Kurz, nachdem der Pater das Haus betreten hatte, hörten sie, wie eine Wagentür zuschlug. Sie beobachteten einen kräftigen, gut gekleideten Mann, der in dem Volvo gesessen haben musste. Mit seiner teuren Kleidung passte der Mann absolut nicht in dieses Viertel. Vielleicht ein Versicherungsvertreter, mutmaßte Diefenstein mit Blick auf seine elegante Aktentasche. Dann war der Unbekannte plötzlich hinter der nächsten Ecke verschwunden.

Bassler wischte die Tropfen von seiner Uhr. Fast zwei Stunden war der Pater jetzt schon in dem Backsteinhaus.

»Wie lange wollen wir noch warten?«, knurrte er unwillig. Diefenstein blickte ihn ratlos an. Er schüttelte den Kopf und runzelte die Stirn. »Die Sache gefällt mir nicht! Irgendwas stimmt da nicht!«

»Wie meinst du das?«

»Wie ich es sage. Und ich werde der Sache jetzt auf den Grund gehen.«

»Du?«

»Ja, mein Freund. Ich werde die Familie di Carmacci besuchen und sehen, wo sich unser geheimnisvoller Pater rumtreibt. Und du bleibst hier!«

»Warum sollte ich?«, meinte Bassler unwirsch.

»Weil du die Polizei holen wirst, wenn ich in fünfzehn Minuten nicht zurück bin.«

»Die Polizei? Du meinst …«

Diefenstein ergriff den Arm seines Freundes und blickte ihn durchdringend an.

»Ich meine, dass wir uns hier auf etwas eingelassen haben, was ein schlechtes Ende nehmen könnte. Frag mich nicht, warum. Es ist nur ein Gefühl, aber ein sehr starkes.«

Bassler nickte. »Ich verstehe. Fünfzehn Minuten, keine Sekunde mehr. Und pass auf dich auf, alter Freund.«

Mit raschen Schritten überquerte der Monsignore die Straße. Während er sich dem Backsteinhaus näherte, warf er einen Blick zurück. Bassler winkte ihm dezent, aber aufmunternd zu. Dann stand er vor der massiven Eingangstür, die besser erhalten schien als das ganze Haus. Sein Finger legte sich energisch auf die Klingel und drückte zweimal. Der schrille Klang ließ ihn zusammenzucken.

Das hat die ganze Straße geweckt, dachte er und blickte zu den benachbarten Häusern, aber dort regte sich nichts. Kurz darauf ein weiterer Versuch, aber niemand öffnete. Er klopfte entschlossen gegen die Tür und stellte im gleichen Augenblick verwundert fest, dass die Tür nicht verschlossen, sondern nur angelehnt war. Wieder ein Blick zurück zu Bassler. Der hatte verstanden und ermutigte ihn mit einer Geste weiterzumachen.

Die Tür ächzte ein wenig in ihren Angeln, als sie unter Diefensteins sanftem Druck aufschwang. Zugleich empfing ihn ein durchdringender Geruch verschiedenster Ausdünstungen, von denen keine als angenehm empfunden werden konnte. Diefenstein rümpfte die Nase und hatte Mühe, einem aufkommenden Brechreiz zu widerstehen.

»Hallo?« Vergeblich versuchte er, seiner Stimme Festigkeit zu verleihen. *Herr Jesus, was mache ich hier eigentlich?*

In dem engen Hausflur war es stockdunkel, kein Licht brannte – und schlimmer noch:

Keiner antwortete ihm.

»Pater Danelli?«

Keine Antwort. Diefenstein tastete erfolglos nach einem Lichtschalter. Erschreckt fuhr er herum, als die Tür hinter ihm durch einen Luftzug krachend ins Schloss fiel. Sekunden später erhellte ein greller Blitz den Flur durch das Oberlicht über der Tür, kurz darauf erschütterte ein gewaltiger Donnerschlag das Haus. Diefenstein zuckte erschreckt zusammen, aber der kurze Blitz hatte genügt, um ihm den Lichtschalter zu zeigen, der direkt neben ihm auf der verschmutzten, ehemals weiß verputzten Wand angebracht war. Eine alte Deckenlampe tauchte den schmalen Flur in milchiges Licht.

An den Wänden hingen große ungerahmte Kalenderblätter, die verschiedene Ansichten aus dem alten Pompeji zeigten. Eine alte Wanduhr mit tickendem Pendel, die einige Stunden nachging, hing fast vor seiner Nase.

Der Flur hatte drei Türen, eine schmale Treppe führte nach oben. Eine Tür war nur angelehnt und führte offenbar in den Keller.

»Hallo, ist hier jemand? Signora di Carmacci? Pater Danelli?«

Diefenstein schüttelte den Kopf. Danelli war doch eben erst hier hineingegangen und die alte Frau hatte ihm geöffnet, die konnten doch nicht verschwunden sein. *Was ist hier los?*

Behutsam öffnete er die schmale Tür direkt hinter dem Eingang. Eine kleine Toilette, brüchige, kitschig-bunte Kacheln, ein schmales Waschbecken mit einem langen Riss in der Mitte, alles wirkte schmutzig und ungepflegt. Die nächste Tür gab den Blick auf einen Raum frei, der offenbar zum Unterstellen von Dingen benutzt wurde, die diese Welt nicht mehr brauchte. In buntem Chaos waren alte Stühle aufeinander gestapelt; ein Tisch lag auf dem Rücken, bedeckt von einem bunten, verschlissenen Tuch; in der Ecke stand ein Schrank, der, wäre er in besserem Zustand gewesen, als Antiquität hätte durchgehen können.

Daneben alte Bücher, Schallplatten und Stapel von Katzenfutterkartons.

Enttäuscht schloss Diefenstein die Tür. Nichts, was das Rätsel um die verschwundenen Personen hätte klären können, es wurde immer mysteriöser. Dazu die gespenstische Ruhe im Haus, die nur vom gleichförmigen Ticken der alten Wanduhr unterbrochen wurde.

Er wurde zunehmend nervöser und es wäre ihm schon sehr recht gewesen, wenn sein Freund Bassler jetzt bei ihm gewesen wäre.

Die nächste Tür führte in die Küche, was schon der überwältigende Geruch von gekochtem Kohl mit Zwiebeln und Speck anzeigte, der ihm unangenehm in die Nase strömte. Er drückte den Schalter. Ein kaltes, zuckendes Neonlicht flackerte an der fleckigen Decke auf.

In der Tat köchelte auf dem alten Gasherd eine wenig appetitliche Brühe in einem riesigen Topf, daneben lag ein großer Holzlöffel, mit dem die Köchin wohl eifrig durch die Brühe gerührt hatte. Diefensteins Blick fiel auf die alte Küchenzeile in ehemals weißem Schleiflack, die schon bessere Zeiten gesehen hatte. Eine Tür hing nur noch in ihren Angeln, eine weitere fehlte ganz. Töpfe und Pfannen in allen Größen standen auf dem Regal über dem Herd, darunter Dutzende von Gewürzen.

Plötzlich hatte Diefenstein das untrügliche Gefühl, nicht mehr allein zu sein. Gleichzeitig verspürte er eine sanfte Berührung am Bein. Erschreckt fuhr er herum und blickte nach unten. Ein großer getigerter Kater war in die Küche gekommen und guckte ihn mit großen gelben Augen böse an.

»Ach du bist es nur, Kater. Bin ich in dein Revier eingedrungen?«

In seine Stimme mischte sich Erleichterung, während der Kater beleidigt abzog. Offensichtlich hatte er sich eine Fütterung erhofft und nicht das dumme Geschwätz eines ungebetenen Besuchers.

Diefenstein wollte die Küche schon verlassen, als sein Blick zum Küchentisch in den Erker vor dem Fenster fiel. Er erstarrte und seine Nackenhaare sträubten sich. Eiskalt lief es ihm den Rücken hinunter. An dem Tisch saß, leicht nach vorne gebeugt, Pater Danelli und schien ihn mit klagenden Augen anzusehen.

»Pater Danelli!«

Mit einem Schritt war er bei ihm und packte ihn an der Schulter. Doch Pater Danelli konnte ihm nicht mehr antworten. Er war tot. Sein Oberkörper fiel zur Seite und gab den Blick frei auf ein langes Tranchiermesser, das bis zum Schaft in seiner Brust steckte. Jetzt erst bemerkte Diefenstein entsetzt die dunkelrote Blutlache, die sich in bizarrem Muster auf der geblümten Plastikdecke rings um eine umgeworfene Kaffeetasse und zwei kleine Mandelplätzchen ausgebreitet hatte. Stetige zähe Tropfen hatten zu einer kleinen Blutlache unter dem Tisch geführt. Mittendrin lag ein blinkendes Handy, daneben stand Danellis Aktenkoffer.

Pfarrer Diefenstein war kalkweiß geworden und unterdrückte nur mit Mühe einen Aufschrei. *Oh mein Gott, der arme Danelli. Was ist hier geschehen?*

Sein Gefühl hatte ihn nicht betrogen. Nichts wie weg, denn wenn man ihn hier neben der Leiche erwischen würde, hätte er der Polizei einiges zu erklären. Er sah schon die Überschrift in der Zeitung: *Kölner Geistlicher in mysteriösen Mordfall verwickelt!*

Nein, er musste sofort weg hier. Aber vorher murmelte er ein hastiges Gebet, schloss dem Toten die gebrochenen Augen und machte ein Kreuzzeichen auf seine blasse Stirn, die bereits erkaltet war. Das zumindest war er dem ermordeten Amtsbruder schuldig.

Er wollte sich gerade auf den Rückweg machen, als er hörte, wie ein Schlüssel in die Haustür gesteckt wurde. Sekunden später tönte eine frohe Kinderstimme durch den Flur. Diefensteins Puls begann zu rasen. Panik erfasste ihn. Wer könnte da …?

»*Ciao, Mama*, ich habe Hunger. *Che cosa c'e' oggi?* – Was gibt es heute? Ich gehe schnell noch aufs Klo …«

Die Stimme gehörte eindeutig Francesco! Im gleichen Augenblick erklangen die Glocken des Kölner Doms, sein Handy meldete sich! Kein Augenblick hätte unpassender sein können!

XXVII.

Rom, Sommer 59 n. Chr.

Theophilos grüßt seinen geliebten Fronto.

Nicht ohne Verwunderung habe ich deinem letzten Brief entnommen, dass es in eurem Amphitheater zu einer gewaltsamen Auseinandersetzung mit euren Nachbarn aus Nuceria gekommen ist, so weit ist es also wieder gekommen, dass Römer Römer töten.

Sogar unser Senat hat sich mit diesem Vorfall beschäftigt und soweit ich gehört habe, wird Pompeji, das als Urheber des Streits ausgemacht wurde, für zehn Jahre keine Gladiatorenspiele mehr haben, die Anstifter des Krawalls wurden sogar mit Verbannung bestraft. Aber die Gesandtschaft aus Nuceria – du hättest sie sehen sollen – musste wahrlich Mitleid erregen. Verstümmelt und verletzt, wie sie hier eintrafen, manche auf Bahren oder in blutige Verbände verpackt, dazu kreischende und heulende Weiber, Kinder, die nach ihren Vätern riefen, ein Bild des Jammers. Kein Wunder, dass unser würdiger Senat so entschied, auch der Caesar soll sehr empört gewesen sein.

Was es hier Neues gibt?

Die Dinge haben sich beruhigt, viele haben den Tod der Augusta schon vergessen. Der Caesar umgibt sich neuerdings mit fünftausend jungen Rittern, den sogenannten Augustiani. Sie begleiten ihn zu allen seinen Auftritten, die er als Sänger oder Wagenlenker absolviert, und klatschen und johlen wie die Verrückten. So trägt der Caesar seine Begeisterung immer mit sich. Rom hatte jetzt fünf gute Jahre unter seiner Regentschaft, aber mein Gefühl, wenn es mich denn nicht trügt, sagt, dass sich die Dinge ändern. Möge unser guter Herr uns davor bewahren, dass er zu einem zweiten Caligula wird!

Von unserer Gemeinde jedoch gibt es Neues zu berichten. Unter dem Einfluss des großen Petrus wächst und gedeiht sie nahezu täglich. Sklaven und Freie, Männer und Frauen, Plebejer und Patrizier strömen täglich in großer Zahl zu uns, lassen sich taufen und drängen nach dem Wort des Herrn.

Simon Petrus hat übrigens Aufnahme im Hause eines reichen Senators namens Marcellus gefunden, und der Gastgeber ist nicht der Einzige aus der Curia, der sich uns angeschlossen hat. Oft belagern die Menschen das Haus des Senators schon im Morgengrauen, sie bringen die Kranken und Lahmen und erhoffen Besserung. Und Petrus, der den Segen unseres Herrn in sich trägt, heilt viele von ihnen. Und je mehr er heilt, desto mehr kommen. Viele aber wollen nur seine Worte hören, sie hängen wie Verdurstende an seinen Lippen und nehmen begierig jedes Wort auf. Petrus erzählt von seinem Zusammensein mit Jesus Christus, von den Wundern, die er gewirkt, von den Gleichnissen, die er gebrauchte.

Ach – ich erzählte dir schon, dass er oft so einen bekümmerten Eindruck machte. Ich kenne nun den Grund dafür. Wie er uns selbst erzählt hat, hat er unseren Herrn kurz vor seiner Kreuzigung dreimal verraten. Als Jesus nämlich im Haus des Hohenpriesters vernommen wurde, befand sich Petrus im Hofe desselben. Und dreimal wies man auf ihn und sagte, dass auch er zu den Anhängern des Gefangenen gehöre, und ebenso oft hat er dies abgeleugnet. So trägt auch dieser wahrhaft große Mann seine Schuld und er kann sie sich nicht verzeihen.

In der Stadt feiern sie jetzt wieder die Feste für Vesta. Wie du weißt, strömen die Frauen barfuß zu ihrem Tempel und opfern Lebensmittel. Und die Bäcker und Müller marschieren mit ihren geschmückten Wagen umher. Welch ein alberner Brauch! Wenn ich bedenke, dass ich früher solche und ähnliche Bräuche mit Begeisterung mitgefeiert habe, schüttle ich mein ergrautes Haupt. Mir bedeutet das nichts mehr.

Ich packe stattdessen meine Taschen und werde mich auf den Weg nach Puteoli machen, denn, wie du dich vielleicht erinnerst, wurde ich dort zu einer Hochzeit eingeladen und ich will mir die süße Phyllis im feuerroten Schleier nicht entgehen lassen. Lavinia aber wird mich nicht begleiten, sie fühlt sich unpässlich, drängt mich aber zu fahren.

Von allem werde ich dir getreulich berichten.

Und wenn es meine Gesundheit (und meine Reisekasse) zulassen, so will ich auf der Rückreise einen kurzen Besuch bei dir machen und deinen vorzüglichen Falerner genießen.

So, geliebter Freund, für heute mag das reichen. Ich erwarte freudig deinen nächsten Brief.

In Liebe und Verbundenheit,

Theophilos

XXVIII.

Pompeji nuova, 17. März spätabends

Der Gang war viel zu eng, nur in gebeugter Haltung konnte man vorwärts kommen. Dazu kühl und feucht, an vielen Stellen tropfte Wasser von der Decke. Der Tunnel war unbeholfen in die Erde getrieben und durch eine schlecht verlegte Stromleitung nur notdürftig an wenigen Stellen erhellt. Aber das kümmerte den Mann nicht. Auch nicht, dass sein Markenanzug inzwischen an mehreren Stellen schon stark verschmutzt, an einer Stelle gar eingerissen war. Ohne Erbarmen trieb der Mann die jammernde Alte vor sich her, die er wegen ihrer Körperfülle an manchen Stellen regelrecht durch den Gang schieben musste.

»Ich kann nicht mehr«, schluchzte die Frau und sank auf den feuchten Boden.

»Weiter, Weib!« Henderson griff in die grauen Strähnen der Frau und zog sie brutal nach oben. Aber schnell sah er ein, dass das keinen Zweck hatte. Selbst die vorgehaltene Pistole beeindruckte Antonia di Carmacci nicht mehr. Sie fing laut zu weinen an und begann, mit ihren dünnen Armen auf ihren Peiniger einzuschlagen. Mit einem kalten Lachen wehrte Henderson die schwachen Schläge ab.

»Also gut. Du kannst dich fünf Minuten ausruhen. Aber dann geht es weiter, sonst siehst du deine Familie nicht mehr wieder!«

Seufzend und schwer atmend sank die Frau zusammen. Ihr Weinen war in ein lautloses Schluchzen übergegangen, die Hände hielt sie wie schützend über den Kopf.

Missmutig blickte Henderson auf seinen teuren Anzug. Es war doch nicht so glatt gegangen, wie er gehofft hatte.

Zuerst dieser merkwürdige Geistliche, der das Haus betreten hatte, das er so lange beobachtet hatte. Nach kurzer Zeit hatte er beschlossen nachzusehen, was der verdammte Pfaffe im Haus der Carmaccis trieb. Sein untrüglicher Instinkt signalisierte ihm, dass das irgendwas mit den Papyri zu tun hatte. Und richtig, nachdem er sich durch den hinteren

Garten leicht Eingang in das Haus verschafft hatte, fand er die beiden in traulichem Gespräch in der Küche. Interessiert lauschte er an der geöffneten Küchentür.

»Aber sicher, Hochwürden, wenn die Heilige Mutter Kirche Interesse an den alten Dingern hat, soll sie sie haben, von mir aus alle. Sicher wird die Kirche sich irgendwie an unseren Unkosten beteiligen wollen.«

Danelli nickte nur schweigend. Er wollte den Redefluss der Frau jetzt auf keinen Fall unterbrechen.

Und die fuhr eifrig fort: »Wenn mein Giovanni nach Hause kommt, werde ich mit ihm sprechen. Kein Problem. Aber das wird dauern, vor morgen früh wird er nicht kommen. Wissen Sie, er arbeitet in der Spätschicht als Portier in der *Albergo Neptuno*.«

Eifrig hatte sie dem Pater Kaffee nachgeschüttet und selbst gebackene Mandelplätzchen aufgeschwatzt, und das mit einer Freundlichkeit, die man nach dem frostigen Empfang kaum hätte erwarten dürfen. Signora Antonia di Carmacci mochte manche Fehler haben und oft genug ihrer Familie und vor allem ihrem Mann die Hölle auf Erden bereitet haben, für die Belange der Kirche hatte sie stets ein offenes Ohr. Nicht umsonst ging sie fast jeden Tag in die Kirche und sang sämtliche Lieder zwar meist falsch, aber mit einer Inbrunst und Lautstärke, die man der Alten nicht zugetraut hätte. Außerdem tat sie sich mit Vorliebe beim Flicken der alten Messgewänder hervor. Und Weihnachten half sie mit einer Energie beim Schmücken der alten Kirche, dass der Pfarrer sie schon mehrfach vor allen gelobt hatte.

Sie lebte eben konsequent nach den beiden Wahlsprüchen, die sie – wie das Rezept der Kohlsuppe – von ihrer Großmutter übernommen hatte. Erstens: Sündigen darfst du, aber beichten musst du; und zweitens: Für die Kirche musst du alles tun, denn sie ist das Bodenpersonal Gottes auf Erden und man weiß ja nie!

»Und nachher müssen Sie unbedingt von meiner Kohlsuppe probieren. Ist noch ein Rezept von meiner Großmutter.«

So riecht sie auch, dachte Danelli und war bemüht, die Freundlichkeiten der Frau in Maßen zu halten. Von der Suppe wollte er jedenfalls auf keinen Fall probieren. Das konnte niemand von ihm verlangen. Vielmehr war er da schon an der Frage interessiert, wie die Familie di Carmacci an diese Kostbarkeiten kam.

Aber auch hier hatte die Frau keine Geheimnisse. Es sprudelte geradezu aus ihr heraus.

»Die Kinder«, rief sie triumphierend. »Die Kinder sind daran schuld. Wissen Sie, mein Francesco und seine Freunde haben schon immer gerne auf dem Ruinengelände gespielt, obwohl das natürlich streng verboten ist. Aber der alte Baldoni und seine Kollegen drücken schon einmal ein Auge zu. Noch einen Kaffee?«

Danelli lehnte freundlich, aber bestimmt ab. »Und weiter?«

»Nun, eines Tages, ist fast ein Jahr her, da haben sie beim Spielen einen verschütteten Zugang entdeckt, einen Brunnenschacht, der direkt zu einem der Häuser führt. Aber der war so eng, dass man nicht richtig durchkam. Und stellen Sie sich vor, Monsignore, mein Mann und der Kleine haben in mühevoller Arbeit einen Stollen gegraben, hat Monate gedauert, vor allem nachts, damit keiner was merkt. Nur mein Schwager Alberto hat geholfen, aber der liegt jetzt im Krankenhaus, hat's an der Lunge.«

Die Alte war jetzt ihrem Element, nicht mehr zu bremsen. Die Wangen waren vor Aufregung gerötet.

»Sogar Licht haben sie gelegt. Ich war noch nie drin, bin etwas zu dick dafür, aber Giovanni und Francesco gehen rein, wenn wir was brauchen. Wissen Sie«, sie leckte sich eifrig über die Lippen, »das Haus steht in dem Teil, der noch nicht ausgegraben ist. Man kommt nicht von außen ran, nur durch den Schacht. Ja, sie gehen eben rein und holen sich das Zeug. Und dann verkaufen sie es an die Touristen. Es ist ja echtes Zeug, Papier, Figuren, alles Mögliche.«

Sie senkte verschwörerisch die Stimme und rückte ganz nah an den Pater heran, der die Nähe als weniger angenehm empfand, sich das aber nicht anmerken ließ.

»Es sollen sogar noch ein paar Skelette rumliegen«, flüsterte sie und rollte vor gespieltem Entsetzen mit den Augen.

»Aber Sie wissen, dass das nicht legal ist«, tadelte der Pater mit leichtem Vorwurf in der Stimme. Die Alte blickte ihn gutgläubig an.

»*Madonna mia*«, sie bekreuzigte sich hastig, »der Herr wird uns verzeihen. Hat er nicht gesagt, selig sind die Armen? Und arm sind wir, schauen Sie sich doch mal hier um. Seliger kann man doch gar nicht sein, oder? Mein Giovanni verdient ja im Hotel kaum was und die Trinkgelder werden immer kleiner. Und es ist ja alles so teuer heute, seit der Euro gekommen ist.«

Sie spitzte die Lippen, als wolle sie ausspucken. Die neue Währung brachte sie nur mit tiefster Verachtung über die Lippen.

»Finden Sie nicht auch, dass wir unsere schöne Lira wiederhaben sollten?«

Danelli nickte geduldig und schloss sich ihr vorbehaltlos an.

Henderson hatte genug gehört und beschloss einzugreifen. Mit einem Ruck riss er die Tür auf. »Madonna!« Die Frau schlug erschreckt die Hände vor das Gesicht, der Pater musterte den Eindringling eher kühl. Erst als er die Pistole in der Hand des Mannes sah, zuckte es in seinen Mundwinkeln, seine Muskeln versteiften sich.

»Wer sind Sie und was wollen Sie?«

»Das geht dich nichts an, Pfaffe! Wir werden jetzt ...«

»Wir werden jetzt die Polizei holen«, rief Danelli und hatte blitzschnell sein Handy aus dem schwarzen Anzug gezaubert, während die Alte das Geschehen aus schreckgeweiteten Augen atemlos verfolgte. Henderson brauchte nur Sekunden, um seinen Plan zu ändern. Ein Schuss hätte die ganze Nachbarschaft alarmiert und seine Mission unweigerlich scheitern lassen. Er schaute sich kurz um und griff dann mit einer blitzartigen Bewegung nach dem Gemüsemesser, das zusammen mit einem Löffel neben dem Herd lag.

Bevor Danelli noch reagieren konnte, war Henderson mit zwei Schritten bei ihm und hatte das Messer tief in die Brust seines Opfers gerammt. Mit einem weiteren Schritt war er bei der entsetzten Frau und hielt ihr den Mund zu. Während Danelli röchelnd zusammensank, packte er die Frau.

»Keinen Laut, Alte, oder du bist die Nächste. Hast du verstanden?«

Die Frau nickte, Entsetzen verschloss ihre Lippen, Tränen traten ihr in die Augen.

»Va bene!« Vorsichtig lockerte Henderson den harten Griff seiner Finger.

»Wir werden jetzt einen Spaziergang machen«, flüsterte er. »Du wirst mir zeigen, wo es all die schönen Dinge gibt, von denen du eben geplappert hast. Wenn nicht, werden wir hier gemeinsam warten, bis dein Sohn und dein Mann nach Hause kommen. Heißt er nicht Francesco, der Kleine?«

Antonia di Carmacci nickte nur, unfähig ein Wort hervorzubringen. *Woher kennt er nur seinen Namen?*

Henderson schien die Gedanken der Frau zu ahnen. »Siehst du, ich weiß alles. Und wenn du nicht parierst, dann werden sie beide dem armen Pater in die Seligkeit folgen. Wär doch noch ein bisschen früh, oder? Willst du das?«

Entsetzt schüttelte die Alte den Kopf.

Und so hatten sie das Haus durch den Keller verlassen und waren auf Schleichwegen durch eine dunkle und geheimnisvolle Nacht zu der Stelle gestolpert, wo der durch Strauchwerk verborgene Eingang zur Grabungsstelle lag.

»Steh auf, Alte«, rief Henderson. Rau packte er sie an ihrer Schulter: »Es geht weiter!«

Mühsam erhob sich Antonia di Carmacci und folgte zitternd ihrem Peiniger durch den dunklen Gang. Ihr Herz raste und Angstschweiß bedeckte ihre Stirn, aber in ihrem Herzen hatte sie sich vorgenommen, bei passender Gelegenheit der Situation eine Wendung zu geben.

Einen Mann Gottes tötet man nicht ungestraft und eine Signora behandelt man nicht so.

XXIX.

Pompeji nuova, 17. März kurz vor Mitternacht

Immer noch leichenblass saßen die beiden Männer zusammen und starrten vor sich hin. Sie hatten sich in den hintersten Winkel einer winzigen Trattoria an der *Via Lepanto* zurückgezogen und stocherten lustlos in ihrem Essen.

Diefenstein hatte einen ausführlichen Bericht von den Vorfällen in dem Haus gegeben und Bassler hatte schweigend zugehört. Namenloses Grauen zeichnete sich in seinem Gesicht ab. Vorher hatte er im Hotel hastig seine Sachen gepackt, obwohl er eigentlich weniger denn je entschlossen war, am nächsten Morgen wirklich abzureisen. Wie konnte er den Freund in dieser Situation allein lassen?

»Und du bist ganz sicher, dass er tot war?«

»Markus«, Diefenstein hob die Arme voller Verzweiflung in die Höhe, »kein Zweifel, er war tot, so tot wie man nur sein kann. Bis zum Heft steckte das Messer in seiner Brust«, voller Dramatik deutete er auf seine eigene Brust. »Und Blut, überall Blut!«

Diefenstein schauderte bei der Erinnerung an dieses Bild und griff hastig nach seinem Rotwein. In einem Zug leerte er das Glas und zeigte dem Wirt an, dass er eine weitere Flasche bringen sollte. Der nickte erfreut.

»Als ich den Jungen kommen sah, habe ich versucht dich zu warnen. Aber in der Aufregung habe ich zu lange gebraucht, bis ich ...«

»Hab' ich gemerkt, alter Freund.« Diefenstein setzte ein gequältes Lächeln auf.

»Als ich den Jungen reinkommen hörte, ich weiß nicht, ich hatte keine Ahnung, was ich tun sollte. Es war grauenhaft.« Diefenstein schüttelte den Kopf und Tränen stahlen sich in seine Augen. Bassler legte fest seine Hand auf den Arm des erschütterten Freundes.

»Immerhin hatte ich das Glück, dass der Junge zuerst zur Toilette musste. Die kurze Zeit habe ich ausgenutzt und mich davongeschlichen.

Er hat mich nicht gesehen. Aber der arme Francesco. Was wird das für ein Schock sein, wenn er den toten Pater in der Küche findet. Mein Gott!«

Seine Verzweiflung ließ ihn nach einem weiteren Glas von dem Wein greifen, den der Wirt inzwischen schweigend gebracht hatte.

»Meinst du, man hat uns draußen gesehen?«

Diefenstein schüttelte den Kopf. »Keine Ahnung. Lang genug haben wir uns da herumgetrieben. Aber wichtiger ist wohl die Frage: Wer hat das getan? Und warum? Und wo war die Frau? Ich kann mir das alles einfach nicht erklären.«

»Die Frau hättest du vielleicht in einem anderen Zimmer finden können«, sagte Bassler leise, »ich kann mir nicht vorstellen, dass sie den guten Danelli ermordet hat.«

Bassler schob lustlos eine Gabel Maccaroni in den Mund. »Es muss mit den Papyri zusammenhängen«, meinte er nachdenklich und spülte die Nudeln mit Wein herunter. Er schob den Teller weg, was den Wirt auf den Plan rief.

»Schmecke nixe?«

Aber die Männer konnten den Wirt beruhigen, der sich grummelnd entfernte. Bei Vincenzo pflegten die Gäste ihre Teller leer zurückzugeben. Hier aßen sogar Einheimische.

Merkwürdige Gäste, diese Touristen!

»Wir müssen zur Polizei gehen«, sagte Bassler düster.

»Ja, das müssen wir wohl. Und den Vatikan informieren«, ergänzte Diefenstein, »beides keine angenehmen Aufgaben. Wie soll ich bloß der Polizei erklären, was ich in dem Haus gemacht habe. Komm, wir gehen. Wir rufen vom Hotel aus an.«

Bassler nickte zustimmend.

Der Weg zum Hotel hätte sie eigentlich nicht in die Nähe der *Via de Fusco* führen müssen. Sie hätten nur nach links in die *Via Carlo Alberto* abbiegen müssen, stattdessen zog es sie magisch zurück zu dem Ort der schauderhaften Tat. Doch als sie in die *Via de Fusco* einbiegen wollten, endete ihr Weg abrupt. Grelle, blauzuckende Blitze erhellten den nachtschwarzen Himmel. Ein Streifenwagen der Carabinieri stand quer zur Straße, zwei weitere vor dem schäbigen Haus der Carmaccis.

Zwei Beamte rollten ein rot-weißes Band aus und sperrten die kleine Straße. Zahlreiche Neugierige hatten sich bereits vor der Absperrung gesammelt und diskutierten erregt über das Vorgehen der Polizei und was denn wohl passiert sei.

Die beiden Männer stellten sich dazu. Auf ihre arglose Frage, was geschehen sei, ergingen sich die versammelten Anwohner in wüste Mutmaßungen, die alle Schattierungen übler Verbrechen umfassten, von Mord über Einbruch bis zu einer Entführung.

»Da vorne wohnt der reiche Albertucci«, meinte eine zahnlose Alte mit schwarz gefärbten Haaren und nestelte aufgeregt an ihrer Schürze. »Obwohl der so viel Geld hat, wohnt er in so einem Schuppen, der Knauser. Den kenne ich, wohne ja nur drei Häuser weiter.«

Sie wies mit einer vagen Geste in eine unbestimmte Richtung.

»Wahrscheinlich haben sie die kleine Charlotta entführt, diese gottlosen Banditen. Ach Gott, das arme Balg. Aber wenn sie das mit meiner Chiara gemacht hätten, ich würde sie eigenhändig kastrieren.«

Mit dramatischen Gesten hatte sie ihre Worte unterstützt, und wer das Blitzen in ihren Augen sah, ahnte, wie ernst es ihr war. Sie schaute sich um, als suche sie den Beifall der Umstehenden, dabei blieb ihr Blick kurz auf den beiden Geistlichen haften.

Ein anderer wusste zu berichten, dass es in letzter Zeit mehrfach zu Schutzgelderpressungen gekommen sei und dass der Wirt des *Ristorante Lepanto* sich beharrlich geweigert habe, diesen Forderungen nachzukommen. Und der wohne gleich am Anfang der *Via de Fusco*, da in dem Haus mit den roten Fensterläden. Jetzt habe er wohl für seine Tapferkeit bezahlen müssen. Sicher die Mafia, was für Zeiten!

Ein Dritter meinte von einem der Beamten gehört zu haben, dass wieder ein Einbruch stattgefunden habe, und war ganz sicher, dass die Täter wieder diese elenden Zigeuner seien, die sich hier immer stärker ausbreiteten.

Plötzlich humpelte ein alter Mann wild gestikulierend auf die Gruppe zu. Seine wirren weißen Haare standen in absurdem Kontrast zu dem verschlissenen alten Anzug.

»*Madonna mia*«, rief er atemlos. Die Gruppe drehte sich erregt um. Da wusste wohl jemand was.

»Was ist da passiert, Carannera? Weißt du was?«, rief ihm die zahnlose Alte zu.

Die Aussicht, bald nähere Informationen zu erhalten, ließ ihr Gesicht in Verzückung geraten.

»Mord!«, schrie der Alte und genoss die atemlose Aufmerksamkeit, die ihn augenblicklich umgab. Er nestelte mit nikotingelben Fingern an einem alten Zigarettenetui herum, inhalierte tief und verkündete stolz:

»Im Hause der di Carmacci hat es einen Mord gegeben. Wahrscheinlich sogar mehrere!«

»Ein Massaker«, rief ein Halbwüchsiger im Trainingsanzug sensationslüstern.

»Pscht, Lucio, halt's Maul! Sprich, Carannera! Wer ist ermordet worden. Giovanni? Antonia? Oder gar der kleine Francesco? Oder alle? So sprich doch!«

Die Fragen der Nachbarn prasselten in ungezügelter Neugier auf den alten Mann. Aber so genau konnte der auch nicht Auskunft geben. Er war unbemerkt unter der Absperrung durchgeschlüpft und bevor ihn die Beamten in harschem Ton weggeschickt hatten, hatte er mitbekommen, wie die Carabinieri einen Leichenwagen angefordert hatten. Das reichte! Den Rest bringt die Fantasie zustande.

Atemlos lauschten auch die beiden deutschen Geistlichen den fabulierenden Menschen, sie hätten einiges zur Aufklärung beitragen können, hielten sich aber lieber im Hintergrund. Nach einiger Zeit ebbte die Aufmerksamkeit der Nachbarschaft ab und der Alte humpelte fluchend und mit dramatischen Gesten zur nächsten Gruppe, wobei sich auf diesem Weg die Zahl der Mordopfer bereits deutlich erhöhte.

Die Alte, die eben noch so eifrig vom reichen Albertucci gesprochen und den alten Carannera zum Reden aufgefordert hatte, drehte sich plötzlich noch einmal herum und musterte die beiden Fremden misstrauisch, die sich so ohne Weiteres unter die Anwohner gemischt hatten. Einen Augenblick schien sie zu grübeln.

Die beiden ansehnlichen Männer hatte sie doch schon einmal gesehen. Einmal in der Kirche waren sie ihr aufgefallen, weil sie so schön beteten. Und dann auch, als sie sie zufällig aus diesem Hotel da herauskommen sah. Wie hieß es noch einmal? Und dann hatten sie sich doch längere Zeit vor ebendiesem Haus herumgetrieben ...

Dann hatte sie einen Entschluss gefasst und schlüpfte rasch unter der Absperrung hindurch. Zielstrebig marschierte sie auf einen Carabinieri zu und packte ihn energisch am Arm. Dann zeigte sie in die Richtung, wo die Anwohner sich versammelt hatten, und schrie dem Beamten etwas ins Ohr. Der wollte die Frau zuerst abschütteln, bevor er doch ihrem Drängen nachgab und in die gewünschte Richtung blickte.

Bassler hatte die Szene aufmerksam beobachtet und verstanden. Erregt packte er den Arm seines Freundes.

»Wir müssen verschwinden. Sofort!«

»Aber warum? Was ist ...?«

»Komm einfach mit, und zwar möglichst unauffällig!«

Bassler drehte sich herum und riss Diefenstein erbarmungslos mit sich. Zuerst noch mit gemäßigtem Schritt, dann in einem Tempo, das man den beiden älteren Herren kaum zugetraut hätte, verließen beide die Straße und stürmten schweigend durch die nächtlichen Gassen zu ihrem Hotel.

»Kannst du mir jetzt mal erklären, was mit dir los ist?«, fragte Diefenstein, als er sich schwer atmend in den Sessel ihres Zimmers fallen ließ.

»Die Alte hat uns erkannt!«

»Welche Alte?«

»Die, die von diesem reichen Alber..., Albertucci gefaselt hat.«

Diefenstein blickte ihn ratlos an.

»Ich habe gesehen, wie sie zu einem Polizisten gelaufen ist und auf uns gezeigt hat.«

Diefenstein wischte sich den Schweiß von der Stirn. »Mein Gott, das hätte uns gerade noch gefehlt, wenn wir sozusagen am Tatort verhaftet worden wären.«

Bassler nickte. »Ich werde übrigens morgen nicht fliegen«, meinte er, nicht ohne einen Anflug leichter Verzweiflung.

»Das kann ich nicht von dir verlangen«, seufzte Diefenstein und hoffte gleichzeitig, dass diese leicht dahingesagte Bemerkung nicht zu einem Umschwung in der Meinung des Freundes führen würde.

»Du brauchst das nicht zu verlangen, mein Freund. Ich tue es auch so, ist doch selbstverständlich. Wie könnte ich dich jetzt allein lassen, wo sozusagen die Inquisition auf dich wartet? Ich werde es meiner Frau erklären und sie bitten, mit dem Pastor der Nachbargemeinde zu sprechen. Sicher kann er für mich einspringen. Es ist ja nur für ein paar Tage, hoffe ich. So, und jetzt brauche ich was zu trinken.«

Er öffnete die Minibar und fingerte zwei kleine Weinflaschen heraus.

»Du auch?« Diefenstein nickte und holte zwei Gläser.

In diesem Augenblick klingelte Diefensteins Handy. Mit zitternden Fingern griff er nach dem Telefon.

»*Pronto?*«

»Hallo. Hier ist Danelli, Pater Roberto Danelli. Spreche ich mit Monsignore Diefenstein?«

Klirrend fiel ein Weinglas zu Boden.

XXX.

Puteoli, Spätherbst 59 n. Chr.

Theophilos grüßt seinen Fronto in brüderlicher Liebe.

Du wirst dich wundern, dass diese Zeilen nicht aus Rom kommen, sondern aus Puteoli, kurz vor deiner Haustür, denn vermutlich hast du mich schon in Pompeji in deinem Triclinium liegen gesehen. Aber der Reihe nach, ich will dir gerne die Gründe nennen.

Vorweg, die Hochzeit hier war ein gelungenes Fest und ich wurde, obgleich Systimos mich doch kaum kannte, wie ein Ehrengast behandelt. Phyllis war eine wunderbare Braut und Philippos, ein Gewürzhändler aus Baiae, ein würdiger Gatte. Überflüssig zu sagen, dass auch er zur Gemeinde der Christiani gehört, wie wir jetzt allenthalben genannt werden.

Drei Tage haben wir gefeiert und natürlich hatte die Hochzeit nichts von den Bräuchen, wie die anderen sie haben, die nicht im Segen unseres Herrn stehen. Stattdessen war die ganze Gemeinde von Puteoli eingeladen und der stolze Brautvater hat sich das etwas kosten lassen. Als Leiter der Gemeinde hätte Systimos persönlich das Paar segnen können und es hätte keines verhüllten Junopriesters dazu gebraucht, aber die Segnung nahm ein anderer vor. Doch dazu später mehr, denn dich erwartet eine Überraschung!

Und Puteoli, du würdest es kaum erkennen, hat sich längst vom verschlafenen Fischerdörfchen zu einer bezaubernden kleinen Stadt gewandelt. (Wann warst du zuletzt da? Es lohnt sich!)

Es empfängt den Gast, der mit dem Schiff anreist, mit einem riesigen Wellenbrecher, einem Leuchtturm und einem grandiosen Triumphbogen.

Hier liegen die großen Kornschiffe aus Alexandria und allerlei Volk steht an der Mole und begafft die Arbeiter. Freilich sollte man sich dabei ein Tuch unter die Nase halten, denn, wie du weißt, hält der Name, was er verspricht, und die fauligen Gase des Schwefels strömen durch die ganze Stadt.

Händler und Handwerker aus der ganzen Welt haben sich hier niedergelassen und du kannst kaufen, was dein Herz begehrt: prächtige Stoffe, edle Gläser, wohlriechendes Parfum, Kunstwerke aus Kupfer und Bronze, Gold und Silber.

Unmittelbar hinter dem Marktplatz steht der marmorverkleidete Tempel des Serapis, wunderschön anzusehen, auch wenn die Ehre einem heidnischen Götzen gilt.

Oh, wenn es doch zur Ehre unseres Herrn auch so prachtvolle Tempel gäbe! (Werden wir das je erleben?)

Ein prächtiges Amphitheater ist im Bau und wird eurem kaum nachstehen, und das Macellum ist sozusagen eine verkleinerte Abbildung unseres Forums. Ein lebhaftes Treiben erfüllt den Platz, ohne dass er so gnadenlos überfüllt wäre wie in Rom.

Aber jetzt, wo unser Caesar Ostia zum neuen Hafen erhoben hat, wird diese Blüte wohl bald zusammenfallen und das betrübt mein Herz.

Doch das alles ist es nicht, was ich dir eigentlich erzählen will. So verzeih es einem alten Mann, wenn er ins Schwätzen und Schwärmen gerät.

Schon gleich nach meiner Ankunft hier fiel mir ein Mann auf, der merkwürdigerweise Ketten trug und stets in Begleitung mehrerer Offiziere war, wenn er durch den Ort ging. Ein kleiner Mann von gedrungener Gestalt, ein Bart nach Griechenart, das Haupt jedoch nur noch von wenigen Haaren geschmückt. Da die Centurionen nie von seiner Seite wichen, erschien er also wie ein Gefangener. Und doch verströmte er so viel Würde und Freiheit, dass ich mich neugierig erkundigte, wer das denn sei. Und stell dir vor, welche Antwort ich erhielt.

Der Gefangene war niemand anderes als Paulus von Tarsos, jener Mann, von dem ich dir schon erzählt hatte. Aber du wirst nicht glauben, wie er nach Puteoli kam. Also, wie man mir berichtete, wurde er in Caesarea (das liegt, wie du vielleicht weißt, im Heimatland unseres Herrn) von den dortigen Juden angeklagt, weil er überall die frohe Botschaft von Jesus Christus verkündete. Und weil die Synagogen der Juden immer leerer wurden und viele Menschen sich auf den neuen Glauben taufen ließen, klagten sie ihn vor dem Statthalter Porcius Festus an.

Das hätte wohl schlimm für ihn ausgehen können, denn er wurde mit großem Hass verfolgt und seine Gegner wollten nichts anderes als den Tod für ihn. Er aber berief sich darauf, dass er römischer Bürger sei (wieso ein Mann aus Tarsos das sein kann, ist mir unklar, aber ich werde es herausbringen) und das Recht habe, die Sache dem Kaiser persönlich vorzutragen. Und so brachte man ihn über das Meer nach Italien, freilich unter Aufsicht einiger Centurionen, denn er gilt immer noch als Gefangener.

So kam er schließlich nach Puteoli, wo sich die gesamte Gesandtschaft einige Tage ausruhen wird.

Du kannst dir vorstellen, dass die ganze Gemeinde von Puteoli in Aufruhr geriet, als sie erfuhr, wer da plötzlich unter ihnen war. Und der Zufall, oder war es gar die Fügung unseres Herrn (aber so vermessen will ich nicht sein), brachte es mit sich, dass ich diesen großen Mann dort kennenlernen konnte. Natürlich war er Ehrengast im Hause des Systimos und er war es, der das junge Paar segnete.

Die Centurionen übrigens, die stets bei ihm sind, sind sehr angenehme (und trinkfeste) Menschen und es macht den Eindruck, dass sie schon einiges von unserer neuen Lehre angenommen haben. Vielleicht wird der Gefangene einst seine Wächter taufen?

Wie auch immer, wir verbrachten die meiste Zeit mit ihm und lauschten atemlos seinen Berichten. Du musst wissen, er hat schon die halbe Welt bereist und das Wort Gottes verbreitet, auch wenn er nicht immer froh aufgenommen wurde. An manchen Orten musste er um sein Leben fürchten, manche Kerkerzelle hat er von innen gesehen. Oft ist er nur um Haaresbreite dem Tod entronnen. Und obwohl er von Gestalt eher klein ist, so ist er doch in meinen Augen ein großer Mann. Der Zeltmacher aus Tarsos (das war sein Beruf in der Heimat) ist zwar kein Meister der Rhetorik, manchmal überschlägt sich seine Stimme, er gerät ins Stottern oder verliert den Faden, und doch ist er in meinen Augen von beeindruckender Wortmächtigkeit.

Wenn er spricht, so lodert ein Feuer in seinen Augen, das den, der ihn nicht versteht, zu verbrennen droht. Die aber, die seine Worte begreifen, fühlen sich gewärmt und bestärkt.

Ja, wenn man ihm lange genug zugehört hat, meint man, die ganze Welt erobern zu können, jedenfalls mit der Kraft der Worte. Seine kleine Gruppe wird in wenigen Tagen nach Rom aufbrechen und daher habe ich meine Pläne geändert.

Nun hör gut zu, geliebter Fronto, und verzeih mir, mein alter Freund, denn es wird dich betrüben. Ursprünglich wollte ich, wie ich dir schrieb, auf meiner Rückreise einen Umweg über Pompeji machen und dich besuchen, denn es ziemt sich für alte Freunde, sich nicht nur Briefe zu schreiben, sondern sich auch so oft wie möglich zu umarmen. Nun aber drängt es mich danach, die Gesellschaft dieses Mannes weiter zu genießen und gemeinsam mit ihm und seinen Wächtern (oder sollte ich sie nicht eher Begleiter nennen?) nach Rom zu ziehen. Es heißt, es seien schon Leute aus Rom hierhin unterwegs, um ihm den gebührenden Empfang zu bereiten. Da kann ich doch nicht abseits stehen, und mein nächster Besuch bei dir wird dennoch bald stattfinden. So wird er noch einige Tage hierbleiben und dann werden wir gemeinsam nach Rom ziehen.

Und ich alter Narr freue mich darauf wie ein Kind. Ob du das verstehen wirst?

Über alles werde ich dir natürlich berichten, aber jetzt schon, guter Freund, empfehle ich dir, möglichst bald die Taschen zu packen und nach Rom zu reisen.

Ich werde dir mit Petrus und jenem Paulus Männer vorstellen, die wie keine anderen die herrlichen Geheimnisse unseres Glaubens weitergeben und auch in einem müden, alten Geist ein neues Feuer entfachen können.

Sei also klug und lasse nach der Lektüre dieser Zeilen den Reisewagen anspannen. Ich warte auf dich!

In getreuer Liebe

Theophilos

XXXI.

Pompeji nuova, 18. März lange nach Mitternacht

Commissario Julio Faccetti war ein eindrucksvoller Mann. Bei einer Größe von einem Meter neunzig und fast hundert Kilogramm, die ansprechend verteilt waren, besaß er die richtige Figur, um die Ganoven Neapels das Fürchten zu lehren. Blaue Augen, ein tiefschwarzer Vollbart in einem markanten, männlichen Gesicht und eine dröhnende Bassstimme vervollständigten das Bild. Das erklärte auch, warum die Damen Neapels ihm trotz eines unübersehbaren leichten Bauchansatzes sehr zugetan waren, ganz abgesehen von den Mitarbeiterinnen der *Questura Napoletana*, die ihm mit sehnsüchtigen Blicken folgten, wenn er durch die Gänge schlenderte – zumal er unverheiratet, ja nicht einmal geschieden war.

Jetzt aber war er rund zwanzig Kilometer von der heimischen Questura entfernt und ging nervös in der kleinen, schmucklosen Polizeistation von Pompeji nuova auf und ab. Sicherlich die vierte Tasse Kaffee hatte er getrunken, dazu mindestens fünf Zigaretten verqualmt, wobei er das Schild *Rauchen verboten!* geflissentlich übersah. Ein Mordfall setzte gewisse Regeln außer Kraft.

Ein Mord in der Touristenhochburg Pompeji war selten, sehr ungewöhnlich – und schlecht fürs Geschäft! Und weil die einheimischen Carabinieri eigentlich mehr mit kleineren Straftaten wie Einbrüchen oder Taschendiebstählen zu tun hatten, war bei solchen Kapitaldelikten natürlich die Kriminalpolizei von Neapel zuständig. Sein Questore hatte ihn für diese ganz spezielle Sache ausgewählt, und das nicht zum ersten Mal. Faccetti hatte sich in vergleichbaren Fällen bewährt und stand möglicherweise kurz vor einer schon längst erhofften Beförderung.

»Was wissen wir über den Toten, Angela?«

Angela Sivori war eine der beiden Assistenten, die ihm nach Pompeji gefolgt waren. Sie kam frisch von der Polizeihochschule, hatte aber schon einige beeindruckende Erfolge feiern können und stand vor einer vielversprechenden Karriere. Unter kurzen braunen Haaren steckte ein kluges Gesicht mit hohen Wangenknochen und dunklen Augen, die allerdings durch eine überdimensionale Brille verdeckt wurden. Eine schlanke knabenhafte Figur betonte ihre jugendliche Erscheinung und schuf damit einen deutlichen Kontrast zu dem anderen Assistenten, den Faccetti mitgebracht hatte.

Carlo Bavoč, Sohn kroatischer Einwanderer, hatte es zum Stolz seiner Eltern geschafft, vor acht Jahren in den Polizeidienst aufgenommen zu werden. Er war von untersetzter, kräftiger Statur, nahezu kahlköpfig und zeichnete sich durch außergewöhnliche Schweigsamkeit aus. Es bedurfte schon besonderer Bemühungen, um ihm mehr als ein bis zwei Worte zu entlocken.

Angela Sivori rückte ihre Brille zurecht und setzte die Teetasse ab.

»Carmelo Vernatti, sechsundfünfzig, verheiratet. Es war kein Problem, ihn anhand seiner Fingerabdrücke zu identifizieren. Wir haben ihn im Rechner, hat ein ellenlanges Vorstrafenregister.«

»Betrug, Diebstahl, Urkundenfälschung, nichts wirklich Großes«, ergänzte Bavoč leise.

»Und warum trug er einen Anzug wie ein Priester?«, wunderte sich Faccetti und zündete sich eine neue Zigarette an. Blaue Kringel zogen durch die Luft.

»Er hat sich wohl für seinen letzten Coup wieder einmal eine neue Identität zugelegt. Wir haben vier verschiedene Ausweise auf ebenso viele Namen bei ihm gefunden. Einen deutschen auf Roland Merkel, einen vom Vatikan ausgestellten Polizeiausweis auf Roberto Danelli, einen französischen auf Pierre Duval und einen spanischen auf Juan Galonso. Den richtigen allerdings nicht.«

»Ein Polizeiausweis vom Vatikan?« Faccetti inhalierte tief und hustete. »Interessant. Und was noch?«

Angela Sivori hob die linke Augenbraue und betonte die nächsten Worte.

»Und im Übrigen trug er früher diese Kleidung durchaus zu Recht.«

Faccetti blickte verdutzt auf. »Wie meinst du das?«

»Vernatti war tatsächlich einmal Priester!«

Faccetti drückte die angerauchte Zigarette angeekelt aus und hustete.

»*Porca miseria!* Weiter!«

»Er war dazu noch sozusagen ein Kollege.«

Faccetti hätte fast den Kaffee verschüttet und blickte seine Assistentin ratlos an.

Dann knurrte er missgelaunt: »Ist das hier eine Rätselstunde?«

»Der Tote war früher Mitglied bei der Polizei des Vatikan. Stand auch im Ausweis.«

»Der Schweizer Garde?«

»Nein, Mitglied bei dem damaligen *Corpo di Vigilanza.* Das ist die frühere ...«

»Ich *weiß*, was das ist, Frau Kollegin! Weiter!«

Aber Angela Sivori ließ sich durch die Unfreundlichkeit ihres Vorgesetzten nicht aus der Ruhe bringen und fuhr in sachlichem Ton fort. »Er ist vor zwölf Jahren aus der *Vigilanza* ausgeschlossen und vom Priesteramt suspendiert worden. Nach unseren Akten hatte er mehrfach Diebstähle, sogar aus Kirchen begangen, meistens sakrale Kunstgegenstände. Das ist aber noch nicht alles, der Mann war kreativ, er hat Sterbenden Sündennachlass versprochen, wenn sie ihre Testamente zu seinen Gunsten verfassten. Außerdem hat er durch betrügerische Manipulationen die Kasse seines Erzbistums um mindestens vierzigtausend Euro erleichtert. Nach seiner Suspendierung hat er geheiratet.«

Sie warf einen Blick auf die Akte, die sie in der Hand hatte, und ergänzte: »Eine Deutsche. Letzte gemeldete Adresse ist Pescara. Die Kollegen sind schon unterwegs.«

»Hm, äußerst interessant. Ein schwarzes Schaf im schwarzen Anzug«, sinnierte Faccetti. »Weiß man, ob er, äh, hier irgendwo abgestiegen ist? Habt ihr die Hotels und Pensionen überprüft?«

»Noch nicht alle. Aber bis jetzt kein Ergebnis. Entweder ist er erst heute angereist oder er hat sich unter falschem Namen eingetragen.«

Angela Sivori nahm ein weißes Tuch heraus und putzte umständlich ihre Brillengläser.

»Waffen?«, hustete Faccetti.

»Keine, Chef«, lautete Bavočs einsilbige Antwort.

»Was haben wir noch?«

»Seinen Aktenkoffer«, erklärte Bavoč. »Mit Laptop und Rasierzeug. Er scheint auf jeden Fall keinen größeren Aufenthalt eingeplant zu haben.«

»Sonst nichts«, Faccetti war erstaunt. »Und der Laptop. Habt ihr die Festplatte untersucht?«

»Sicher, Chef, ist gerade in Arbeit.«

»Gibt's hier eigentlich irgendwas zu essen?«, raunzte Faccetti. Seine schlechte Laune war ihm deutlich anzumerken. Schließlich war es kein Spaß, mitten in der Nacht aus dem Bett und aus den Armen der attraktiven Vanessa herausgerissen zu werden, sich auf den Weg ins provinzielle Pompeji zu machen und sich dort mit der Leiche eines Kleinkriminellen beschäftigen zu müssen, noch dazu derjenigen eines ehemaligen Priesters in Diensten des Vatikans.

Er hasste Verwicklungen mit dem Kirchenstaat.

»Ich schau mal«, antwortete Bavoč und erhob sich von dem kleinen Schreibtisch.

In diesem Augenblick kam ein junger Carabinieri herein und winkte mit Danellis Laptop.

»Sie werden sich wundern, Commissario«, rief er. »Die ganze Bibel und jede Menge von religiösem Zeug ist da drauf. Alles über das alte Pompeji und ein komplettes theologisches Lexikon. Ist doch seltsam, oder?«

Faccetti fand das jetzt gar nicht mehr seltsam und machte sich seine eigenen Gedanken. Es passte alles zusammen. Doch was hatte der Bursche bloß hier in Pompeji vorgehabt?

»Das würde den Priesteranzug erklären und den Ausweis des Vatikans«, meinte Angela Sivori nachdenklich und setzte die Brille wieder auf. »Er hatte irgendein Ding vor, das mit der Kirche zu tun hat. Das war ja sein früheres Metier, da kannte er sich aus. Vielleicht ein Kunstdiebstahl?«

»Kunstdiebstahl? In dieser ärmlichen Hütte, in der wir ihn gefunden haben, wohl kaum. Das teuerste Objekt dürfte der Suppentopf gewesen sein.«

»Oder die Suppe?«, meinte Bavoč mit einem dünnen Lächeln, was ihm einen tadelnden Blick seines Chefs eintrug.

»Wo sind eigentlich der Ehemann und der Junge?«, raunzte Faccetti.

»Sie warten draußen.«

»*Va bene*, hol sie rein! Zuerst den Vater.«

»Chef!«

»Was ist noch?«

»Da ist noch eine alte Frau draußen.«

»Ja und?«

»Die behauptet, sie habe den Mörder gesehen.«

Faccetti lächelte grimmig. »Kommt mir irgendwie bekannt vor. So was haben wir bei jedem Fall. Sie soll erst mal warten. Hat ja wahrscheinlich sowieso nichts anderes zu tun.«

XXXII.

Rom, Frühjahr 60 n. Chr.

Theophilos grüßt in Liebe seinen Fronto.

Dank für deinen Brief und dein Verständnis. Noch mehr freue ich mich darüber, dass du meinem Vorschlag folgen willst und ich dich demnächst hier begrüßen darf.

Nun höre, was inzwischen hier passiert ist:

Wir sind in einem fast triumphalen Zug nach Rom gezogen. Zunächst über die Via Capena, bis wir auf die Via Appia trafen. Ach, wie liebe ich doch diese Via, die Königin aller Straßen, atmet sie doch wie keine andere den Glanz unseres Reiches. Aber sie ist, wie du natürlich weißt, immer gut bevölkert und zwar in beiden Richtungen, und wenn sich zwei Gespanne begegnen, steht alles still und die Kutscher fluchen in unheiligen Worten, bis sie weiterfahren können. Dazwischen Reisende aus aller Welt, zu Pferd, zu Fuß oder in prächtigen Reisewagen; marschierende Kohorten mit lästerlichen Gesängen; Bettler, die die verkrümmten Hände aufhalten; Sklaven, die vom Tagwerk nach Hause eilen und viele mehr. Ein buntes Gewimmel, das die Straße mit lärmendem Leben erfüllt.

Und wirklich, jeder Ort, den wir passierten, atmet den stolzen Hauch unserer Geschichte, auch wenn er, wie in Capua, weniger glanzvoll ist. (Erinnerst du dich noch daran, dass hier vor mehr als achtzig Jahren der große Sklavenaufstand des Spartacus ausbrach?) Dann nach Formiae, wo der große Cicero durch die Häscher des Antonius den Tod fand. (Eigentlich auch weniger glanzvoll, oder?)

In Tarracina warfen wir einen letzten Blick auf das Meer, bevor wir ein paar Meilen dahinter auf die Boote umsteigen konnten, die die Maulesel in gemächlichem Tempo über den Decenoovium-Kanal zogen. (Dem großen Caesar Augustus sei es gedankt!) Freilich machten die stets quakenden Frösche und die Legionen von Stechmücken, die den Kanal bevölkern, den Weg zur Qual, und wenn sie nicht ihr blutiges Werk verrichteten, waren es die misstönenden Stimmen der Fährmänner, denen irgendjemand eingeredet hat, dass sie singen könnten.

So war an Schlaf kaum zu denken und ich bin sehr froh, dass meine teure Lavinia mich auf diesem Weg nicht begleitet hat. Die Übernachtungen waren nicht immer ein voller Genuss. Geldgierige Gastwirte, flohverseuchte Strohmatten und grölende Zecher machen dir die Nacht zur Qual. Aber ich habe doch aus den Nächten Gewinn gezogen. Sooft es ging, habe ich meine Matte neben die des Paulus geschoben und er, der wohl kaum Schlaf braucht, hat mir viel von seinen Reisen erzählt. Ich werde dir das Wichtigste gerne erzählen, wenn du hier bist.

Unsere nächste Station war Forum Appii, jene kleine Stadt, die wegen ihrer diebischen Einwohner bekannt ist und wegen ihres Klimas, das jeden, der sich nicht gehörig in Acht nimmt, krank macht. Und ich versichere dir: Sie genießt diesen Ruf nicht ohne Grund. Aber hier erlebten wir eine angenehme Überraschung. Aus Rom waren etliche Brüder gekommen, um uns oder vielmehr Paulus willkommen zu heißen. Und Paulus, der mir umso verzagter erschien, je näher er Rom kam, blühte förmlich auf. Ganz offensichtlich rührte seine Verzagtheit von der Besorgnis, wie man ihn wohl in Rom aufnehmen werde, zumal als Gefangenen und gerichtlichen Bittsteller. Auch schien er nicht ohne Scheu vor dieser größten aller Städte zu sein, auch wenn er in Metropolen wie Antiochia oder Ephesus schon gepredigt hatte. Und auch die Begegnung mit Petrus, mit dem er nicht immer einer Meinung gewesen war, löste wohl eher ein gewisses Unbehagen bei ihm aus.

Gleichwohl, als ihn die Vertreter unserer römischen Gemeinde, die ich natürlich alle kannte, mit Begeisterung begrüßten, löste sich die Beklemmung und das Lachen kehrte in sein Gesicht zurück.

»Nun weiß ich«, rief er mir freudestrahlend zu, »dass das Wort Gottes auch in Rom seinen Platz finden wird!«

Wir übernachteten in einem alten Zollhaus, aber über die entwürdigenden Umstände will ich schweigen. Wir alle waren ohnedies viel zu aufgeregt, um an Schlaf zu denken. Am nächsten Tag legten wir, durch die neue Gemeinschaft gestärkt, mehr des Wegs zurück als zuvor und gelangten zu einem kleinen Ort mit dem treffenden Namen »Tres Tabernae«.

Wie du dir vorstellen kannst (oder vielleicht kennst du ihn auch?), trägt der Ort seinen Namen nach den drei Raststationen, die hier liegen. Da wartete nun zu unser aller Freude eine weitere Delegation der römischen Gemeinde und empfing uns, besonders natürlich Paulus, äußerst warmherzig und liebevoll. Und wieder schöpfte Paulus weiteren Mut und dankte Gott mit bewegenden Worten.

Wir suchten eine der Tabernen zur Übernachtung aus (und hatten Glück bei der Auswahl, denn der Wein war genießbar und das Essen schmackhaft) und machten uns am nächsten Tag auf unsere letzte Etappe. Vorbei an den Albaner Bergen und den

Landgütern reicher Patrizier, vorbei an den Grabmälern großer und berühmter Gestalten aus unserer Geschichte kam langsam aber stetig unser Reiseziel in Sicht.

Gewöhnlich, wie du weißt, pflege ich angenehmer zu reisen und solche langen Wege nicht zu Fuß zurückzulegen. Aber dieser Weg war, wenn auch die Füße schmerzten und die Kehle ausgedörrt war, jede Meile wert. Nie zuvor habe ich die einende Kraft unseres Glaubens so gespürt, nie die liebevolle Verbindung der Gläubigen.

Und auch jetzt noch, wenn ich dir dies berichte, umfängt mich jener Geist, der uns damals führte, mit all seiner Kraft.

Was sonst?, fragst du. Vielleicht wird es dich interessieren, dass Otho (du magst dich seiner erinnern) als Statthalter nach Lusitania geschickt wurde. Und obwohl er als bester Freund des Kaisers gilt, wundert sich ganz Rom darüber, hat er doch bisher nicht mehr als die Quaestur bekleidet. Recht früh also, so ein Posten, auch wenn Lusitania nicht gerade die Perle der Provinzen ist.

Wer aber mehr weiß, ahnt die Gründe: Des Othos Weib, die schöne Sabina Poppaea, ist wohl in sein Blickfeld geraten. Und da stört der Gatte. Also Lusitania – weit weg. (Würde mich nicht wundern, wenn der alte Fuchs Seneca dahintersteckte.)

Und Octavia, die arme Kaiserin ...

Für heute mag es genug sein.

Ich grüße dich in Liebe und wünsche dir den Frieden unseres Herrn.

Theophilos

XXXIII.

Pompeji nuova, 18. März Mitternacht

»Wer ist da bitte?«

Diefenstein konnte nur flüstern. Verständlich, er hatte noch nie mit einem Toten gesprochen.

»Danelli. Pater Roberto Danelli vom *Corpo della Gendarmeria Vaticano*. Ich hatte gedacht, unser Freund Winter hätte mich avisiert. Ich bin jetzt in Neapel gelandet und kann in einer halben Stunde bei Ihnen sein. Sie wohnen doch noch im gleichen Hotel?«

Diefenstein blickte entgeistert auf sein Handy.

»Äh ja, natürlich. In einer halben Stunde. Wir, äh, erwarten Sie.«

Er beendete das Gespräch und blickte Bassler fassungslos an.

»Was ist denn mit dir? Du bist ja völlig blass. Mit wem hast du gesprochen?«

»Das glaubst du mir sowieso nicht!«

Er setzte sich schwer atmend auf das Bett, das war alles ein bisschen viel für den guten Monsignore.

»Also?«

»Mit Pater Roberto Danelli!«

Bassler blickte ihn gütig an, wie einen Geisteskranken.

»Aber Danelli ist tot, oder? Du hast ihn doch selbst gesehen.«

Diefenstein nickte. Sein Gesicht gewann wieder an Farbe. »Also entweder war der Anrufer nicht Danelli oder der Tote hat uns getäuscht.«

»Haben wir eigentlich jemals so etwas wie einen Ausweis von ihm gesehen? Ich meine, wenn er zur vatikanischen Polizei gehört, müsste er sich ja wohl ausweisen können.«

Diefenstein nippte an seinem Wein. Er war zu süß und der Monsignore verzog die Lippen.

»Du weißt, wie das ist. Ähnlich wie bei Uniformen. Wenn man einen Polizisten in Uniform sieht, würde man nicht nach seinem Ausweis fragen. Die Uniform ist der Ausweis. Bei einem Priester ist es ähnlich. Mich hat man auch nie nach meinem Ausweis gefragt, wenn ich eine Trauung oder Taufe vorgenommen habe.« Er gestattete sich ein dünnes Lächeln.

»Man sieht eben stets das, was man glaubt. Wer wäre schon auf die Idee gekommen, dass unser Danelli gar kein Geistlicher ist? Oder vielleicht war es ja doch der Richtige und der Anrufer ist ein Betrüger.«

»Wir werden es sehen. Und auf jeden Fall werden wir ihn nach dem Ausweis fragen!«

Während Bassler seinen Koffer wieder auspackte, hing Diefenstein seinen Gedanken nach.

Wer hätte auch ahnen können, dass diese touristische Expedition in solch einem Albtraum enden könnte. Immer wieder schaute er auf die Uhr. »Eine halbe Stunde«, hatte der Anrufer gesagt. Die war jetzt vorbei. Es dauerte fünfzehn weitere Minuten, bis ein energisches Klopfen den mysteriösen Besucher anzeigte.

Bassler eilte zur Tür. Der Ankömmling hatte keinerlei Ähnlichkeit mit dem »ersten« Danelli. Er war deutlich älter, sicher schon an die sechzig, aber einen Kopf größer und mit deutlichem Bauchansatz. Seine Haare mussten sich bis auf einige karge weiße Reste schon vor Jahren verabschiedet haben. Lediglich der schwarze Anzug mit dem weißen Priesterkragen war mit dem seines Vorgängers identisch.

»*Buongiorno*, Monsignore«, grüßte er freundlich und griff nach Basslers Hand, die er kräftig drückte.

»Der Monsignore sitzt da und hält sich an seinem Wein fest. Ich bin nur der lutherische Nihilist Markus Bassler, sozusagen sein Faktotum.«

Danellis Gesicht überzog ein breites Lächeln, das ihn sehr sympathisch machte.

»Sehr erfreut. Darf ich eintreten?« Er redete die Männer wie selbstverständlich in Italienisch an.

»*Scusi, naturalmente.*«

Der Pater schien die Erregung zu bemerken, die seine Ankunft ausgelöst hatte. Er wurde wieder ernst.

»Stimmt irgendwas nicht?«, fragte er, nachdem er auch Diefenstein begrüßt hatte.

»Dürfte ich Sie zunächst bitten, sich auszuweisen?«

Der Priester zog verblüfft die Augenbraue hoch. Dann griff er in seine Jacke und präsentierte etwas irritiert einen Ausweis mit dem goldenen Wappen des Vatikans.

Mit immer noch zitternden Fingern öffnete Diefenstein den Ausweis und musterte ihn gründlich.

Corpo della Gendarmeria dello Stato della Città del Vaticano, Roberto Danelli – Dirigente.

Das eingeschweißte Bild zeigte keinen anderen als den Ankömmling.

»*Grazie tante!*«

Während Diefenstein den Ausweis zurückgab, bat er den Pater, sich zu setzen. Danelli setzte sich auf den Schreibtischstuhl, während die beiden Männer auf dem Bett Platz nahmen. Danelli fixierte die beiden Männer mit durchdringendem Blick.

»Meine Herren! Was ist passiert? Hier stimmt doch etwas nicht.«

Und während ihm Diefenstein alles über die Ereignisse der letzten Tage und das tragische Ableben seines Doppelgängers erzählte, wurde der echte Danelli immer nachdenklicher. Dann wurde es ganz still in dem kleinen Zimmer.

»Und Sie haben keine Ahnung, wer der Mann war, der sich für mich ausgab?«

Diefenstein schüttelte entschieden den Kopf. »Der Mann hat seine Rolle hervorragend gespielt und gab sich souverän als Mitglied des *Corpo di Vigilanza* aus.«

»Verzeihung«, unterbrach der echte Danelli. Interessiert lehnte er sich nach vorne.

»Nannte er diese Einheit?«

»Ja, natürlich.«

»Das ist interessant. Dann ist dem guten Mann nämlich entgangen, dass unsere Einheit im Jahre 2002 von Papst Johannes Paul II. wieder umbenannt wurde. Sie haben ja die neue Bezeichnung meinem Ausweis entnehmen können.«

Das war Diefenstein in der Aufregung gar nicht aufgefallen. Jetzt fiel ihm auch ein, wie sich der echte Danelli am Telefon vorgestellt hatte. Ein *Corpo di Vigilanza* gab es also seit etlichen Jahren gar nicht mehr.

Danelli hatte eine gewisse Unruhe ergriffen und er rief ungeduldig: »Und er erwähnte, dass der Papst informiert sei? Da hat er wohl etwas übertrieben. Der Heilige Vater hat anderes zu tun, als sich um solche Dinge zu kümmern. Freilich, wenn entsprechende Schriften gefunden würden, würde man ihn informieren. Nun, das soll im Augenblick keine Rolle spielen. Aber vielleicht könnten seine Formulierungen später helfen, dem Betrüger auf die Spur zu kommen. Bitte fahren Sie fort.«

»Nun, jedenfalls kannte sich der Mann sehr gut aus, nicht nur im kirchlichen Bereich, ich meine den Vatikan und seine Organisation, sondern auch in allem, was die Bibel betrifft. Außerdem beherrschte er Latein hervorragend. Man könnte fast meinen ...«

»*Was* könnte man fast meinen?«

»Dass er einer von uns ist oder einmal war.«

»Sie meinen aus dem klerikalem Dienst? Das Erstere können Sie ganz sicher ausschließen. Da er einen falschen, nämlich meinen Namen verwendete, ist auch die angebliche Berufsbezeichnung falsch. Das Zweite werden wir überprüfen, aber dazu bräuchten wir seinen richtigen Namen.«

Danelli machte eine kurze Pause und spielte mit einem silbernen Kugelschreiber herum.

»Und er hat gesagt, er komme im Auftrag von Kardinal Esposito?«

Die beiden Männer nickten stumm.

»Interessant, der Mann kannte sich wirklich aus, wenn man von dem anderen kleinen Fehler absieht. Der Kardinal hat mich nämlich tatsächlich beauftragt. Seine Eminenz ist stellvertretender Leiter der Kongregation für die Glaubenslehre und solche Vorfälle fallen in seinen Geschäftsbereich.«

Er wiegte nachdenklich seinen kahlen Kopf.

»Wer kann außer Ihnen und Winter noch davon gewusst haben?«

»Keine Ahnung«, sagte Diefenstein. »Eigentlich niemand. Wir haben hier mit niemandem gesprochen.«

Danelli nickte nachdenklich.

»Also rekapitulieren wir noch einmal. Sie stoßen auf diese interessanten Papyri, informieren Winter.«

»Ich habe ihn nicht wirklich informiert, sondern nur um eine Auskunft gebeten«, unterbrach Diefenstein den Pater.

»Egal! Winter erfährt jedenfalls von der Sache und spricht mit Kardinal Esposito. Und der beauftragt mich. Wo ist da die undichte Stelle? Wie konnte der Unbekannte von diesen Dingen Kenntnis bekommen?«

»Prälat Winter dürfte über alle Zweifel erhaben sein. Wir kennen uns seit vielen Jahren und ich würde meine Hand für ihn ins Feuer legen«, meinte Diefenstein entschieden.

»Ja, ja. Sicher, sicher, obwohl sich schon so mancher dabei die Finger verbrannt hat. Aber ich teile Ihre Auffassung über den Prälaten, wir kennen uns gut, haben mal zusammen an einem Fall gearbeitet, bei dem mir seine altgriechischen Sprachkenntnisse von großem Nutzen gewesen waren. Ich würde jederzeit für ihn bürgen. Es sei denn ...«

»Was meinen Sie, Pater Danelli? Ich kann Ihnen nicht folgen.«

»Es sei denn, Winter hat eine Indiskretion begangen, ohne es zu wissen.«

»Wie das denn?«, warf Bassler skeptisch ein.

»Ich hab' da so eine Idee.«

XXXIV.

Pompeji nuova, 18. März frühmorgens

Die abgestandene Luft schmeckte nach kaltem Rauch vermischt mit dem Geruch von Kaffee, Pizza und Gyros. Faccetti riss das Fenster auf. Die kühle Luft eines anbrechenden Morgens strömte herein und weckte bei den Anwesenden vorübergehend neue Lebensgeister. Der Commissario starrte aus müden Augen auf die Vernehmungsprotokolle.

Die Vernehmung von Vater und Sohn hatte absolut keine verwertbaren Kenntnisse erbracht. Giovanni di Carmacci war ein alter, vom Leben gezeichneter Mann von schmaler Figur und unsteten, flackernden Augen, die ständig ruhelos durch den Raum irrten.

Man hatte ihn aus seinem Hotel holen müssen, wo er über dem Empfangstresen eingeschlafen war.

Er war fassungslos über die Vorfälle, die sich während seiner Abwesenheit in seinem Haus abgespielt hatten, kannte aber weder das Opfer noch hatte er eine Ahnung, warum ein toter Mann an seinem Küchentisch saß oder wie er dahin gekommen sei. Noch viel weniger konnte er sich die Abwesenheit seiner Frau erklären.

»Wissen Sie, Commissario, Sie haben es ja selbst gesehen. Die Suppe stand ja noch auf dem Herd. Ist übrigens ein Rezept meiner Schwiegermutter, Gott habe sie selig.«

Er leckte sich genießerisch die dünnen Lippen. Offenbar teilte er die geschmackliche Einschätzung anderer Besucher bezüglich der Suppe nicht.

»Sie würde das Haus nie verlassen, wenn die Suppe auf dem Herd steht. Sie geht schon mal zu Rosaria, unserer Nachbarin, aber da war sie nicht, Sie haben ja selbst nachgefragt, nicht wahr?«

Der Commissario nickte düster. Der Mann langweilte ihn. Und bei den Ermittlungen helfen konnte er auch nicht.

»Glauben Sie, der Mörder hat sie mitgenommen?«, kam es aus müden Mundwinkeln.

Giovanni di Carmacci schüttelte entschieden den Kopf. »Aber wozu denn? Was will er denn mit meiner Antonia? Ich meine, so hübsch ist sie ja auch nicht mehr.«

Diese Einschätzung konnte der Beamte ohne Vorbehalte teilen, nachdem er ein neueres Bild der Vermissten gesehen hatte.

»Seit dreißig Jahren sind wir nun verheiratet und nun so was.«

Der Mann schüttelte verzweifelt den Kopf, aber es blieb offen, ob die Verzweiflung der vermissten Ehefrau galt oder vielleicht doch mehr der Tatsache, dass er immer noch nicht in den Genuss der geliebten Kohlsuppe gekommen war.

»Und kochen konnte sie.« Giovanni entfuhr ein Seufzer, der nach Genuss und Verzweiflung gleichermaßen klang.

Verwundert nahm der Commissario den Gebrauch des Vergangenheitstempus zur Kenntnis.

»Neulich hat sie uns noch *Brodetto di pesce* gemacht, das essen Francesco und ich so gerne. Man braucht dazu eine Polenta aus Maisgrieß und ...«

Nach drei weiteren Rezepten hatte der Commissario entnervt das Verhör abgebrochen.

Das Gespräch mit Francesco war aber noch weniger ergiebig, sofern eine Steigerung überhaupt denkbar war. Der Junge, der von einer hiesigen Beamtin betreut wurde, war völlig verstört und konnte kaum zusammenhängende Sätze von sich geben. Angela Sivori vernahm ihn mit einer Einfühlsamkeit, derer der polternde Faccetti kaum fähig gewesen wäre. Der saß dabei und blätterte ungeduldig in den Protokollen, das ging ihm hier alles viel zu langsam.

Bavoč saß schweigend auf einem Drehstuhl und wippte mit dem Stuhl, bis ihn ein strafender Blick seines Vorgesetzten traf.

Abrupt unterbrach er seine Bewegungen und widmete sich konzentriert den Bemühungen seiner Kollegin.

Der arme Francesco hatte den Toten unvermittelt in der Küche gefunden und war seitdem völlig traumatisiert. Natürlich hatte er den Toten auch noch nie zuvor gesehen. Eine Bemerkung jedoch weckte die Aufmerksamkeit der Beamten.

»Ist dir vielleicht in den Tagen vorher irgendetwas rund um das Haus aufgefallen?«, hatte Sivori gefragt und den Jungen mit freundlicher Mütterlichkeit angesehen. Der Junge hatte aufgeblickt und seine tränenreichen Augen verloren sich in weiter Ferne. Dann stammelte er: »Die Männer, die beiden Männer!«

»Welche Männer?«

»Sie haben mich verfolgt, bis zu unserem Haus.«

Es folgte eine vage Beschreibung zweier älterer Männer, die auf ein Drittel der italienischen Bevölkerung zugetroffen hätte. Wohlweislich unterließ er jede Angabe darüber, wie er die Männer kennengelernt hatte. Das hatte ihm sein Vater vorher eingeprägt: »Hör zu, Francesco, erzähl auf keinen Fall etwas von unseren kleinen Geschäften. Wenn die Polizei das rauskriegt, kriegen wir die größten Probleme. Was wir da machen, ist zwar völlig in Ordnung, aber die Polizei würde das nicht verstehen. Du weißt ja, wie die sind. Außerdem hat das absolut nichts mit dem toten Mann oder der vermissten Mama zu tun. Hast du verstanden?«

Francesco hatte verstanden und schwieg eisern. Aber den Hinweis auf die beiden Männer hatte er doch ganz bewusst gegeben, weil er die Zusammenhänge ganz anders sah als sein Vater. Vielleicht hatten die beiden Männer seine Mutter entführt, weil sie noch mehr von den alten Schriftrollen wollten. Es war ihm nicht entgangen, dass die beiden Männer ein außerordentliches Interesse an den alten Dingern entwickelt hatten.

»*Va bene*, wir lassen dich jetzt mit deinem Vater nach Hause bringen. Glaubst du, du kannst etwas schlafen? Vielleicht solltest du noch ein Glas warme Milch trinken?«

Angela Sivori schüttelte kaum merklich den Kopf. *Ist ja ein toller Tipp! Warme Milch hilft ganz sicher. Männer!*

Der Junge nickte nur und erhob sich.

Nachdem die Beamtin Francesco hinausgebracht hatte, erhob sich Faccetti und streckte die misshandelten Glieder.

»Jetzt brauch ich erst einmal etwas Schlaf, wenigstens zwei bis drei Stunden.«

»*Scusi*, Chef«, Bavoč' Ton war gewohnt sachlich, »draußen wartet noch die alte Frau.«

»Alte Frau?« Faccetti gähnte herzhaft.

»Die die Mörder gesehen haben will.«

Faccetti schüttelte sich unwillig. »Gut, bring sie rein. Wird nicht lange dauern.«

Als Bavoč die Tür öffnete, kam ihnen ein schwer definierbares Geräusch entgegen, das den ganzen Gang zu füllen schien. Die Zeugin war auf der Holzbank eingeschlafen und schnarchte laut.

Behutsam weckte Bavoč die Frau und führte sie ins Vernehmungszimmer, wo sie Faccetti gelangweilt und mit Widerwillen betrachtete. Die schwarz gefärbten Haare der unscheinbaren Frau lagen wirr durcheinander. Über ihrem langen schwarzen Kleid trug sie eine geblümte Kittelschürze, offenbar aus dem vorigen Jahrhundert. Ein faltiges, vom Alter gezeichnetes Gesicht grinste ihn aus dem zahnlosem Mund erwartungsvoll an. Und plötzlich zog auch noch der herbe Geruch von Mottenkugeln durch das Zimmer.

Faccetti seufzte lautlos und schüttelte sich innerlich.

Aber die Frau ahnte nichts von der Missachtung, die ihr der Polizeibeamte entgegenbrachte. Aus listigen kleinen Augen blickte sie den hochgewachsenen Beamten voller Erwartung an. *Wann konnte man schon einmal einem echten Commissario gegenübersitzen? Und auch noch so einem Prachtstück. Das gab es sonst nur im Fernsehen, bei den amerikanischen Polizei- und Gerichtsserien, die sie so gerne sah. Wenn sie das ihrer Freundin Rosaria erzählen würde! Die würde platzen vor Neid. Und vielleicht konnte man jetzt endlich erfahren, was wirklich im Hause der di Carmaccis ...*

Die dröhnende Stimme des Polizisten riss sie aus ihren Träumen.

»Wie heißen Sie, Signorina?«

Die Frau strahlte ihn an. »Emilia Cantonesi, wenn's recht ist. Zweimal verwitwet, ohne Kinder, mit dem Angeklagten nicht verheiratet und nicht verschwägert! Ich bin bereit die Wahrheit zu sagen und nichts als die Wahrheit!«

Diese Erklärungen hatte sie immer bei den Gerichtsfilmen gesehen und lange genug darauf gewartet, sie selbst einmal abgeben zu können. Die faltigen Wangen der Alten hatten sich vor freudiger Aufregung gerötet.

»Angeklagter? Welcher Angeklagter?«

Faccetti brummte kaum hörbar vor sich hin, aber die Alte strahlte ihn nur stumm an.

»Gut, Signorina Cantonesi, was haben Sie gesehen?««

»Die Mörder, Commissario, die Mörder. Zwei waren es! Fremde, ich hab' sie schon vorher gesehen. Haben sie die alte Antonia abgemurkst, oder wen?« Ihre kleinen Augen glühten. Nachdem sie Giovanni und Francesco di Carmacci im Flur des Polizeireviers flüchtig gesehen hatte, konnte das Opfer ja nur die arme Antonia sein.

»Langsam, Signorina! Können Sie die beiden Männer beschreiben?«

Und Emilia Cantonesi konnte die beiden Männer sogar sehr gut beschreiben, sie hatte sich ihr Aussehen bis ins Detail eingeprägt. Schließlich hatte sie die Männer ja auch in der Kirche gesehen. Sie hatte ja gleich gewusst, dass die beiden die Mörder waren, obwohl sie in der Kirche so fromm taten. So komisch, wie sie sich am Tatort verhalten hatten! Und sie waren ja auch gleich geflüchtet. Und wenn dieser Tölpel von Carabinieri schneller reagiert hätte, dann säßen die Mörder jetzt im Gefängnis und sie könnte in ihrem Bett liegen und überlegen, wie sie die Belohnung ...

»Gibt es eigentlich eine Belohnung? Ich meine ...«

Das entlockte jetzt sogar dem Commissario ein leichtes Lächeln, der begann, die schrullige Alte zunehmend sympathisch zu finden. Und auch aus Bavočs Ecke kam ein verdächtiges Hüsteln.

»Das steht noch nicht fest, Signorina Cantonesi. Es könnte aber sein.«

Angela Sivori hatte der Frau inzwischen wortlos eine Tasse Kaffee hingestellt. *Was denkt sich der Chef eigentlich, die Frau so lange warten zu lassen. Die muss doch todmüde sein.*

Dankbar nahm die Frau den Kaffee entgegen und leerte die Tasse in einem Zug, als ob sie kurz vor dem Verdursten wäre. Genießerisch leckte sie über ihre Lippen.

»Einen guten Kaffe kochen Sie hier. Habense noch 'ne Tasse? Übrigens weiß ich auch, wo die Mörder wohnen!«

Die Zigarette, die der Commissario sich gerade anzünden wollte, glitt wortlos aus seinen Fingern.

XXXV.

Rom, Herbst 60 n. Chr.

Theophilos grüßt seinen Fronto.

Es ist überflüssig, den Boten, der deinen letzten Brief brachte, zu fragen, wie es dir geht, denn inzwischen mag sich dein Befinden längst verändert haben. Es ist doch beklagenswert, dass in unserer Zeit die Post selbst zwischen nahen Orten so lange dauert, dass der Absender vielleicht schon gestorben ist, bevor der Brief sein Ziel erreicht. (Natürlich gilt das für uns nicht!)

Ich hoffe jedenfalls, dass deine Gesundheit und die deiner lieben Quintilla wiederhergestellt sind.

Deshalb erwarte ich deinen Besuch mit Ungeduld, der Wein ist jedenfalls schon erwärmt und das geheizte Balneum erwartet dich.

Da du immer wissen willst, was hier in der Stadt passiert ist: Nichts, was sich zu schreiben lohnt. In Britannia, dieser fernen und kalten Provinz, ist ein Aufstand losgebrochen, aber nach allem, was man hört, werden unsere tüchtigen Legionäre die Dinge in gewohnter Art erledigen. Es ist schon beruhigend zu wissen, dass unsere Legionen in aller Welt sicher stehen und das Imperium Romanum zuverlässig vor allen Barbaren bewahren.

Dass unser Caesar neue Spiele, die »Neronia«, gestiftet hat, wirst du wissen, denn sie werden ja nicht hier in Rom, sondern bei euch in Neapolis aufgeführt. Offenbar meint der Kaiser, dass das Volk dort für solche Künste offener und der Applaus größer ist. Ich habe gehört, dass er dort selbst aufgetreten und von der Begeisterung der Zuschauer überwältigt war. Das habt ihr gut gemacht, ihr Provinzler!

Aber Wichtigeres sollst du erfahren. Paulus hat inzwischen hier ein Quartier gefunden, auf dem Aventinus in angenehmer Lage. Seine Wachen sind verschwunden, bis auf einen Centurio, und der trägt ihm – lache nicht – die Eisenketten, wenn er unterwegs ist. Und er ist viel unterwegs. Zunächst hat er die hiesige Gemeinde der Juden aufgesucht und versucht davon zu überzeugen, dass wir doch eigentlich Brüder sind und an einen gemeinsamen Gott glauben. Das war mutig, denn ebendiese haben ihn doch in Iudaea angezeigt und ihm die Haft in Rom eingebrockt. Doch die Juden sehen das ganz anders: Sie betrachten uns als unbeschnittene Ketzer, die vom wahren

Gott abgefallen sind und die Gebote nicht mehr achten. Wer kann das schon verstehen, war doch Jesus, der Gesalbte, selbst Jude!

Und natürlich hat Paulus sich mit Petrus getroffen, aber was sie besprochen haben, weiß ich nicht, denn ich war nicht dabei. Aber ich habe einen anderen Mann kennengelernt, der im Gefolge des Paulus nach Rom gekommen ist und den ich während unserer gemeinsamen Reise kaum wahrgenommen hatte, denn er hält sich sehr zurück. Es ist ein Arzt aus Antiochia mit dem Namen Lukas, aber ein Mann von vielfältiger Begabung. Stell dir vor, er ist nicht nur ein Medicus, sondern er malt auch, und zwar nicht wie unsere Künstler auf die Wand, sondern er mischt die Farbe mit Öl und bringt sie auf leinene Tücher.

So hat er zum Beispiel Maria, die Mutter unseres Herrn, gemalt und das entzückende Bild mag dir wirklich das Herz erwärmen, so viel Liebe und Güte strahlt es aus. Er hat sich sehr oft mit Maria unterhalten, bevor er Paulus auf seinen Reisen begleitete und hat all das, was er erfahren hat, in seinem Herzen bewahrt. In Troas war er mit Paulus, in Ephesus, in Philippi und in Caesarea hat er ihn in seine zweijährige Haft begleitet, welch eine Treue!

Und da kam mir eine glänzende Idee, Fronto, geliebter Freund. Du wirst mich loben. Ich fragte ihn, ob er nicht all das für mich (und unsere Gemeinde) aufschreiben könne. Und höre nur, er hat zugesagt und will alles in einem Bericht festhalten. Freilich hat er den Herrn nicht persönlich gekannt, aber er hat mit vielen gesprochen, die ihn gut gekannt hatten. Und er hat bereits begonnen und so habe ich von seiner Einleitung eine Abschrift gemacht, die auch du jetzt hören sollst:

»Da es nun schon viele unternommen haben, einen Bericht von den Ereignissen zu verfassen, die sich unter uns zugetragen haben, wie sie uns die überliefert haben, die von Anfang an Augenzeugen und Diener des Wortes gewesen sind, hat es auch mir gut geschienen, der ich allem von Anfang an genau gefolgt bin, es dir, hochedler Theophilus, der Reihe nach zu schreiben, damit du die Zuverlässigkeit der Dinge erkennst, in denen du unterrichtet worden bist.«

Hörst du, guter Fronto, er nennt mich »hochedler Theophilos«. Ist das nicht zu viel der Ehre für mich, einen einfachen Ritter, den das Schicksal mit einem Übermaß an Reichtum begünstigt hat? Und von der Zuverlässigkeit der Lehre muss er mich nicht überzeugen, denn die Kraft des Glaubens brennt wie ein Feuer in mir und stärkt mich gegen alle Widrigkeiten. Ich kann es gar nicht erwarten, seine weiteren Berichte zu lesen, und werde dir natürlich weiter davon erzählen.

Ach, welche Freude ist es doch, hier im Mittelpunkt der Welt zu leben und die größten Männer unseres Glaubens um sich zu haben.

Ich wünschte, du wärest hier, guter Fronto, und könntest dieses Bad der Seligkeit ebenso genießen wie ich.

So sei in der Liebe und dem Frieden unseres Herrn gegrüßt.

Dein Theophilos

XXXVI.

Pompeji, 24. August 79 n. Chr., vierte Stunde

»*Salve, mi amici! Quomodo dormivisti?*«

Mit lauter Stimme begrüßte Fronto seinen morgendlichen Gast. Er schien wahrhaft erfreut, seinen ärmlichen Gast zu sehen, doch dessen blutunterlaufene Augen kündeten von einer durchwachten Nacht.

Wahrscheinlich hatte der Angesprochene all das, was er erzählt hatte, noch einmal durchlebt.

»Leiste mir bei meinem kleinen Morgenimbiss Gesellschaft.«

Er wies auf eine silberziselierte Platte, auf der sich Brot, etwas kaltes Huhn, Käse und Obst befanden. Daneben stand eine Karaffe mit verdünntem kühlen Wein.

Mit gesundem Appetit machte sich Servulus über das Frühstück her, Fronto beobachtete ihn mit herzlicher Freude.

»Du musst wissen, seit meine Frau vor zehn Jahren gestorben ist, lebe ich hier recht allein.«

»Und Minerva hat euch nicht mit Kindern gesegnet?«

»Minerva?« Fronto lächelte mild. Wie konnte er es dem entlaufenen Sklaven verdenken, dass er es gewohnt war, in der Kategorie seiner überkommenen Götter zu denken.

Er schüttelte nur den Kopf. »Wir werden heute sehen, dass wir etwas Vernünftiges zum Anziehen für dich bekommen. Ich kenne da einen Tuchhändler namens Verecundus.«

»Tuchhändler? Am Forum etwa?«

Servulus blickte erschrocken auf und verschluckte sich an dem verdünnten Wein.

»Man wird mich entdecken und fassen. Vergiss nicht, ich bin ...«

»... ein entlaufener Sklave«, unterbrach ihn Fronto. »Ich weiß, wir werden vorsichtig sein. Wer sollte dich hier in Pompeji vermuten? Und Verecundus hat seinen Laden auch nicht am Forum, sondern hier, ganz in der Nähe, zwei Straßen weiter. Ich kenne ihn gut, man kann ihm vertrauen. Also sei unbesorgt. Bis dahin magst du dich noch etwas ausruhen. Ich muss noch ein Schriftstück ausfertigen.«

Eine Stunde später verließen sie das Haus. Aber sie waren noch keine zehn Schritte gegangen, Fronto hatte gerade auf die benachbarte Gladiatorenschule gezeigt, als ein Grollen und Beben der Erde, heftiger als alles zuvor, sie erschreckte. Die Menschen auf der Straße waren wie erstarrt stehen geblieben. Viele von ihnen erinnerten sich noch gut an das Beben und seine schrecklichen Auswirkungen vor vielen Jahren. Servulus blickte zum Vesuv. Täuschte er sich oder war die Rauchfahne erheblich dicker und höher geworden? Fronto folgte seinem Blick.

»Das gefällt mir nicht«, murmelte er besorgt. »Wir wollen hoffen, dass es dabei bleibt«, er lächelte gequält, das Beben hatte wieder aufgehört, die Menschen gingen weiter.

Bis zum Hause des Verecundus war es wirklich nicht weit. Der Handwerker schien ein reicher Mann zu sein, denn beide Seiten des Eingangs waren mit bunten Malereien dekoriert.

»Das ist Minerva, die Schutzgöttin der Werkstatt«, erklärte Fronto, »und dies stellt Mercur und die pompejanische Venus auf einer von vier Elefanten gezogenen Quadriga dar.«

Auf der anderen Seite fanden sich typische Handwerksszenen wie das Abkochen von Wolle und Filz. Und auch der typische Uringeruch fehlte nicht, den Servulus aus früheren Tagen nur allzu gut kannte.

»Edler Marcus Lucretius Fronto! Welch eine Freude, dich in meinem bescheidenen Laden zu sehen! Die Götter seien mit dir!«

Verecundus war ein hagerer, hochaufgeschossener Mann, dessen dünne Gliedmaßen um den Leib zu schlottern schienen. Eine lange Nase und unstete kleine Augen prägten sein schmales Gesicht, ein Gesicht, dem abzulesen war, dass ihm der Gewinn näher lag als eine gute Bedienung. Trotz seiner hageren Gestalt zeichneten sich unter der blassblauen *Tunika* Nervenstränge und Muskeln deutlich ab.

Der Händler rieb sich freudig die nervigen Hände und sein lückenhaftes Gebiss strahlte, als er dem prominenten Kunden die Hand drückte.

»Und einen neuen Begleiter hast du. Einen neuen Sklaven, der wohl jetzt eingekleidet werden soll, oder?«

Frontos Stirn umwölkte sich.

»Verecundus, du solltest wissen, dass ich nur noch Freigelassene habe, keine Sklaven.«

»Verzeih, edler Herr, ich vergaß«, murmelte er schmeichlerisch und verbeugte sich tief.

Sein Blick aber musterte den zwergenhaften Mann misstrauisch. *Wenn der kein Sklave ist, was dann? Man muss doch bloß seinen Hals anschauen!*

»Da werden wir wohl eher mit den Maßen eines Kindes drangehen müssen, oder?«

Er wandte sich um und griff nach dem Maßstock.

In diesem Augenblick erschütterte ein weiterer Erdstoß die Straße, ein dumpfes Grollen vom Berg begleitete das Beben. Entgeistert starrten die Männer auf die weiß getünchte Hauswand, auf der sich deutlich ein Riss abzeichnete, der langsam wie eine Schlange vom Boden bis zum Dach kroch.

XXXVII.

Pompeji nuova, 18. März frühmorgens

Geschafft! Endlich hatte er den feuchten engen Gang hinter sich gelassen und konnte sich aufrichten. Dafür umgab ihn nun völlige Dunkelheit, denn die karge Beleuchtung war nur im Gang angebracht. Er tastete nach seiner Taschenlampe und knipste sie an.

Was er sah, raubte ihm den Atem.

Der Strahl der Lampe tastete sich durch einen großen, fast quadratischen Raum, der früher einmal ein prachtvolles Zimmer gewesen sein musste, davon erzählten jedenfalls die wunderbaren Fresken an den Wänden. Sie hatten ihre bunte Vielfalt eingebüßt, aber die Motive und ihre detailgetreue Ausgestaltung ließen ihre ehemalige Pracht erahnen.

Aber das war jetzt nicht so wichtig.

Henderson warf einen besorgten Blick zur Decke. *Wieso ist dieser Raum nicht wie die anderen eingestürzt?* Die Decke aus einer doppelten Lage schwerer Holzbalken machte auch jetzt noch einen stabilen Eindruck, massive Holzbalken stützten sie zudem ab. Eine Staubschicht von mehreren Zentimetern bedeckte alles, war aber an einigen Stellen schon entfernt worden.

Sein Blick fiel auf die vier Skelette, die in dem Raum lagen. Ein kleineres lag vor dem, was früher einmal eine Tür gewesen sein musste. Zwei, die sich auch jetzt im Tod noch umarmten, saßen zusammengekauert in einer Ecke unter einem Fenster, das durch schwere Holzläden gesichert war. Ein größeres lag halb unter einem Holztisch, der in der Mitte des Raumes stand, die Hände wie zum Gebet gefaltet. Henderson betrachtete die sterblichen Reste interessiert und ohne Schrecken, er hatte schon Schlimmeres gesehen. Aber die verzerrte Haltung der Toten vermittelte auch jetzt noch einen Eindruck von der Qual, welche die Menschen vor ihrem Tod durchlitten haben mussten.

Neugierig fuhr seine Lampe durch den Raum. Er war sparsam möbliert. Zwei Stühle, deren ehemals roter Stoff in Fetzen herabhing, ein

Gerät, das er nicht identifizieren konnte (ein Fachmann hätte es als Wasseruhr identifiziert), auf dem Boden ein zerschmetterter Tonkrug. Auf dem Tisch lagen mehrere Trinkgefäße. Ganz interessant für den Archäologen, aber ohne größeren Wert. Seine Taschenlampe wanderte weiter durch den Staub der Jahrtausende. Da, an den beiden Wänden, da standen Regale, die seine Aufmerksamkeit erregten. Er gab einen anerkennenden Pfiff von sich. Hierher stammten die alten Papyri.

Die meisten Regale waren von oben bis unten mit Schriftrollen gefüllt, viele steckten in rissigen Lederbehältnissen. Einigen Regalen merkte man an, dass sie bereits geleert worden waren. Über allem lag eine dicke Schicht aus Staub und Asche und verhüllte die Kostbarkeiten wie mit einem Leichentuch. Henderson war beileibe kein Fachmann, aber eins schoss ihm sofort durch den Kopf: *Was für ein Glücksfall! Hier liegen Millionen Dollar rum! Man muss es nur richtig anfangen.*

Henderson war blitzartig klar geworden, dass er diese Kostbarkeiten nicht alle an seinen gierigen Auftraggeber weiterleiten würde. *Das hier ist meine Altersversorgung!*

Ein böses Lächeln verzog seine Lippen. *Und die Frau?* Unvermittelt dachte er an die alte Frau, die ihn gegen ihren Willen in diese Schatzkammer geführt hatte. Zum guten Schluss war ihm ihre Jammerei zu viel geworden. Er hatte sie sorgfältig geknebelt und gefesselt und sie in dem Gang zurückgelassen. Er würde sich später um sie kümmern. Jetzt aber hieß es, diese Kostbarkeiten möglichst bald und unauffällig herauszubringen. Aber wie?

Er nahm eine der Rollen aus dem Regal. Sie waren durch die Lavaschicht und den fehlenden Sauerstoff gut konserviert und bröckelten lediglich am Rand etwas ab. Dennoch wagte er es nicht, eine Rolle zu öffnen, denn er ahnte, dass dies nicht ohne herbe Verluste geschehen würde.

Licht. Er bräuchte mehr Licht. Zugleich wunderte er sich, dass die Familie der Grabräuber hier keine zufriedenstellende Lichtquelle geschaffen hatte.

Er packte wahllos einige der Rollen, die in einem Lederfutteral steckten, in die mitgebrachte Tasche. Aber das konnte nur der Anfang sein.

Und wie würde er die wertvollen Artefakte aus dem verschütteten Haus bringen können? Und dann aus Italien nach New York, am argwöhnischen Zoll vorbei? Es musste eine Lösung für sein Problem geben, er musste sie nur finden.

Und dann kam ihm eine Idee. Er dachte an einen Job, den er für Baldwyn einmal in Honduras erledigt hatte. Damals ging es um eine antike Tempelfigur. Und die hätte man niemals ausführen dürfen ...

XXXVIII.

Rom, Frühjahr 61 n. Chr.

Theophilos grüßt seinen geliebten Fronto.

Seltsames, mein Freund, geschieht hier und Trauriges. Die Kluft zwischen Juden und Christen, eigentlich doch Brüder, wird immer tiefer. Die Juden verfolgen uns, sie denunzieren uns beim Kaiser als Sektierer und Aufrührer und fordern unsere Bestrafung. Nun, wo mit Petrus und Paulus unsere wichtigsten Führer in Rom sind, verlieren sie jedes Maß. Und der Caesar, der sich bislang geduldig und tolerant zeigte, gewährt ihnen immer mehr Gehör.

Du musst wissen: Obwohl der Caesar immer noch mit Octavia verehelicht ist, schenkt er doch seine Gunst der schönen Poppaea. (Du erinnerst dich, ich hatte dir von ihr erzählt.)

Und während ihr unglücklicher Gatte unter sengender Sonne Lusitania verwaltet, teilt sie das Bett Caesars und gewinnt immer mehr Einfluss. Agrippina hätte das nie geduldet.

Und nun hat Poppaea ihre Vorliebe für die Juden entdeckt und fördert sie mit allen Mitteln. So sind alle Juden, die Statthalter Festus gefesselt nach Rom geschickt hat, auf ihre Veranlassung freigekommen. Das ärgert mich nicht, hege ich doch keinen Groll gegen die Juden. Aber Paulus liegt immer noch in Ketten. Die Lage in Rom verändert sich zugunsten der Juden und zu unseren Ungunsten und keiner weiß, wo das enden wird.

Was gibt es sonst Neues in unserer kleinen Gemeinde?

Wir leben hier in rechter Armut (obwohl du dir vorstellen kannst, dass ich mich großzügig zeige). Aber so kam es recht, dass ein Mitbruder namens Epaphroditus mit einer Spende der Gemeinde Philippi nach Rom kam und einige Wochen bei uns blieb. Aber dann erkrankte er lebensgefährlich. Wir haben Tag und Nacht für ihn gebetet und Lukas hat ihn mit besten Künsten versorgt – und er genas.

Nach seiner Genesung schickte Paulus ihn wieder nach Philippi zurück und gab ihm einen Brief mit, den er zusammen mit Timotheus an die Gemeinde geschrieben hat. Du musst wissen, Timotheus ist wie Lukas ein enger Gefährte des Zeltmachers und hat ihn in Rom besucht. In dem Brief bedankte er sich für die Unterstützung der

Gemeinde und kündigte einen Besuch des Timotheus in Philippi an. Es freut mich, dass sich die Gemeinden über alle Grenzen hinweg helfen. Das ist ganz im Sinne der Liebe, von welcher der Herr gepredigt hat.

Inzwischen gibt es hier fast einen Wettkampf der Schreiber: Marcus schreibt seinen Bericht oder diktiert ihn ehemaligen Sklaven, die schreiben können, Lukas tut dasselbe. Hin und wieder ist es mir erlaubt, einen Blick auf den Papyrus zu werfen, aber dann scheuchen mich ungeduldige Worte wieder hinaus. Ich bin voller Aufregung und freue mich wie ein Kind auf die fertigen Schriften, werden sie uns allen doch so viele Geheimnisse des Glaubens enthüllen, die wir jetzt nur ahnen können.

Bleibe im Segen des Herrn, lieber Freund.

Theophilos

XXXIX.

Pompeji nuova, 18. März sehr früh morgens

»Pronto!«, sagte eine mürrische Stimme am Telefon, die anscheinend mitten aus dem Schlaf gerissen worden war.

»Verehrter Prälat, entschuldigen Sie vielmals die durchaus unchristliche Störung. Hier ist Pater Roberto Danelli vom *Corpo della Gendarmeria.* Wir kennen uns von ...«

»Ich weiß, woher ich Sie kenne, Pater, ich bin ja nicht senil, allenfalls etwas müde. Wissen Sie, dass es fünf Uhr dreißig ist und meine Frühmesse erst um sieben Uhr beginnt?!«

Er gähnte mitleiderregend.

»Ich weiß, Prälat Winter, ich weiß. Und ich hätte es wahrhaftig nicht gewagt, Sie so früh zu stören, wenn es nicht um die Klärung eines Mordfalles ginge, die keinen Aufschub duldet.«

»Ein Mordfall! Meine Güte, was ist passiert?« Der Prälat rieb sich den Schlaf aus den Augen und saß aufrecht im Bett.

»Sie erinnern sich, dass Sie vor zwei Tagen einen Anruf von Monsignore Dr. Diefenstein erhielten?«

»Diefenstein, natürlich, es ging um den Pompeji Papyrus. Tolle Sache, aber was hat das ...?«

»In dem Zusammenhang kann die Frage von entscheidender Bedeutung sein, mit wem Sie über den Fund gesprochen haben.«

Es folgte eine kurze Pause, in der der Prälat die letzten Tage im Geist durchzugehen schien. Seine Stimme kam gesenkt und zögerlich. »Und warum ist das von entscheidender Bedeutung, Pater Danelli?«

»Bitte beantworten Sie erst meine Frage, dann will ich gerne die Ihre beantworten.«

Wieder ein kurzes Zögern, ein verlegenes Hüsteln.

»Sie meinen, ich hätte die Sache diskreter behandeln müssen?«

»Mit wem?«

»Mit meiner Schwester. Sie hatte vorgestern Geburtstag und wir waren zusammen essen in Pescara. Sie wohnt da.«

Seine Stimme straffte sich, und mit leiser Stimme fuhr er fort: »Ich konnte nicht wissen, dass …«

»Und Ihre Schwester ist verheiratet, nicht wahr?«

Wieder ein verlegenes Hüsteln.

»Ja, ist sie.«

»Und mit wem?«

»Vernatti. Sein Name ist Carmelo Vernatti. Gut möglich, dass Sie ihn kennen. Er war bis zu seiner, tja, Pensionierung Mitglied der damaligen *Vigilanza*.«

»Und ob ich Vernatti kannte. Aber Sie sprechen von Pensionierung? Sie meinen doch wohl eher Suspendierung, nicht wahr, Herr Prälat? Und bei diesem Essen, bei dem ein vorbestrafter und suspendierter ehemaliger Geistlicher anwesend war, haben Sie von diesen einmaligen literarischen Kunstschätzen erzählt?« Er legte eine kunstvolle Pause ein, bevor er fortfuhr: »Einem Mann, einem Kriminellen, der wegen Kunstdiebstahls, Betrugs und diverser anderer Delikte unehrenhaft aus dem Polizeidienst des Vatikans und sogar aus der Kirche ausgeschlossen worden ist!«

Danellis Stimme war deutlich lauter geworden. »Hielten Sie das nicht für ein wenig, sagen wir: fahrlässig?«

Der sonst so souveräne Meister der alten Sprachen gab sich ausgesprochen zerknirscht.

»Ich verstehe«, kam es zögernd aus dem Hörer, »ich werde umgehend mit ihm sprechen. Er wird sein Wissen nicht ausnutzen, seien Sie versichert, Pater Danelli.«

»Er hat es schon versucht!«

»Was? Wie meinen Sie das?«

»Wo ist eigentlich Ihre Schwester zurzeit?«

»Veronika? Sie hat einen kurzen Wellness-Urlaub angetreten, den ihr Carmelo geschenkt hat.«

»Geschickt. Das gab ihm freie Hand«, murmelte Danelli.

»Was meinen Sie?«

»Nicht so wichtig, aber bereiten Sie Ihre Schwester bei ihrer Rückkehr schonend darauf vor, dass sie Witwe ist!« Danellis Stimme klang verärgert.

Winter hatte gerade einen Schluck Wasser getrunken und verschluckte sich. Hustend und prustend meldete er sich wieder: »Witwe? Mein Gott, Sie wollen doch nicht etwa sagen ...«

In dürren Worten erzählte Danelli ihm von den tödlichen Vorgängen in Pompeji.

»Ich nehme an, dass Ihre Schwester und wahrscheinlich auch Sie bald Besuch von der Kriminalpolizei bekommen werden. Ich melde mich wieder. Gott mit Ihnen, Herr Prälat.«

Er legte auf, während der Prälat leichenblass in die Kissen zurücksank.

»Das wäre geklärt, meine Herren. Ich hatte es befürchtet. Der gute Prälat, und ich meine das tatsächlich so, hat zu viel geplappert. Zu viel – und vor dem falschen Publikum.«

Bassler und Diefenstein hatten mit wachsender Erregung zugehört. Auf einmal schien alles klar.

Danelli stand auf. »Ich habe hier im Augenblick nichts mehr zu tun. Die Polizei wird genau wie wir die Zusammenhänge bald herausfinden. Was dann mit den anderen Papieren geschieht?« Er machte eine vage Geste.

»Sind Sie einverstanden, dass ich die Papyri, die zurzeit noch in Ihrem Besitz sind, sicherstelle?«

Diefenstein nickte nur. Bassler ging und holte die Papyri. Mit wehmütigem Blick übergab er sie dem Pater.

»Wenn ich Ihnen noch einen Rat geben darf, meine Herren: Brechen Sie Ihre Zelte hier ab. Es ist mehr als wahrscheinlich, dass man Sie hier gesehen hat, möglicherweise mit dem Toten zusammen. Das wird der Polizei nicht verborgen bleiben. Und ich kann mir nicht vorstellen, dass Sie den Wunsch hegen, als Verdächtige in einem italienischen Gefängnis Ihre Unschuld nachweisen zu müssen.«

Die Männer nickten. »Wir werden sehen, dass wir morgen früh einen Flug bekommen.«

»Ich wünsche Ihnen alles Gute, liebe Kollegen. Gott mit Ihnen!«

Sekunden später war er verschwunden. Diefenstein blickte dem Pater einen Augenblick nach. Dann ging er zur Tür und drehte den Schlüssel zweimal herum. Verwirrt sah ihn Bassler an.

»Nur zur Sicherheit«, lächelte Diefenstein gequält.

Als Pater Danelli die Treppe hinunterkam, sah er an der Rezeption einen hünenhaften Mann in einem zerknitterten Anzug stehen, der leise mit dem Nachtportier verhandelte. Eine aparte junge Dame mit übergroßer Brille und ein fast kahlköpfiger Mann mit strenger, amtlicher Miene standen bei ihm und musterten ihn kritisch.

Und während sie einen flüchtigen Gruß austauschten, wurde Danelli klar, dass die drei Besucher keine Touristen waren, die ein Zimmer suchten. Achselzuckend beschleunigte er seinen Schritt. Die Dame mit der Brille blickte dem Geistlichen nachdenklich nach, aber er passte nicht auf die Beschreibung.

Vor dem Hotel stand ein unbesetzter Polizeiwagen mit zuckendem Blaulicht, umringt von der üblichen Schar Neugieriger.

Eilig setzte Danelli seinen Weg fort, nicht ohne im Geiste den beiden im Hotel verbliebenen Männern alles Gute zu wünschen.

XXXX.

Rom, Herbst 61 n. Chr.

Theophilos grüßt in Liebe seinen Fronto.

Danke für deine herzlichen Zeilen. Ich freue mich, dass es dir und der edlen Quintilla wieder gut geht. Und dass du im nächsten Frühjahr kommen wirst, erfüllt mein Herz mit Wärme. Wie freue ich mich, dir all diese Menschen hier vorzustellen, die mir so ans Herz gewachsen sind.

Paulus geht nach wie vor durch die Stadt. Er hält hier Predigten und macht dort Besuche. Die Menschen kommen zu ihm auf den Aventin und sein Wächter trägt ergeben die Ketten hinterher. Wäre es nicht so traurig, würde man darüber lächeln. Petrus führt die Gemeinde mit sicherer Hand und wir alle lehnen uns gerne an seine starken Schultern. Markus und Lukas schreiben an ihren Berichten und haben an manchen Tagen zu unser aller Freude daraus vorgetragen.

Unter den vielen Worten, die er von Jesus berichtet, ist aber auch manches, was ich nicht recht verstehen will. So sagte Jesus einmal:

»Liebt eure Feinde; tut wohl denen, die euch hassen; segnet, die euch fluchen; betet für die, die euch beleidigen! Dem, der dich auf die Backe schlägt, biete auch die andere dar; und dem, der dir den Mantel nimmt, verweigere auch das Untergewand nicht! Gib jedem, der dich bittet ...«

Ist das nicht schwer zu verstehen, lieber Freund? Ich würde gerne deine Meinung dazu hören. Sicher, ich glaube im Augenblick keine Feinde zu haben und so mag sich meine Liebe auf die beschränken, die ich mag. Aber soll ich mich dem Straßenräuber, der mich auf der Via Appia überfällt, kampflos ergeben und ihm neben der meist gut gefüllten Geldbörse auch meine Toga überreichen?

Das käme den Dieben und Räubern wohl sehr entgegen. Ich habe bei Lukas nachgefragt, ob unser Herr das wirklich gesagt hat. Und Lukas hat geantwortet, dass dies genau seine Worte gewesen seien. Auch wenn er sie selbst ja nie gehört habe, so habe er doch genau die Worte aufgeschrieben, die ihm von Augenzeugen berichtet worden seien.

Daraufhin bin ich zu Petrus gegangen und habe ihn um Rat gefragt. Und Petrus hat mir erklärt, dass ein solches Verhalten für Menschen wohl schwer zu verstehen sei, es sei aber Ausdruck göttlichen Erbarmens, und wer dem Meister nachfolgen wolle, müsse so handeln. Denn wenn man nur die liebe, von denen man geliebt werde, so sei das nichts Besonderes, das täten auch die Heiden. Aber nur wenn man Barmherzigkeit gegen Feinde und Böse übe, dürfe man himmlischen Lohn erwarten. Denn auch Gott liebe doch die Menschen, selbst wenn sie Böses täten.

Das erschien mir dann doch verständlich, jedenfalls so verständlich, wie solch große Worte einem einfachen Mann wie mir verständlich sein können.

Du siehst, geliebter Freund, wir alle sind hier sehr beschäftigt und hören wissbegierig und lernen.

Eigentlich hatte ich mir vorgenommen, der sommerlichen Hitze zu entgehen und die heißen Tage auf meinem neuen tusculanischen Landgut zu verbringen. Aber, wie du siehst, wäre das doch vergeudete Zeit. Was würden mir die Annehmlichkeiten meines Landgutes nützen, wenn mir all diese Weisheiten verborgen blieben. Immerhin ist Lavinia mit einigen Sklaven dorthin gereist. Denn sie verträgt die Hitze Roms, wie du weißt, überhaupt nicht.

So blieb ich also hier, schwitzte und lernte. Immerhin brachten mir die Thermen doch manche willkommene Abkühlung.

Übrigens besuchen Petrus oder Paulus die Thermen nie. Sie halten das Treiben dort für unschicklich. Und wenn man manches dort beobachtet, mag man sie verstehen. Aber ich will gleichwohl nicht auf dieses Vergnügen verzichten. Schlimmer noch geißeln sie aber die Veranstaltungen im Amphitheater und im Circus Maximus – und das zu Recht.

Interessant ist, dass auch der berühmte Seneca diese Meinung teilt.

Ich hatte dir von den Briefen erzählt, die er seinem Freund Lucilius schickt und die gleichwohl veröffentlicht und verkauft werden. In einem dieser Briefe schreibt er, dass er von jedem Besuch in der Arena grausamer und unmenschlicher nach Hause zurückkehre. Ein solcher Besuch sei gefährlich für den Charakter, denn durch das solche Vergnügen halte das Laster Einzug.

Das nun lässt sich gut verstehen und auch ich habe seit langem die Arena nicht mehr besucht.

Sage mir, wie hältst du es in Pompeji mit Arena und Thermen?

Und da ich dir getreulich alles berichten will, was hier passiert und von Bedeutung ist, so will ich Folgendes nicht verschweigen:

Den Lucius Pedanius Secundus wirst du nicht kennen. Er war Stadtpraefect, aber nicht von außergewöhnlicher Art. Außergewöhnlich war nur sein Tod, denn er wurde von einem seiner Sklaven ermordet. Das allein sorgte schon für Unruhe, für mehr Unruhe aber sorgte die Tatsache, dass – wie du weißt – alle seine Sklaven nach altem Recht damit zum Tode verurteilt sind. Es sind dies aber vierhundert, junge und alte, Kinder gar. Das Volk empörte sich und wollte solch eine Strafe nicht zulassen, im Senat wurde heiß diskutiert. Schließlich siegte die Gruppe derer, die den Tod forderte. Aber als die Schar heulender und mitleiderregender Sklaven zur Hinrichtung geführt werden sollte, sperrte der Pöbel die Straße, murrte und drohte mit Steinhagel und Brandstiftung.

Erst als Nero ein tadelndes Edikt an die Bürgerschaft erließ und die ganze Straße durch seine Prätorianer absperren ließ, konnte die Strafe vollstreckt werden. Mir blutete das Herz, als ich dieses hörte und es machte mir einmal mehr klar, wie barbarisch unsere alten Gesetze sein können.

Demetrios, mein Schreiber, wirkt müde und ich werde für heute enden. Schreib mir recht bald.

Gesegnet seiest du, lieber Freund.

Theophilos

XXXXI.

Pompeji nuova, 18. März früher Morgen

»Bullshit!«

Henderson hatte sich im fahlen Licht des engen Ganges an einem spitz herausragenden Holzbalken den Kopf gestoßen und betastete unwillig die blutende Stelle. *Nicht so schlimm, weiter!* Hinter der nächsten Ecke musste die Stelle sein, wo er die Alte gut verschnürt zurückgelassen hatte. Wenige Schritte später erfasste der Kegel seiner Lampe die verkrümmte Gestalt einer Frau. Klagend schienen ihn die trüben Augen anzusehen. Roh riss er sie herum. »Hör gut zu, Alte. Ich werde dir jetzt den Knebel lösen und dann werden wir zusammen abhauen.«

Die alte Frau blickte ihn aus merkwürdig verdrehten Augen an, kein Ton kam über ihre Lippen, auch nachdem das Klebeband mit raschem Griff von ihrem Mund entfernt worden war. Henderson musste nicht lange nachdenken, bevor er ahnte, was, passiert war.

In aller Ruhe legte er seinen Finger auf die Halsschlagader: Kein Pochen, kein einziger Schlag! Die Frau war tot! *Bullshit!*

Henderson runzelte die Stirn. Fernab davon, so etwas wie Mitleid mit dieser Frau zu spüren, hasste er doch die Vorstellung weiterer unvorhergesehener Schwierigkeiten. Die blauen Lippen, der verzerrte Mund, die Frau war offensichtlich qualvoll erstickt. Aber hier konnte sie nicht bleiben, sie hinderte ihn an der Ausführung seiner Pläne; schließlich galt es, wertvolle Beute zu bergen. Er musste nicht lange überlegen. Dann zog ein böses Grinsen über sein ebenmäßiges Gesicht.

Er steckte die Lampe in die Hose und packte die Frau an der Schulter. Ohne Hast schleifte er sie durch den Gang, ihre Füße zeichneten eine unregelmäßige Spur in den feuchten Boden.

Wo vier Tote lagen, würde auch noch eine fünfte Leiche Platz finden. Welch ein makabrer Totentanz! Mochten spätere Forscher sie für eine antike Tote aus Pompeji halten, Henderson lachte bei dieser Vorstellung kurz auf.

Doch die Frau hatte ihr Gewicht. Es dauerte fast zehn Minuten, bis er sie in das ehemalige römische Arbeitszimmer geschleppt hatte, das der Vernichtung entgangen war. Nahezu kunstvoll drapierte er die Tote neben dem kleinen missgestalteten Skelett an der Tür. Er rückte ihre Kleidung zurecht und schloss fast liebevoll ihre Augen. Aber was würde passieren, wenn ihre Familie käme, um weitere Fundstücke zum Verkauf zu bergen? Nun, erstens würde die Familie nach diesem Vorfall sicher erst einmal Gras über die Sache wachsen lassen wollen und die Fundstätte meiden, und zweitens wäre er dann längst zurück in der Heimat – mit der Beute.

Lächelnd warf er einen letzten Blick auf die fünf Toten. Erwartungsvoll streifte sein Blick die zahllosen Schriftrollen in den Regalen. Seine Zukunft! Dann hastete er durch den Gang zurück ans Tageslicht, er hatte noch einiges zu tun! Energisch griff er nach seinem Handy.

XXXXII.

Pompeji nuova, 18. März frühmorgens

»Meine Güte, hetz dich doch nicht so ab, Peter«, mahnte Bassler und schlürfte genüsslich einen siedend heißen Espresso aus dem hoteleigenen Automaten. »So schnell werden sie schon nicht kommen.«

»Schau besser mal nach, wann die erste Bahn fährt.«

Bassler griff nach dem Fahrplan der *Circumvesuviana* und warf einen kurzen Blick hinein.

Er blickte auf seine Uhr: zehn nach fünf.

»Die erste ist gerade weg, fuhr um fünf Uhr. Die nächste fährt um fünf Uhr fünfzig, ab *Pompei Villa dei Misteri*, alle zwanzig Minuten. Also Zeit genug!«

Lustlos warf er den Fahrplan auf das ungemachte, unordentliche Bett.

Er hatte bereits gepackt und beobachtete aus müden Augen amüsiert, wie Diefenstein mit fahrigen Bewegungen seinen Koffer vollstopfte.

»Ich werd jetzt noch ein Stündchen schlafen, bin todmüde.«

Er ging zum Fenster, um die Gardinen zu schließen.

»Danelli hat recht, Markus. Wenn sie uns hier erwischen, haben wir ein echtes Problem. Man könnte uns beobachtet haben, wie wir uns vor der Tür herumgetrieben haben. Man wird uns auch zusammen mit dem falschen Danelli gesehen haben. Das gäbe einen Skandal.«

Er schüttelte entschlossen den Kopf. »Nein, nichts wie weg. Ich habe jedenfalls keine Lust auf italienische Untersuchungshaft.«

»Peter!«, tönte es atemlos vom Fenster. »Die Polizei ist bereits da!«

Mit einem Schritt war Diefenstein beim Fenster. Während der Balkon auf einen Innenhof wies, ging das Fenster zur Straße hinaus, und genau da stand ein Wagen mit der Aufschrift POLIZIA und einem rotierenden Blaulicht.

»Nichts wie weg, sie werden in der nächsten Sekunde vor der Tür stehen.«

Hastig stopfte er den letzten Pullover in den Koffer und schloss ihn, dann griff er nach seinem Mantel.

Bassler hatte seine Sachen schon in der Hand.

»Und wohin?« Er war blass geworden. Auf seiner Stirn zeichneten sich Schweißperlen ab.

Diefensteins Blick fiel zum Fenster. Erster Stock, keine Chance auf eine rasche, unbemerkte Flucht. Zögernd trat er auf den Balkon. Erste Sonnenstrahlen eines aufgehenden Morgens empfingen ihn, fröhlich trällernde Vögel gaben ein vielstimmiges Konzert, das er unter anderen Umständen genossen hätte. Doch dafür war jetzt keine Zeit. Der Balkon zeigte auf einen schmutzigen Innenhof hinaus, dessen Boden mit Unrat bedeckt war. Sein Blick verirrte sich zum Fenster des Nebenzimmers. Da war das Putzzeug untergebracht. Er hatte schon mehrfach die Putzkolonnen ein- und ausgehen gesehen.

Dieses Zimmer verfügte über keinen Balkon, aber vor dem Fenster hing, wie vor allen Fenstern, ein großer summender Kasten aus grauem Metall, die Klimaanlage, deren Geräusch sie schon so oft belästigt hatte. Der Putzraum musste früher einmal als Hotelzimmer gedient haben. Das wäre vielleicht ein Weg.

Mit einer Geschwindigkeit, die man dem älteren Herrn kaum zugetraut hätte, kletterte er über das Balkongitter. Bassler beobachtete das Vorgehen aus ungläubigen Augen.

»Was hast du vor, Peter? Um alles in der Welt, du bist keine zwanzig mehr!«

Aber Diefenstein hatte seinen Koffer schon abgestellt und den Mantel darüber gelegt. Nur kurz zögerte er, dann sprang er auf den Kasten vor dem Nebenfenster. Er landete auf der Mitte des Kastens und klammerte sich keuchend an die Verstrebung, mit der der Kasten an der Wand befestigt war. Der Kasten ächzte in seiner Befestigung, aber er hielt.

»Den Mantel, schnell!«

Bassler, der den Sprung atemlos verfolgt hatte, brauchte einen Augenblick, bis er verstanden hatte, dann warf er ihm den Mantel zu, den Diefenstein geschickt auffing. Er wickelte den Mantel um seinen Arm und drückte behutsam die Scheibe des Nebenraums ein.

Im gleichen Augenblick klopfte es energisch mehrfach an die Tür.

Die Männer sahen sich erschrocken an. Der Trompetenstoß vor Jericho hätte sie kaum mehr erschrecken können. Diefensteins Gesicht verzerrte sich. Er legte die Finger auf die Lippen.

»*Aprite! Polizia!* – Aufmachen! Polizei!«

»*Aprite subito!* Signor Diefenstein! Signor Bassler!«

Die Stimme war deutlich lauter und aggressiver geworden.

Aha, die Namen kannte man auch schon. Kein Wunder, standen ja im Anmeldebuch.

Die Türklinke wurde energisch, aber erfolglos heruntergedrückt. Ein weiteres Klopfen, fordernder als zuvor. *Wie gut, dass wir abgeschlossen hatten.*

Dann erfolgte ein deutlich hörbares Kommando, Stimmengewirr, Schritte entfernten sich.

In amerikanischen Polizeifilmen hätten sich jetzt schwere Schultern gegen die Tür geworfen. In Italien nahm man da anscheinend mehr Rücksicht.

»Sie holen den Schlüssel«, flüsterte Diefenstein atemlos. »Jetzt die Koffer!«

Mit hektischen Bewegungen hatte er die restlichen Scherben entfernt, jetzt war die Öffnung groß genug.

Bassler reichte Koffer und Mäntel herüber, seine Hände zitterten. Diefenstein stellte sie sofort im Zimmer ab, dann stieg er durch das Fenster in das Zimmer. Mit einem Fußtritt beförderte er die Koffer in die Mitte des Zimmers. Dann lehnte er sich aus dem Fenster.

»Jetzt du!«

»Peter, ich kann das nicht!« Entsetzt blickte Bassler nach unten. Auch *ein* Stockwerk kann manchmal hoch sein.

»Los jetzt, oder willst du in den Knast?«

Mit einem leisen Aufschrei sprang Bassler auf den Kasten, verfehlte aber mit dem linken Fuß die Kastenmitte und rutschte ab.

»Pe...!« Einen Augenblick lang schien er mit der Hälfte seines Körpers über dem Abgrund zu schweben.

Doch der feste Griff seines Freundes packte ihn und zog ihn in das Zimmer. Erschöpft lehnte sich Bassler an die Wand.

Sie schauten sich um. Eine Putzkammer, wie sie in Tausenden von Hotels zu finden waren. Ein Dutzend Flaschen mit verschiedenen Putzmitteln, an der Wand hingen mehrere graue Arbeitskittel, auf einem Regal eine Kiste mit Mundschutzmasken, in der Ecke ein großer Wagen für schmutzige Wäsche, der halb gefüllt war. Diefenstein musste nicht lange überlegen und rollte den Wagen heran.

»Was hast du vor, Peter? Sollen wir nicht erst einmal hierbleiben?«

»Wenn sie uns drüben nicht finden, wird das der nächste Raum sein, den sie durchsuchen. Und dann sitzen wir in der Falle.«

Im nächsten Moment hatte Diefenstein die schmutzige Wäsche herausgeholt und Koffer und Mäntel hineingeworfen.

»Rein mit dir!«

»Du ... du bist wahnsinnig. Das klappt niemals!«

»Werden wir ja sehen!«, murmelte Diefenstein entschlossen.

Und während Bassler ächzend und kopfschüttelnd in den Wagen kletterte, zog Diefenstein den Arbeitskittel an, der ihm zu klein war, und setzte den bunten Bayernhut auf. Er verstaute seine Brille in der Manteltasche und band sich einen Mundschutz um, der fast sein gesamtes Gesicht verdeckte. Ein Blick in den kleinen zerbrochenen Wandspiegel bestätigte ihm, dass ihn selbst seine Mutter nicht erkannt hätte. *Was würden wohl meine Schäfchen in Köln zu dieser Maskerade sagen?* Einen Augenblick lang zuckte ihm dieser unangenehme Gedanke durch den Kopf, dann warf er die schmutzige Wäsche entschlossen in den Wagen.

»Danke«, antwortete Bassler, als ihm die schmutzige Wäsche über den Kopf fiel. Ein unangenehmer Geruch von Schweiß und Ausdünstungen machte sich in dem engen Wagen breit. Dennoch zog sich Bassler die Wäsche über den Kopf.

»Was ist eigentlich, wenn die Tür geschlossen ist?«, tönte es dumpf aus dem Wäschewagen.

»Ist sie aber nicht!«, flüsterte Diefenstein hoffnungsvoll – und hatte recht.

Lautlos öffnete sich die Tür und gab den Blick frei auf den Gang. Die Polizeibeamten hatten ihr Zimmer inzwischen betreten und verblüfft festgestellt, dass niemand drin war.

»Merda! Mannaggia!«

Wütende Rufe der Enttäuschung tönten aus ihrem ehemaligen Zimmer. Zornig trat Faccetti gegen das Bett. Bavoč eilte zum Balkon und blickte ratlos herunter. Hier konnte doch keiner ...

Auf dem Flur näherte sich rumpelnd ein Wagen, begleitet von fröhlichem Pfeifen und Singen. Die aparte Beamtin mit der großen Brille blickte sofort nach draußen, als sie das Geräusch hörte.

»Buongiorno, buongiorno! Come sta, bella signorina?«, rief eine vermummte Gestalt in grauem Arbeitskittel euphorisch und winkte ihr freudig zu.

Nur so ein Irrer mit einem Wäschewagen! *So früh wird hier schon geputzt?*

Angela Sivori nickte schweigend. Und während sie noch darüber nachgrübelte, was an dieser Situation nicht stimmen konnte, bog der Mann mit dem Wäschewagen pfeifend um die Ecke.

XXXXIII.

Pompeji, 24. August 79 n. Chr., siebte Stunde

Servulus hatte der Aufenthalt beim Tuchwalker Verecundus wenig gefallen. Er hatte immer wieder rätselhafte Bemerkungen über seine Herkunft gemacht, als wisse er um sein Geheimnis. Jedenfalls war er froh, als er den Laden wieder verlassen konnte. Immerhin war er nun stolzer Besitzer von zwei neuen Tuniken, auch wenn diese ursprünglich für Kinder gedacht gewesen waren.

Fronto hatte beschlossen, seinem Gast die Sehenswürdigkeiten von Pompeji zu zeigen, und so waren sie von der Tuchwalkerei des Verecundus an der *Porta Nola* vorbei zur *Palaestra* gegangen.

Der große viereckige Raum war an drei Seiten von Säulengängen umschlossen, in der Mitte befand sich ein großes Schwimmbecken, in dem sich zahlreiche Kinder und Jugendliche ausgelassen und fröhlich lärmend vergnügten.

Hohe Platanen gewährten den Schwimmern Schutz vor der brennenden Sonne. Die beiden Männer betrachteten das Treiben nicht ohne Neid.

Plötzlich zeigte Fronto zum Himmel.

»Was siehst du da, mein Freund?« Servulus blickte angestrengt in die Höhe, konnte aber nichts entdecken.

»Ich sehe nichts.«

»Eben! Sollten da nicht Vögel sein, die uns im Auftrag unsres lieben Herrn mit ihrem süßen Gesang Freude bereiten? Stattdessen flattern sie unruhig umher, sie schweigen voller Angst!

Die Hunde hingegen bellen ohne Grund, das Vieh auf den Weiden brüllt, hier und da versiegen Brunnen. Alles Zeichen dafür, dass uns Schlimmes bevorsteht. Vielleicht zürnt uns ja der Herr, weil nur so wenige seiner Botschaft glauben.«

Langsam setzten sie ihren Weg fort, Fronto wirkte überaus nachdenklich.

Direkt neben der *Palaestra* lag das elliptische Amphitheater.

»Das Theater ist mehr als hundertsechzig Jahre alt«, erklärte Fronto mit dem Stolz des Einheimischen, »und fasst zwölftausend Zuschauer.«

Dann verdüsterte sich seine Miene. »Hier gab es bei Gladiatorenkämpfen vor zwanzig Jahren schlimme Krawalle mit den Gästen aus der Stadt Nuceria. Daraufhin verbot Kaiser Nero uns für zehn Jahre weitere Spiele. Aber das ist auch schon lange her.«

Fronto wischte sich den Schweiß von der Stirn und blieb schwer atmend stehen.

»Hättest du nicht Lust, bei dieser Hitze die Thermen aufzusuchen?«

Er wartete die Antwort nicht ab und fuhr fort: »Aber vorher will ich dir noch zeigen, wo ...«

Weiter kam er nicht, denn im gleichen Augenblick schien die Welt unterzugehen.

Der Lärm, der auf einmal herrschte, war mit nichts zu vergleichen, was die Männer jemals gehört hatten. Und ein einziger Blick reichte, um die Ursache festzustellen:

Die Spitze des Vulkans schien zu explodieren und im gleichen Augenblick stieg eine Säule schwarzer, brodelnder Luft in den Himmel.

Wie gebannt schauten Fronto und Servulus dem Naturschauspiel zu. Die anderen Menschen auf der Straße taten das Gleiche, mit offenen Mündern verfolgten sie das Geschehen, die einen in namenlosem Entsetzen, andere mit hysterischem Geschrei.

»Was ist das? Ich habe Angst!«, schrie ein kleiner rotblonder Junge. Seine Finger krallten sich angstvoll in die rote *Tunika* seiner Mutter.

»Sorg dich nicht, mein Faustulus«, mahnte die Mutter mit hysterischer Stimme. Blanke Angst war in ihren Augen abzulesen. Doch sie streichelte seine rotblonden Locken und versuchte ihn zu beruhigen. »Das wird gleich vorbeigehen. Man kennt das doch.«

Aber es ging nicht vorbei – im Gegenteil: Es sollte erst anfangen!

Ein älterer Mann in einer azurblauen, golddurchwirkten Tunika blieb plötzlich stehen. Zuerst starrte er auf die Rauchsäule, dann zeigte er auf Fronto und schrie mit sich überschlagende Stimme: »Du bist schuld daran, alter Narr, du und deine Götzendiener. Ihr habt die Götter erzürnt und jetzt bestrafen sie uns. Einen Gekreuzigten anbeten, welch eine Schande für Jupiter und Juno. Jetzt hat sie ihren Sohn geschickt, um uns zu bestrafen. Man muss die *Flamen* rufen, sie sollen ihm opfern, bevor es zu spät ist.«

Hasserfüllt starrte er Fronto an, bevor er weiterlief.

Servulus starrte Fronto verständnislos an. Der nickte nur: »Fonticius ist ein unverbesserlicher Narr. Kümmere dich nicht um ihn, er weiß es nicht besser.«

Er warf einen kurzen Blick zum Himmel.

»Wir sollten weitergehen, Servulus!« Er wies auf den ständig steigenden Rauchpilz.

»Das macht mir Sorgen, große Sorgen!«

Die Rauchsäule stieg und stieg, man konnte ihr Ende schon nicht mehr sehen, sie verschwand im tosenden Himmel. Gleichzeitig breitete sich die Feuersäule pilzartig über den Himmel aus, Gase und Asche verdunkelten die Sonne. Die Männer blieben dennoch stehen und beobachteten atemlos das grauenhafte Schauspiel einer entfesselten Natur, denn auch im Verderben mag Faszination liegen. Dann packte Fronto den kleinen Mann entschlossen am Arm.

»Komm«, rief er atemlos, »wir müssen nach Hause.«

Seine zitternde Hand wies auf den Berg.

»Das wird ein schlimmes Ende nehmen! Wenn unser guter Gott uns nicht beisteht, werden wir alle …!« Er setzte den Satz nicht fort, zu groß war die Angst, die ihn befallen hatte.

Servulus blickte ihn verständnislos an. Stumm starrte er auf das, was da geschah und folgte Fronto dann mit zögerlichem Schritt. Er war neugierig und hätte gerne gesehen, was da noch passierte.

Aber Fronto hatte keine Zeit mehr. Ahnte er bereits das drohende Unheil?

»Komm jetzt! Sofort!«

Fronto wurde ärgerlich. Ungeduldig riss er am Arm seines Begleiters.

Im gleichen Augenblick wurde es Nacht. Ein Feuer, das alles zu verzehren schien, fiel vom Himmel und ein höllengleicher Abgrund tat sich auf.

XXXXIV.

New York, 18. März Mitternacht

Missmutig drückte John D. Baldwyn die teure Zigarre aus und griff nach dem vierten Scotch. Sein Blick wandte sich dem Sprossenfenster zu. Von *Marble Hill* aus hatte er einen prächtigen Ausblick auf das Lichtermeer der Millionenstadt, um den ihn viele beneideten. Er saß in seinem geliebten roten Chesterfieldsessel und blickte sich in dem luxuriösen Wohnzimmer um. Antiquitäten aus Frankreich und England, eine überdimensionale Sitzgruppe aus weißem Büffelleder, ein riesiger Flachbildfernseher mit Festplatte und Beamer. Auf einer mit aufwändigen Intarsien gearbeiteten Louis-seize-Kommode stand eine Nachbildung der Venus von Milo aus teuerstem Marmor.

Baldwyn hatte sich ursprünglich geweigert, den vollen Preis zu zahlen, da die Figur defekt sei. Erst, als man ihm erklärt hatte, dass die Venus von Milo genau so auszusehen hätte, weil das Vorbild so aussah, bequemte er sich, das Scheckbuch zu zücken. Zwischen den beiden großen Fenstern, die zum Garten zeigten, hingen zwei Originale von Monet. Alles atmete gediegenen Luxus. Doch gleichzeitig wirkte es steril und unpersönlich. Irgendetwas fehlte. Es war ein Raum zum Repräsentieren, aber nicht zum Wohlfühlen. Baldwyn hatte es so gewünscht, aber nie wirklich geliebt.

Er vermisste die frühere Behaglichkeit, die vorgeherrscht hatte, als seine Frau Joan noch für die Einrichtung zuständig gewesen war. Jetzt sah das ganze Haus *repräsentativ* aus, aber an keinem Platz fühlte man sich wirklich wohl. Nur seine Antiquitätensammlung, die im Keller untergebracht war, vermittelte ihm noch ein Gefühl von Lebensfreude, weshalb er oft Stunden zwischen den Artefakten dort verbrachte. Allein und ohne Kontakt zu seiner Familie, die diesen Raum mied.

Was war eigentlich im Augenblick mit seinem Leben los? Seine Frau Joan sprach kaum noch mit ihm (ob sie etwas von Janette ahnte?). Seine Kinder Leslie und Brian sah er fast nie; sie waren ständig unterwegs, schienen Freunde in allen Stadtteilen New Yorks zu haben. Und Janette stellte immer höhere Ansprüche, ohne adäquaten Dank abzustatten.

Aber die schlimmste Nachricht hatte ihm sein persönlicher Buchhalter am Abend überbracht: Er hatte durch brisante Spekulationen mit mittelamerikanischen Konsortien und isländischen Banken fünfundzwanzig Millionen Dollar verloren, mehr als die Hälfte seines Privatvermögens – und das an einem Tag. Das traf ihn, traf ihn hart. *Bullshit!* Er hatte die riskanten Spekulationen gegen den ausdrücklichen Rat seines Finanzberaters Jerry Cushing durchgesetzt und hatte dadurch noch nicht einmal jemanden, den er für die Pleite verantwortlich machen konnte.

Und die letzten Gewinnprognosen seiner Firma mussten auch deutlich nach unten korrigiert werden. Globale Finanzkrise hieß das, aber so ein triviales Schlagwort kostete ihn Millionen, privat und geschäftlich. Cushing hatte ihm das genau erklärt und die Medien waren ja auch voll davon. Baldwyn bildete sich ein zu verstehen, was da vor sich ging.

Unseriöse Kreditvergaben, ungedeckte Hypotheken, riskante Börsengeschäfte, das alles hatte haufenweise zu Zusammenbrüchen von Banken geführt, zu wirtschaftlicher Rezession, das ganze Programm einer Weltwirtschaftskrise. Und er steckte mittendrin. Die Regierungen der Staaten und Europas hatten mit milliardenschweren Konjunkturprogrammen reagiert, aber ein durchgreifender Erfolg war noch nicht eingetreten.

Und der neue US-Präsident reiste durch die Welt, umjubelt wie ein Popstar, und verbreitete einen unerschütterlichen Optimismus, mit dem er auch seine Wahl gewonnen hatte: *Yes, we can!*

Bei dem Gedanken an den neuen farbigen Präsidenten verzog sich seine Miene. Er hatte immer die robuste Stärke des alten Präsidenten geschätzt. Er wollte keinen *Softboy*, mit dem Amerika in eine große Krise steuern würde. Außerdem, ein Farbiger ...

Entlassungen waren auch in seiner Firma unausweichlich und wenn ihn auch das Schicksal seiner Angestellten weniger interessierte, so sorgte er sich doch um den Imageverlust.

Und Henderson? Was trieb der Bursche eigentlich auf seine Kosten? Bislang hatte er sich nur einmal kurz aus Neapel gemeldet.

Baldwyn griff nach der neuesten Ausgabe von *Sports Illustrated* und blätterte lustlos durch die farbigen Seiten. Er blickte auf die Uhr. Mitternacht. Joan war noch unterwegs, reichlich spät. Angeblich traf sie sich mit ihrer Mutter und ihrem Bruder, aber so spät? Ob sie ihm seine Untreue etwa mit gleicher Münze heimzahlte? Doch das konnte Baldwyn sich überhaupt nicht vorstellen. Joan hatte stets den prüden Hausfrauencharme einer Doris Day versprüht. Er könnte versuchen, sie auf ihrem Handy anzurufen.

In diesem Augenblick klingelte das Telefon. Joan? Baldwyn griff nach dem Hörer und lehnte sich zurück.

»Yes!«

»Mr Baldwyn, Henderson hier!«

Baldwyn rückte nach vorne, seine Miene verfinsterte sich.

»Ach, Mr Henderson geruht seinen Brötchengeber anzurufen. Endlich. Aber ist es nicht ein wenig spät am Tag?«

Henderson hatte die Zeitumstellung selbstverständlich eingerechnet.

»Ich weiß, Sir, dass Sie um diese Zeit immer noch arbeiten.«

»Wie spät ist es jetzt bei euch?«

»Es ist früh am Morgen, Sir, fünf Stunden vor Ihrer Zeit.«

»Hm, was können Sie berichten, Henderson?« Er räusperte sich vernehmlich.

»Ich habe mehrere Schriftrollen, alle original sogenannte Papyri, etwa sieben.« Gewohnt kühl und nüchtern klang es aus dem Hörer.

»Sieben, Mann, das ist ja albern, dafür habe ich Sie nicht nach Italien geschickt. Es gibt doch sicher noch mehr, oder?«

»Ja Sir, es gibt mehr, viel mehr. Aber da gibt es ein Problem.«

»Ein Problem? Mann, Henderson, ich bezahle Sie, damit Sie solche Probleme lösen. Das können doch nur Peanuts sein.«

Baldwyn griff hastig nach seinem Whiskeyglas. *Das gefällt mir nicht.*

»Nun, Sir, das Problem besteht darin, die Dinger am Zoll vorbeizuschmuggeln. Der Zoll kontrolliert gerade Amerikaflüge sehr genau, und wir möchten doch nicht, dass die Beamten Dutzende antiker Artefakte in meinem Koffer entdecken.«

»Arte... Was?«, schrie Baldwyn ins Telefon. *Sch..., der Mann soll sich doch verständlich ausdrücken! Dafür bezahl ich ihn ja schließlich. Und nicht für diesen unverständlichen Akademikerslang.*

»Antike Kunstgegenstände. Man nennt sie auch Artefakte«, gab Henderson missmutig zurück. *Der Typ ist so was von ungebildet!*

»Gut, und wie können wir das Problem lösen?«

Sachlich erklärte Henderson seinem Chef, wie er sich die Lösung des Problems vorstellte. Baldwyn überdachte den Vorschlag kurz, dann gab er seine Zustimmung.

»Kein Problem! Kann ich besorgen! Geht heute Nacht noch per Expressflug raus. Postfach Bahnhof Pompeji, alles klar. Gab es sonst noch irgendwelche Vorkommnisse?«

Henderson hätte von zwei Toten berichten können, die seinen Weg unerwartet gekreuzt hatten, unterließ es aber.

»Nein, Sir, alles in Ordnung.«

»Well, Henderson, machen Sie weiter und beeilen Sie sich. Und melden Sie sich jeden Tag, hören Sie?«

Henderson versprach es und drückte den Knopf.

»Sieben Schriften, das ist ja gar nichts«, murmelte Baldwyn. *Was mögen sie wert sein?* Er beschloss, diese Frage umgehend zu klären und griff nach seinem Telefonregister. Nach kurzem Blättern hatte er die richtige Telefonnummer gefunden. Peter Löwensteen, Direktor des *Metropolitan Museum of Art* in New York. Das richtige Museum, der richtige Mann. Baldwyn blickte auf die Uhr. Viertel nach zwölf. Nicht unbedingt der richtige Zeitpunkt für einen Anruf. Und Löwensteen war kaum als Freund zu bezeichnen, aber der Mann war ihm verpflichtet. Nicht umsonst hatte Baldwyn vor zwei Monaten eine Spende von 50 000 Dollar getätigt. *Das kriegen die auch nicht jeden Tag.*

Er drückte die Nummer. Nach kurzer Zeit meldete sich eine sonore, verschlafene Stimme.

»Löwensteen. Wer spricht?«

»Baldwyn hier. Mein lieber Löwensteen, es ist schon ein wenig spät …«

»Ein wenig? Mr Baldwyn, es ist nach Mitternacht!«

Was bildet sich dieser Museumsschnösel ein? Für generöse Spender hat man immer da zu sein!

Baldwyn unterdrückte mühsam seinen Missmut und bemühte sich um einen freundlichen Ton.

»Sicher, sicher, aber ich hätte Sie nicht so spät gestört, wenn es nicht wichtig wäre.«

»Gut«, seufzte die sonore Stimme, »was kann ich für Sie tun?«

»Sie kennen sich doch mit Artepakten und so was aus, oder?«

»Artefakte, Sie meinen Artefakte. Sicher doch, ist mein Beruf.«

»Gut, also Artefakte. Nehmen wir zum Beispiel alte Schriften, so von den Römern.«

»Alte Schriften. Was meinen Sie?«

»Ich meine alte Papyri, nicht so nachgemachtes Zeug. Originale, etwa zweitausend Jahre alt. Schriften von«, er blickte auf den Zettel vor sich, »Cicero und diesen Leuten.«

Löwensteen war hellwach und setzte sich aufrecht hin, seine Stimme klang konzentriert.

»Und was ist mit diesen Papyri, Mr Baldwyn?«

»Nun, ich meine, wenn man solche Dinger hätte, welchen Wert würden sie besitzen?«

Löwensteen atmete tief durch.

»Solche Schriftfunde sind nicht auf dem Markt, es gibt sie nicht. Die ältesten Papyri, und dabei handelt es sich nur um Fragmente, stammen aus dem zweiten bis dritten Jahrhundert nach Christus. Sie kommen überwiegend aus Ägypten. Originale von den Römern haben wir leider nicht, erst recht keine kompletten Rollen.«

»Und wenn es sie doch gibt, Löwensteen, was sind sie wert?«

Einen Augenblick herrschte Ruhe, nur die tiefen Atemzüge seines Gesprächspartners drangen durch den Hörer.

»Wenn es sie gäbe, ich sage ausdrücklich, *wenn*, nun, dann würde unser Museum für eine komplette Rolle sicherlich etwa eine Million Dollar zahlen.«

Baldwyn entspannte sich und grinste. Das deckte sich in etwa mit dem, was ihm Dr. Sennermann vor zwei Tagen gesagt hatte. Aber vielleicht ging da noch was.

»Letzter Preis?«

»Wie meinen Sie? Haben Sie so etwas anzubieten?«

»Ich möchte nur wissen, welche Preise maximal zu erzielen sind.«

»Nun, ein privater Sammler hat andere Möglichkeiten als wir. Wenn es ihn interessiert, könnte er vielleicht mehr Geld investieren.«

»Wie viel, Löwensteen, wie viel?«

Wieder eine kurze Pause. Dann rang sich der Direktor zu einer Antwort durch.

»Ein Privatsammler würde auch das Doppelte bezahlen, vielleicht sogar das Dreifache!«

Baldwyn atmete tief durch. Die Antwort gefiel ihm. *Nehmen wir an, Henderson bringt zwanzig dieser Rollen mit, dann könnten das... sechzig Millionen sein!*

Die sonore Stimme klang aufgeregt.

»Mr Baldwyn, wenn Sie wirklich an dieses Material kommen könnten, sollten Sie unbedingt zuerst mit uns sprechen!«

Baldwyn versprach es, ohne es im Entferntesten zu meinen. Er bedankte sich und legte auf. Ohne es zu ahnen, hatte er dem Museumsdirektor eine schlaflose Nacht beschert.

Genussvoll zündete er sich eine Zigarre an und blies den Rauch in bunten Kringeln zur Decke. Sechzig Millionen, vielleicht sogar mehr. Das wäre die Lösung für alle Probleme. Damit könnte er die Verluste mehr als ausgleichen. Was würde ihn dann noch diese Weltwirtschaftskrise interessieren. Und alles am Fiskus vorbei. Das würde ...

Die Haustür ging auf. Joan Baldwyn trat ein. In einem taubenblauen Kostüm von Dior, mit weißer, großzügig ausgeschnittener Bluse, passenden *High Heels*, das brünette Haar schulterlang, das Gesicht mit dezent gebräuntem Teint, kein Zweifel, sie sah einfach bezaubernd aus, eigentlich atemberaubend und gar nicht wie Doris Day.

Aber Baldwyn hatte keinen Blick für sie. Er rechnete.

Joan warf ihrem Mann nur einen kurzen Blick zu. Dann ging sie wortlos und ohne ihren Mann eines weiteren Blickes zu würdigen an ihm vorbei. Baldwyn bemerkte es gar nicht. In seinen Augen stand die blanke Raffgier. Er füllte sein Glas und stürzte den Whiskey gierig in einem Zug hinunter.

XXXXV.

Rom, Frühjahr 62 n. Chr.

Theophilos grüßt seinen geliebten Fronto.

Schlimme Nachricht brachten die Boten aus unserem Pompeji! Ein furchtbares Erdbeben soll Pompeji verwüstet haben. Ich bete zu unserem Gott, dass die Natur dich und die Deinen verschont hat. Du musst mir sofort berichten, wie es dir ergangen ist. Ich bin in großer Sorge.

Sicher wirst du deinen Plan, mich zu besuchen, erst einmal aufgeben müssen, und das betrübt mich sehr.

Auch hier stehen die Dinge nicht zum Besten und es ist so viel geschehen, dass ich gar nicht weiß, womit ich beginnen soll.

Also, der Praefect der Praetorianer, Afranius Burrus, ist tot. Er schien mir neben Seneca der Garant dafür zu sein, dass die Regentschaft des jungen Kaisers nicht in Schlimmeres umschlägt. Die Gerüchte wollen nicht verstummen, dass wieder Locusta, die todbringende Hexe, ihre dreckigen Finger im Spiel gehabt hat. Ich aber weiß, dass er sehr krank war.

Als Nachfolger für die Praetorianerkohorten hat der Kaiser zwei Männer bestimmt, zu denen ich wenig Vertrauen habe: Lucius Faenius Rufus und Gaius Ofonius Tigellinus. Der Erstere beim Volk beliebt, aber schwach und mit wenig Einfluss, der Zweite in seiner Lasterhaftigkeit und Ruchlosigkeit grundverdorben, der schon früher bei Neros nächtlichen Streifzügen ein willkommener Gefährte war. Was dürfen wir da wohl erwarten?

Gleichzeitig, so hört man, scheint der Einfluss Senecas mehr und mehr zu sinken und das alles lässt mich Schlimmes befürchten. Und als habe der junge Caesar nur darauf gewartet, tritt er jetzt im Theater als Sänger auf (seine Stimme ist nicht so schlimm, wie man befürchten könnte) und als Wagenlenker im Circus Maximus. Die Haare trägt er lang und gefärbt, so erinnert er mehr an den Betreiber eines Lupanariums als an einen würdigen Imperator.

O Tempora, o mores!

(Du wirst sicher nicht vergessen, auch diese Zeilen, die ich einem sehr vertrauenswürdigen Boten mitgab, nach dem Lesen den Flammen anzuvertrauen!)

Paulus wartet immer noch auf seinen Prozess und ist von unglaublicher Langmut. Aber er nutzt die Zeit und unsere Gemeinde wird von Tag zu Tag größer. Selbst auf den Palatin ist die heilige Botschaft inzwischen gedrungen. Wie man hört, gehört selbst der kaiserliche Vorkoster und eine der Geliebten des Caesars nun zu unserer Gemeinde.

Wenn das der Kaiser wüsste!

Und dennoch traf ich Paulus neulich in großer Trauer, den Papyrus in der Hand und Tränen in den Augen. Man hatte ihm berichtet, dass einer seiner treuesten Gefährten und Begleiter auf vielen Reisen, ein gewisser Barnabas, getötet worden sei.

Ich hatte diesen Mann nur kurz während seines Besuchs hier in Rom kennengelernt, ein Hüne von Mann, mit schwarzem Bart und ebensolchen Augen, aber von sanfter Milde und überströmender Herzlichkeit. Er hatte Paulus nur kurz besucht und war dann nach Mediolanum gereist, wo er eine blühende Christengemeinde gründete. Paulus erzählte mir, dass sein treuer Gefährte von da nach Cypria gereist sei und mit der ganzen Gewalt seiner Ausstrahlung das Wort Gottes verkündet habe.

Und als er eines Tages wieder in der Synagoge von Salamis die Liebesbotschaft von Jesus Christus wortmächtig verkündete, wurde er von den Juden ergriffen, grausam misshandelt, vor die Stadt geschleppt und gesteinigt.

Dieses Bild des gepeinigten Paulus mit tränennassen Augen, den unheilvollen Papyrus in der Hand, werde ich nie vergessen.

Aber es gibt auch Besseres zu berichten, geliebter Fronto.

Lukas, der fleißige Schreiber, hat den größten Teil seines Berichts fertiggestellt und unter Tränen des Danks habe ich eine Abschrift erhalten. Ich werde dir eine Abschrift anfertigen lassen und sie dem nächsten Brief beilegen.

Der große Petrus ist nicht weniger fleißig, obwohl ich ihn in letzter Zeit stets mit sorgenumwölkter Stirn sehe. Die Entwicklung in Rom findet er bedrohlich, und, als fürchte er um sein Leben, hat er den Bruder Linus zu seinem Nachfolger ernannt. Auch arbeitet er an einem Brief, den er den bedrängten Brüdern im Osten senden will. Den Barnabas liebte er auch und ist wie Paulus tief betroffen.

Du siehst, es ist hier viel zu tun, und doch bin ich in meinen Gedanken bei dir und der zerstörten Stadt.

Mit dem Segen unseres geliebten Herrn mögest du alle Gefahren überstehen.

Melde dich bald.

Theophilos

XXXXVI.

Neapel, 18. März mittags

Müde versanken Monsignore Dr. Diefenstein und Pastor Bassler in den bequemen Sesseln der Trattoria und nippten an einem starken, schwarzen Kaffee. Müde, aber auch reichlich erleichtert. Ihre abenteuerliche Flucht aus der Ruinenstadt hatte sie vor einem peinlichen Zugriff der Polizei bewahrt. Aber sie hatten seit vierundzwanzig Stunden nicht geschlafen und so sahen sie auch aus. Sie trugen beide ihre Priesteranzüge, was bei der Menge der Geistlichen, die hier unterwegs waren, nicht auffiel, ihnen zugleich aber ein größeres Maß von Vertrauenswürdigkeit verlieh. Immerhin konnte die Polizei kaum wissen, dass sie es mit zwei Geistlichen zu tun hatte – jedenfalls hofften sie das.

»Als du ›Buongiorno, buongiorno‹ gerufen hast, bin ich in dem Wäschewagen fast gestorben«, murmelte Bassler und biss in sein Gurkensandwich.

»Aber es hat geklappt, oder?« Diefenstein gähnte herzhaft. »Bin ich müde!«

»Und wie geht es weiter? Wir werden kaum fliegen können. Sie werden unsere Daten an allen Flughäfen haben.«

Diefenstein wies auf den Bahnhof gegenüber. »Nehmen wir eben die Bahn.«

Bassler nickte. »Und du glaubst, der LKW-Fahrer wird uns nicht bei der Polizei melden?«

Sie waren nach ihrer überstürzten Flucht aus dem Hotel per Anhalter mit einem LKW bis nach Neapel gefahren, weil ihnen die Fahrt mit der *Circumvesuviana* als zu gefährlich erschien. Sicher wurden auch diese Stationen überwacht. Auf der Bahnhofstoilette hatten sie sich umgezogen und saßen nun in diesem gemütlichen Lokal, dem einzigen, was zu dieser frühen Zeit aufzuhaben schien. Sie waren die einzigen Gäste.

»Warum sollte er? Er ist fürstlich entlohnt worden.«

»Entschuldige mich bitte mal«, sagte Bassler. Er stand auf und schleppte sich zur Toilette. Er war aber kaum am Tresen des Lokals vorbei, als er abrupt stehen blieb.

»Peter!«, rief er flüsternd und winkte. »Das musst du dir ansehen!«

Schnell erhob sich Diefenstein. Bassler wies aufgeregt mit seiner Hand auf den kleinen Fernseher, der in der Ecke stand. Die hübsche Nachrichtensprecherin von *Rai Uno* bat ihre Zuschauer gerade darum, die Fahndung nach zwei deutschen Priestern zu unterstützen, die als Verdächtige oder auch nur als Zeugen im mysteriösen Mordfall von Pompeji gesucht würden. Es folgte eine recht detaillierte Beschreibung beider Personen, allerdings kein Bild. Der Blick der Männer fiel sofort auf die junge Frau, die sie bedient hatte. Aber die schien sich überhaupt nicht für den Fernseher zu interessieren, sondern grübelte über ihrem Kreuzworträtsel.

Hastig zogen sie sich in ihre Ecke zurück.

»Woher wissen sie nur, dass wir Priester sind?« Bassler schien entsetzt.

»Ein Anruf bei ihren Kollegen in Deutschland dürfte da genügt haben. Aber sie haben keine Bilder. Woher auch, wir stehen schließlich nicht in der Fahndungskartei.«

»Noch nicht!« Aus Basslers Stimme klang tiefe Resignation. »Sicher werden bald auch deutsche Zeitungen über uns berichten. Was für ein Skandal! Wie sollen wir uns in unseren Gemeinden blicken lassen?«

Diefenstein leerte seine Tasse. »Keine Sorge, mein Freund. Wenn wir erst einmal in Deutschland sind, werden wir zur Polizei gehen und alles aufklären. Aber nicht hier. Ich habe wenig Zutrauen zu italienischen Behörden.«

Bassler vertilgte den Rest seines Brötchens und murmelte mit vollen Backen: »Das ist ein blödes Vorurteil, aber ich teile es. Wir sollten sofort verschwinden und den nächsten Zug nehmen.«

Diefenstein nickte. »Aber vorher werden wir uns wieder umziehen und in Zivilisten verwandeln. Außerdem werden wir uns vorübergehend trennen.«

Bassler nickte. »Verstehe, ist besser so, ich werde zahlen.«

»Apropos zahlen, die Rechnung im Hotel sind wir auch schuldig geblieben.«

Bassler grinste müde. »Bei unserer Form der Abreise blieb für solche Formalitäten leider keine Zeit mehr. Wir werden das Geld von Deutschland aus überweisen.«

Wenig später hatten sich die Männer umgezogen. Die Kellnerin war über diese Veränderung doch etwas erstaunt, sagte aber nichts. Kaum hatten die Männer das Lokal verlassen, griff sie zum Telefon.

Der Bahnhof war nur zweihundert Meter entfernt. Vor dem Bahnhof besprachen sie das weitere Vorgehen und trennten sich. Bassler strebte dem linken Haupteingang zu, Diefenstein dem rechten. In der Eingangshalle orientierten sie sich zunächst am Fahrplan. Es gab eine Direktverbindung nach Köln, aber dieser Zug wurde möglicherweise überwacht. Diefenstein entschied sich für einen Zug nach München, über Venedig und Salzburg, Abfahrt 15.16 Uhr. Betont unauffällig schlenderte er an Bassler vorbei.

»Nach München, 15.16 Uhr«, flüsterte er und ging weiter. Bassler nickte dezent.

Sie gingen zu verschiedenen Schaltern und kauften Karten für diesen Zug. Diefenstein setzte sich auf eine der Bänke und war Sekunden später eingenickt. Bassler schlenderte mit seinem Koffer durch die Läden und kaufte sich eine Regionalausgabe des *Il Messaggero*.

Gleichzeitig beobachtete er sorgfältig das lebhafte Geschehen ringsum. Reisende mit Koffern, Familien mit Kindern und Hunden; Touristen, die zaghaft ihren Weg suchten; andere, die froh waren, ihn gefunden zu haben, trafen auf Geschäftsleute in teuren Anzügen mit ihren Laptoptaschen; dazwischen fliegende Händler; Bettler in demütiger Haltung; Bahnbeamte, die Auskunft gaben; Taschendiebe auf der Suche nach leichter Beute; Kinder, die irgendwie zwischen allem hindurchwieselten.

Ergänzt wurde dieses frohe Treiben durch den Lärm und das Geschrei, das besonders für einen italienischen Bahnhof typisch war. Es war schwierig, fast unmöglich, in diesem Gewimmel einen Überblick zu haben. Aber dennoch entgingen ihm nicht die drei Männer in Zivil, die plötzlich den Bahnhof betraten und ihre Blicke umherschweifen ließen. In ihrem Gefolge waren zwei uniformierte Beamte.

Bassler war sofort klar, wen die Beamten suchten. Er hätte ohne Probleme durch einen Seitenausgang verschwinden können, aber der schlummernde Diefenstein musste unwillkürlich in den Blickwinkel der Suchenden geraten. Er brauchte nur eine Sekunde für eine Entscheidung, dann trat er zu einem Souvenirladen, riss mit Getöse den Postkartenständer um und warf ihn schreiend auf die Zeitschriftenauslage, die krachend zusammenbrach. Der Lärm reichte aus, um Diefenstein zu wecken, aber auch, um die Aufmerksamkeit der Beamten auf ihn zu lenken.

Die entsetzte Verkäuferin hatte die Hände vor den Mund geschlagen und blickte ihn aus großen Augen ratlos an. Bassler murmelte ein hastiges »Scusi, Signora!« und floh durch den Seitenausgang, die Beamten machten sich sofort an die Verfolgung, wurden aber durch die Menschenmenge gehindert.

»Fermo, Polizia! Stop, Police!« Die Rufe tönten durch die Halle und schienen für einen Moment den allgemeinen Lärm zu übertönen. Aber Bassler hatte schon die Straße erreicht und war in der Menschenmenge untergetaucht. Aus den Augenwinkeln sah er, wie die Polizisten am Ausgang standen und sich ratlos umschauten.

Währenddessen nahm Diefenstein in aller Ruhe seinen Koffer und schlenderte vorbei an den vorbeistürmenden Beamten zum Hauptausgang. Er passierte zwei Streifenwagen mit rotierendem Blaulicht, in denen die Fahrer saßen, und tauchte im Gewimmel des Vorplatzes unter.

Einige Minuten später verkündeten die Glocken des Kölner Doms, dass ihn sein Freund sprechen wollte.

»Wo bist du, Peter?«, klang es atemlos aus dem Hörer. Diefenstein blickte auf das Straßenschild. »*Via Benedetto Brin*, irgendwo am Bahnhof. Und du?«

»Via Carlo Bussola«, kam es zurück. »Keine Ahnung, wo das ist, ich bin einfach nur gerannt. War mit dem Koffer gar nicht so einfach.«

»Gut, übrigens die Szene an dem Laden war ja wohl absolut filmreif, so viel Kreativität hätte ich einem spröden Protestanten gar nicht zugetraut.«

»Der spröde Protestant hat einem alten Papisten zwar nicht das Leben, aber die Freiheit gerettet. Rom kann mir dankbar sein und der heilige Pantaleon auch!«

Diefenstein lachte laut auf, eine alte Frau mit buntem Kopftuch, die sich mühsam an ihren Einkaufstaschen abschleppte, blickte sich nach ihm um und schaute ihn befremdet an. *In dem Alter noch ein Handy und noch so albern.* Der Monsignore lächelte sie freundlich an.

»Buongiorno, Signorina. Come sta?« Die Alte murmelte irgendetwas und humpelte entrüstet weiter. *Der Kerl macht sich auch noch lustig über mich.*

Er wandte sich wieder dem Handy zu.

»Mit wem sprichst du denn da?«, klang es verwundert aus dem Hörer.

»Nur eine alte Bekannte. Okay, Markus, Scherz beiseite. Erinnerst du dich an die Kirche, die wir am ersten Tag hier besichtigt haben?«

»Du meinst den Dom *San Gennaro* – das Wunder von Neapel?«

»Ja, genau. Da treffen wir uns in einer halben Stunde, in der Kapelle mit dem Blut des Heiligen Januarius. Nimm ein Taxi, geht am schnellsten.«

»Gut, Peter. Wenn wir bis Mai warten, wird sich das Blut des Heiligen wieder verflüssigen, oder? Dann feiert ganz Neapel und wir können leichter untertauchen.«

»Du bist ein unverbesserlicher Ketzer! Mach dich auf den Weg, ich werde für deine schwarze Seele beten!«

XXXXVII.

Neapel, 18. März mittags

»Wer zum Teufel hat das in die Presse gebracht?«

Commissario Faccetti schäumte vor Wut. Die eine Hand hielt die neueste Ausgabe des *Il Messaggero*, die andere Hand landete krachend auf dem Schreibtisch und verursachte einen feinen Wirbel aus Staub, Brotkrumen und Zigarettenasche.

Zwei deutsche Geistliche unter Mordverdacht.
Die Bevölkerung wird zur Mithilfe aufgerufen.
Was spielte sich in Pompeji ab? Geheimnisvoller Mord in der Ruinenstadt!

In blutigem Rot sprangen dem Leser die Schlagzeilen in die Augen. In dem nüchternen Raum der Mordkommission Neapel herrschte zunächst betretenes Schweigen. Schließlich meldete sich Angela Sivori zu Wort, ihre Stimme klang kühl und nüchtern.

»Ich tippe auf die Kollegen von der regionalen Polizeidienststelle.«

»Unsinn«, fauchte Faccetti, »der Artikel beinhaltet Informationen, die unsere Kollegen aus der Provinz nie hatten. Also kommen die Informationen von hier. Von wem?«

Seine Stimme war gefährlich leise geworden.

Carlo Bavoč hob verlegen die Hand, sein Unwohlsein war fast körperlich zu spüren.

»Ich ..., ich habe einen Schwager bei der ANSA. Ich dachte, wenn man die Bevölkerung informiert, könnte das hilfreich sein.«

»Sind Sie wahnsinnig, Bavoč?«, schrie Faccetti. Seine Züge verzerrten sich, die Zornesader auf der Stirn trat hervor. »Sind Sie größenwahnsinnig? Seit wann gibt ein kleiner Terrier wie Sie Presseinformationen heraus? Ohne Rücksprache mit mir! Das wird Folgen haben. Ihre Karriere können Sie sich abschminken! Seien Sie froh, wenn ich Sie nicht auf die Kreuzungen zum Verkehrsdienst schicke! Basta!«

»Aber er hat doch nur ...« Angela wagte einen schüchternen Versuch der Hilfe.

»Das ist nicht zu entschuldigen, Angela. Und Sie wissen das. Hat einen Schwager bei der Presseagentur und füttert ihn unautorisiert mit vertraulichen Informationen. Na klasse.«

Der Commissario griff nach einer Zigarette und inhalierte den Rauch in tiefen Zügen. Der nächste Griff galt der Kaffeetasse. Aber die war leer und Faccetti schob sie verächtlich beiseite. Er wurde wieder ruhiger. Mit solchen Fehlschlägen musste man leben.

»Und das war ja heute wohl nicht der einzige Fehlschlag, nicht wahr, Bavoč?«

Faccettis ebenmäßiges Gesicht überzog ein bösartiges Grinsen.

»Berichten Sie doch einmal, verehrter Kollege! Was ist denn so im Bahnhof geschehen?«

Und der arme Carlo Bavoč erzählte mit leisen Worten, wie ihm die beiden Verdächtigen im Hauptbahnhof entkommen waren.

Einen Augenblick lang herrschte tödliches Schweigen. Angela Sivori, immerhin an beiden Fehlschlägen unbeteiligt, widmete sich konzentriert ihren Fingernägeln. Bavoč starrte deprimiert aus dem Fenster.

Faccetti stand auf und ging mit müden Schritten auf und ab. Dann fixierte er seinen unglücklichen Mitarbeiter.

»Mein lieber Bavoč. Vergessen wir mal einen Augenblick die Sache mit der ANSA. Aber was da im Bahnhof passiert ist! Da lässt man Sie mal allein, weil es ja nicht so schwierig sein konnte, zwei ältere Geistliche aus Deutschland auf dem Bahnhof zu verhaften, nachdem wir einen guten Tipp bekommen haben. Und was machen Sie? Sie lassen sie entkommen. Beide! Der eine verwüstet einen Laden und ist mit einem Koffer in der Hand schneller als meine Leute. Eine Schande für die Polizei von Neapel. Wenn das bekannt wird! Der andere, wo war der eigentlich?«

Carlo Bavoč konnte diese Frage nicht beantworten. »Der Mann, den wir verfolgt haben, auf den trifft die Beschreibung für diesen Bassler zu. Den anderen, den Diefenstein, haben wir überhaupt nicht gesehen. Vielleicht haben sie sich auch getrennt?«

»Sehr unwahrscheinlich. Als sie in der Trattoria gegenüber gespeist haben, waren sie ja noch zusammen. Das hat die Bedienung ja ausgesagt.«

Er strafte Bavoč mit einem verächtlichen Blick und wandte sich an seine Assistentin.

»Was wissen wir über die beiden, Angela?«

Angela Sivori wedelte mit einem Blatt. »Eigentlich nichts, Commissario. Beide unbescholten, noch nie polizeilich in Erscheinung getreten. Beide Geistliche in Köln, der eine katholisch, der andere evangelisch. Wie wir von Basslers Frau wissen, waren sie als Touristen in Pompeji und hätten schon gestern zurückkommen sollen.«

Sie nippte an ihrem Cappuccino. »Wenn Sie mich fragen, haben die beiden mit dem Mord nichts zu tun.«

»Und die Aussage der alten Cantonesi? Immerhin wurden sie am Tatort gesehen und sind seitdem auf der Flucht. Auf einer Flucht mit allen Mitteln! So verhalten sich keine Unschuldigen!«

Ungern dachte er an die peinliche Szene im Hotel in Pompeji zurück, wo sie alle, ihn eingeschlossen, Opfer einer albernen Maskerade geworden waren.

Nur deshalb fiel seine Kritik an dem armen Bavoč jetzt auch vergleichsweise milde aus.

»Doch«, widersprach ihm Angela Sivori. »Wenn man in einem fremden Land ist, geistlichen Standes ist und jeden Skandal fürchtet, dann verhält man sich genau so.«

Faccetti blickte seine Assistentin nachdenklich an. *Vielleicht hat die Kleine ja recht?*

»Sollen wir eine landesweite Großfahndung herausgeben? Oder eine internationale?« Bavoč meldete sich eher schüchtern zurück.

»Großfahndung? Landesweit? International?«

Spinnt der Kerl? Sollen wir uns noch mehr blamieren?

Faccetti kratzte sich am Kinn und griff nach der obligatorischen Zigarette.

»Nein«, entschied er. »Nicht landesweit und schon gar nicht international! Angela könnte recht haben. Wir wollen uns nicht weiter blamieren. In der Questura lachen sie schon über uns. Geben Sie eine Beschreibung und ein Fahndungsersuchen an die regionalen Dienststellen heraus. Sagen wir in einem Umkreis von fünfzig Kilometern. Irgendwann werden sie nach Deutschland zurückkehren und spätestens dann werden wir sie uns schnappen.«

Angela Sivori versuchte mühsam ein Gähnen zu unterdrücken, was Faccetti mit einem Lächeln quittierte.

»Wir sind alle müde. Und wer müde ist, macht Fehler. Wir werden jetzt erst einmal alle acht Stunden schlafen. Und dann krallen wir uns die beiden Pfa..., äh Priester.«

Carlo Bavoč verließ deprimiert das schmucklose Polizeiquartier in der *Via Medina*. Kein Zweifel, er hatte Mist gebaut, und das zweimal an einem Tag. Von einer Beförderung war er nun soweit entfernt wie eine Giraffe vom Nordpol. Und Bavoč war wesentlich sensibler als es seine harten Züge vermuten ließen. Sensibel und eigentlich für den harten Polizeidienst ungeeignet. Vielleicht wäre er doch besser Priester geworden, wie es seine Mutter immer für ihn erträumt hatte. Seine Mutter! Voller Liebe dachte er an diese Frau, die ihm immer Mut gemacht hatte. Auch damals, als er beim ersten Mal durch die Aufnahmeprüfung gefallen war. *»Carlo, Bacci!«* Ihre liebevolle Stimme konnte er immer noch hören. »Du schaffst es. Du musst nur an dich glauben – und auf unseren Herrn vertrauen, dann ist alles möglich.«

Seine Mutter hatte ihm nicht nur einen unerschütterlichen Optimismus, sondern auch einen festen Glauben mitgegeben. Er durfte sie jetzt nicht enttäuschen. Er beschloss, höheren Beistand zu suchen. Er wollte beten und eine Kerze aufstellen, im Dom *San Gennaro*.

Wo sonst konnten sich Wunder eher erfüllen? Und ein Wunder brauchte er jetzt. Aber das ›Wunder‹ sollte einen ganz anderen Verlauf nehmen.

XXXXVIII.

Tusculum, Frühjahr 63 n. Chr.

Theophilos grüßt seinen geliebten Fronto.

Wie habe ich mich gefreut, dass du und deine geliebte Quintilla das Erdbebeben gut überstanden habt. Ein paar kleine Risse im Vestibulum, zerbrochenes Geschirr, ein zerstörtes Mosaik, das werden die Handwerker schnell richten. Gott sei es gedankt! Allerdings, was du von anderen Teilen der geschundenen Stadt berichtest, macht mich sehr traurig.

Dass der gewaltige Iupitertempel am Forum völlig zusammengebrochen ist, betrübt mich nur zum Teil, wie du verstehen wirst. Als Anhänger des Gekreuzigten mag ich darin keinen Verlust erkennen, denn es war ein Götzentempel.

Als Liebhaber schöner Architektur kann man natürlich anders darüber denken, denn der Tempel mit seiner wunderschönen Säulenhalle war unbedingt eine Zierde der Stadt. Dass dabei ein Priester erschlagen wurde, quält mich weniger als die Vorstellung, dass auch etliche Kinder umkamen, die – wie du schreibst – in der Säulenhalle spielten.

Ich höre, dass auch das Haus des Caecilius Iucundus am Vesuvtor schwer getroffen wurde. Iucundus kannte ich gut und ich freue mich, dass er selbst nicht zu Schaden kam. Wie du schreibst, war er gerade zu Geschäften auf dem Forum. Das ist typisch für ihn, denn Geschäfte bedeuteten ihm immer schon viel. Und in diesem Fall haben sie ihm das Leben gerettet.

Dass er seinen Laren ein wertvolles Opfer gelobt hat, verwundert fast, denn er ist ja für seinen Geiz bis nach Rom bekannt.

Du allerdings musst viel Glück gehabt haben: Denn sein Haus liegt, wenn ich mich richtig erinnere, ganz in der Nähe von deinem, nicht wahr? Vielleicht hat aber auch Gott seinen einzigen Gertreuen in Pompeji beschützt? Danke also Gott für diese Gnade!

Wenn ich höre, dass die Brüder Aulus Vettius Restitutus und Aulus Vettius Conviva sich nach dem Erdbeben ein edles Patrizierhaus gekauft haben, muss ich schmunzeln. Wir, lieber Fronto, kannten sie noch als sänftentragende Sklaven, nicht wahr?

Aber Freigelassene, wenn sie denn (wie auch immer) zu Reichtum gelangen, produzieren sich gerne als arrogante Emporkömmlinge und genau so hast du sie ja auch beschrieben.

Ich habe mich – wie du siehst – für einige Wochen auf mein Landgut zurückgezogen, das nun mit der ganzen Pracht des Frühlings aufwartet. Die bunte Blumenschar bietet etwas Abwechslung von den traurigen Dingen, die ich zu berichten habe.

Kurz vor meiner Abfahrt habe ich Petrus zum ersten Mal weinen sehen. Ihn, den starken Fels, der uns allen immer wieder Mut zuspricht. Man brachte ihm die Nachricht, dass sein Bruder Andreas in Patras, an der Nordküste des Peloponnes, gekreuzigt worden sei. Er, der wie Petrus nicht müde wurde zu betonen, als Erster von Jesus zu seinen Aposteln berufen worden war, erlitt nun das gleiche Schicksal wie unser Herr.

»Geht hin in die ganze Welt und predigt die frohe Botschaft.«

Diese Worte, die Jesus seinen Aposteln hinterlassen hatte, hat Andreas wie alle anderen beherzigt. Seine Wege führten ihn ans Schwarze Meer, nach Thrakien und nach Griechenland. Und dort ereilte ihn sein trauriges Schicksal. Wer wird ihm als Nächster folgen?

Lukas hat seinen Bericht über das Leben und die Taten unseres Herrn Jesus Christus fertiggestellt. Die Rollen liegen um mich herum und ich lese sie täglich, und je mehr ich lese, desto mehr lerne ich und werde im Glauben gestärkt.

Paulus wartet immer noch auf seinen Prozess, aber es gibt Anzeichen aus dem Palatin, dass es jetzt nicht mehr lange dauern wird.

Aus Rom hört man schlimme Nachricht. Caesar Nero hat seine junge Frau Octavia getötet. Zunächst hat er sich unter dem Vorwand des Ehebruchs (wer die zarte Frau kennt, wird darüber nur lachen können) von ihr scheiden lassen und nur Tage später seine Geliebte Poppaea geheiratet, die schon sein Kind unter dem Herzen trug.

Octavia schickte er ins Exil, musste sie aber wieder zurückholen, weil es im Volk viel Unruhe gab. Denn die Menschen liebten diese unglückliche Frau. Als alle seine Vorwürfe gegen die Arme zusammenbrachen, ließ er sie kurzerhand töten. Im Volk gärt es, aber nur hinter verschlossenen Türen; man hat Angst und schweigt.

Nero entwickelt sich zu einem schlimmen Scheusal. Ich wage es, dies in dieser Offenheit zu schreiben, weil ich weiß, dass dieser Brief das Lesen kaum überdauert und weil der Bote besonders zuverlässig ist. Es ist nämlich mein Großneffe Aphasios, *der ein Schiff mit Tuchen und Gewürzen nach Pompeji brachte und mir gerne diesen Gefallen erwies.*

Sei in Liebe gegrüßt.

Theophilos

IL.

Neapel, 18. März mittags

Der Dom *San Gennaro* ist das religiöse Zentrum der Stadt und der Ort des legendären »Blutwunders«. Der Namensgeber der Kirche, San Gennaro, war Bischof von Benevent und wurde während der Christenverfolgungen um 305 n. Chr. auf Befehl von Kaiser Diokletian enthauptet. Der Legende nach hat eine Frau das Blut des Märtyrers direkt nach seinem Tod in einer Ampulle aufgefangen und aufbewahrt. Das sogenannte Blutwunder soll sich zum ersten Mal im Jahre 313 n. Chr. ereignet haben, dem Jahr, in dem Kaiser Constantin durch die »Mailänder Vereinbarung« Religionsfreiheit im ganzen Reich garantierte und damit das Christentum zuließ. Seitdem werden jedes Jahr im Mai und September Prozessionen durchgeführt und Gebete zu San Gennaro verrichtet, was zahlreiche Gläubige anlockt. Dabei wird die Ampulle nach altem Ritus gedreht und wenn sich das geronnene Blut verflüssigt, veranlasst dies die Gläubigen zu ekstatischer Verehrung.

Der dreischiffige Hauptbau des Doms verfügt über eine prächtige barocke Ausstattung. Zahlreiche Grabstätten kirchlicher und weltlicher Herrscher schmücken die Kathedrale, die von Touristen aus aller Welt täglich besucht wird.

Gebeine und Blut des Märtyrers wurden in den Katakomben beigesetzt. Im neunten Jahrhundert befanden sich die sterblichen Überreste und das Blut von *San Gennaro* noch in einer kleinen Kapelle neben einer Kirche, an deren Stelle im vierzehnten Jahrhundert der Dom errichtet wurde. Seit 1646 befindet sich die Ampulle mit dem getrockneten Blut in der Kapelle des Doms im rechten Seitenschiff. Sie ist seit dem Ende des fünfzehnten Jahrhunderts der eigentliche Ort des »Blutwunders«.

In dieser Kapelle knieten im Augenblick mehrere Frauen, ein alter Mann mit einem Kind und ein grauhaariger Reisender mit einem Koffer. Zwei Touristen zündeten Kerzen an und unterhielten sich flüsternd über ihre Eindrücke. In andächtiger Bewunderung zeigten sie auf die barocken Plastiken aus dem siebzehnten und achtzehnten Jahrhundert, auf die Figur des verschleierten Christus von San Martino, auf die berühmten Plastiken von Queirolo oder Conradinier.

Der große schlanke Mann mit dem Koffer hatte dafür keine Augen. Er war abwechselnd in tiefe Andacht versunken, dann wieder drehte er sich nervös um und starrte zum Eingang der Kapelle. *Wo bleibt er denn? Er müsste schon längst da sein.*

Diefenstein beschloss, die Kapelle zu verlassen und zum Haupteingang zu gehen. Vielleicht hatte Bassler die Kapellen verwechselt. Es gab ja noch eine weitere Kapelle, die prachtvoll ausgeschmückte Kapelle *Santa Restituta* links vom Eingang. Er machte das Kreuzzeichen und strebte dem Haupteingang zu. Als er ungefähr zwanzig Meter vom Portal entfernt war, lief es ihm plötzlich eiskalt den Rücken herunter. Den jungen kahlköpfigen Mann, der soeben die Kirche betrat, kannte er. Er kannte ihn aus dem Bahnhof und er war einer der Polizisten, die Bassler verfolgt hatten. Der Beamte blickte sich kurz um, sein Blick fiel auch auf Diefenstein, aber er schien ihn nicht zu erkennen.

Klar, der kennt mich nur vom Bild, Bassler hätte er wiedererkannt, den hat er im Bahnhof gesehen. Außerdem sucht er nach einem Mann mit Koffer.

In diesem Moment fiel es dem Monsignore siedend heiß ein, dass er seinen Koffer in der Kapelle vergessen hatte. Was jetzt? Ging er zurück und holte den Koffer, würde er die Aufmerksamkeit des Beamten, der sich ihm langsam näherte, unweigerlich wecken. Wer läuft schon mit einem Koffer durch eine Kirche! Aber den Koffer stehen lassen, mit allen Sachen? Auch keine Lösung. Der Beamte war jetzt zehn Meter entfernt. *Jetzt kann nur noch ein Wunder helfen. Aber wenn nicht hier in der Wunderkirche, wo dann?*

Und das »Wunder« geschah. Ein spitzer Schrei erregte auf einmal die Aufmerksamkeit sämtlicher Besucher. »*Al ladro!* – Haltet den Dieb!«, schallte es laut durch das Gotteshaus. Ein junger Bursche, kaum zwölf Jahre alt, hatte sich an eine alte Frau angeschlichen, die ins Gebet vertieft vor einem Seitenaltar kniete.

Mit raschem Griff hatte er ihr die Handtasche von der Schulter gerissen und lief in Richtung Ausgang. Carlo Bavoč hatte die Situation direkt richtig erkannt und rannte hinter dem jungen Täter her. Beide verschwanden kurz danach aus der Kirche.

Danke, Herr. Diefenstein seufzte laut auf, holte seinen Koffer und verließ die Kirche rasch durch einen Seiteneingang. Fast wäre er mit seinem Freund Bassler zusammengestoßen.

»Wo in aller Welt warst du?«

Aber bevor Bassler zu einer Antwort ansetzen konnte, riss ihn Diefenstein mit sich.

»Später. Polizei!«, keuchte er und tauchte in das Gewirr der kleinen Straßen rings um den Dom ein.

Fünfzehn Minuten später setzten sie sich erschöpft an den Rand eines Brunnens und tauchten die Hände in das kühle Wasser. Die Sonne brannte vom Himmel und für März war es schon recht heiß.

»Ich kann allmählich nicht mehr«, murmelte Bassler. »Immer auf der Flucht! Das ist wie bei Dr. Richard Kimble. Dafür bin ich zu alt. Wir sollten uns stellen, schließlich haben wir ja nichts verbrochen, oder?«

»Wenn wir uns jetzt stellen, war alles umsonst«, keuchte Diefenstein außer Atem. Auch ihn nahm die ganze Situation sehr mit. »Außerdem haben wir uns durch unser Verhalten jetzt erst recht verdächtig gemacht. Sie werden uns für Wochen im Gefängnis schmoren lassen. Wir bräuchten Anwälte, Schutz durch die Botschaft, ein Riesenaufwand. Nein, was wir jetzt …«

In diesem Augenblick klingelte Basslers Handy. Verblüfft blickte er auf das Display.

»Meine Frau!«, sagte er und drückte die Annahmetaste.

»Hallo, mein Schatz, ich hätte dich auch gleich angerufen, aber …«

»Seid ihr zwei eigentlich verrückt geworden?« Die Stimme von Doris Bassler klang äußerst unwirsch. »Die Polizei war hier. Ihr werdet gesucht. Gesucht«, die Stimme zögerte, dann kam sie sehr leise und besorgt, »wegen Mordverdacht. Markus, was ist da bei euch los? Ich kann das den Kindern schon gar nicht mehr erklären, wenn die Polizei dauernd vor der Tür steht. Sie sagen, ihr sollt euch stellen, sonst macht ihr alles noch schlimmer.«

Markus Bassler war blass geworden. Dann versuchte er in einfachen Worten die komplizierte Situation zu erklären.

»Und Peter. Der ist doch ein besonnener Mann. Wie geht der damit um?«

»Möchtest du mit ihm sprechen?«

Ein kurzes Zögern. »Ja, gib ihn mir!« Bassler schien froh, die Verantwortung vorübergehend abgeben zu können. »Hier, Doris würde gerne mit dir sprechen.«

Diefenstein runzelte die Stirn, dann griff er nach dem Telefon.

Mit sachlichen Worten versuchte er die Besorgnis der Frau seines Freundes zu zerstreuen und erklärte geduldig, wie sie in diese verfahrene Lage geraten waren.

»Und jetzt? Was wollt ihr tun? Weiter Katz und Maus mit der italienischen Polizei spielen? Wie lange noch? Peter, erklär es mir!« Am anderen Ende der Leitung war ein vernehmliches Schnäuzen zu hören. Doris Bassler weinte. Sie war mit ihren Nerven am Ende.

»Doris, hör gut zu. Du kennst mich. Und Markus auch. Wir sind da ohne Schuld in etwas geraten und wir kommen da auch wieder heraus. Hab ein bisschen Geduld. Ich verspreche dir, dass wir spätestens in zwei Tagen zurück in Köln sind und dann werden wir alles aufklären.«

»In zwei Tagen? Du versprichst es?«

»Ja, versprochen!«

Aus dem Hörer klang so etwas wie Erleichterung.

»Keine Ahnung, wie du das schaffen willst. Aber gut. Ich weiß zwar nicht warum, aber ich glaube dir. Also, spätestens in zwei Tagen. Gib mir doch Markus noch einmal.«

L.

Pompeji, 24. August 79 n. Chr., neunte Stunde

Während die beiden Männer noch nach Hause stolperten, begann es, aus dem Himmel zu regnen. Aber es waren keine Wassertropfen, die kühlend herabfielen. Steinchen, kleine leichte Steinchen regneten in zunehmendem Maße herab. Servulus fing sie mit seiner Hand auf. Er lachte unbekümmert.

»Schau nur, wie leicht sie sind. Die machen mir keine Angst!«

Schnell hatte er beobachtet, wie die Steinchen auf dem nahen Brunnen schwammen und nicht untergingen.

Fronto packte in das Wasser und ergriff eines der Steinchen.

»Tuff«, murmelte er und drängte weiter. Aber es kam nicht nur leichter Bimsstein vom Himmel. Servulus beobachtete, wie unter dem Bimsstein auch größere, schwerere Brocken waren.

Einer traf eine Frau, die gerade schwer beladen vom Forum gekommen war, an der Stirn. Mit einem Schrei sank sie zu Boden und fasste sich an die blutüberströmte Stirn, ihre Einkäufe rollten über den Boden. Doch niemand kümmerte sich um sie, alle hasteten davon, suchten den vermeintlichen Schutz ihrer Häuser auf. Sie wussten doch nicht, dass sie nichts als den Tod finden würden.

Endlich hatten die beiden Männer fast das Haus erreicht. Der Hagel aus Bimsstein wurde immer stärker und es wurde mitten am Tag Nacht, nicht wie bei mondlosem Himmel, sondern wie in einem geschlossenen Raum, wenn man das Licht auslöscht und die Hand nicht vor Augen sieht.

Dazwischen zischten Blitze, um das grauenhafte Schauspiel für Sekunden zu erhellen. Vögel fielen vom Himmel, ob tot oder betäubt, wer hätte es sagen können?

Hatte man anfangs den Tuffregen noch mit kindlicher Naivität beobachtet, so wuchsen nun allmählich Chaos und Panik auf den Straßen und Gassen an zu einem höllischen, grauenvollen Missklang. Frauen heulten.

Kinder hörte man leise wimmern. Männer zornentbrannt – und doch vergeblich – schreien. Die einen suchten ihre Eltern, die anderen ihre Kinder, wieder andere riefen verzweifelt nach ihren Frauen. Manche saßen nur da, verzagt und verzweifelt, und bejammerten lauthals ihr Schicksal.

Jeder versuchte zu fliehen. Doch keiner wusste wohin.

»In die Häuser!«, riefen die einen, »Zum Strand!«, die anderen. Wer Pferd und Wagen noch hatte, griff nach der Peitsche und trieb die verängstigten Pferde an, um im zitternden Licht der Fackel einen Ausweg zu finden.

Die meisten von ihnen aber kamen nicht weit. Entweder stießen sie im Dunkel des Tages zusammen oder sie rammten die Häuser, weil ihre Fackel plötzlich erloschen war. Andere wurden auf ihren Wagen von den Gesteinsbrocken erschlagen, die gewaltig und todbringend vom Himmel fielen.

Es gab nicht wenige, die in ihrer Todesangst den Tod herbeiwünschten. Manche retteten sich in die Häuser, nur um dann aus Verzweiflung aus der todbringenden Phiole zu trinken.

Viele erhoben auch die Hände in stummem Gebet zu den Göttern. Andere behaupteten trotzig, es gebe keine Götter mehr, habe sie nie gegeben. Wieder andere schrien, Epikur habe doch recht: Die Götter kümmerten sich nicht um der Menschen Not und dies sei nun die ewig dauernde und letzte Nacht des Menschengeschlechts.

Manche nutzten die Lage aus und vermehrten durch erfundene und erlogene Schauergeschichten die wirklichen Gefahren und die Panik der Menschen.

Tag und Nacht schienen in ständigem Wechsel zu vergehen. Mal verflüchtigte sich der beißende Qualm und löste sich in Rauch und Nebel auf. Dann lugte die Sonne zaghaft hervor, doch fahl, wie bei einer Sonnenfinsternis. Den zagenden Blicken zeigte sich alles verändert, man erkannte die vertrauten Gassen nicht wieder. Alles war hoch mit Asche und Bims wie mit todbringendem Schnee bedeckt.

Keuchend, hustend und mit Angstschweiß bedeckt stolperten Fronto und sein junger Gast durch die Gassen.

»Ich erkenne meine Heimatstadt nicht mehr wieder«, keuchte Fronto und lehnte sich schwer atmend an ein Haus. Der Bimssteinregen hatte inzwischen den gesamten Boden in einer Schicht von zwei bis drei Fuß bedeckt.

Fronto blickte sich verzweifelt um, die Hand auf den Arm des Begleiters gepresst.

»Wo sind wir hier? Dort müsste es doch sein. Herr, guter Gott, hilf uns!«

»Aber wo ist er denn, dein Gott?«

Servulus blickte seinen Gastgeber an.

»Wie kann er solches dulden?«

Fronto wischte sich den Schweiß von der Stirn, gleichzeitig liefen kalte Schauer der Angst über seinen Rücken.

»Ich weiß es nicht, aber wer bin ich, dass ich an meinem Herrn und Gott zweifeln dürfte? Vielleicht zürnt er uns, vielleicht hat er sich von uns abgewendet, vielleicht prüft er uns und unseren Glauben.«

Er hustete erbärmlich, während er vergeblich versuchte, den fallenden Bimsstein von der Kleidung zu wischen.

»Aber eins weiß ich!«

Seine Gestalt straffte sich und sein Gesicht glühte.

»Ich weiß es, weil es mir mein lieber verstorbener Freund Theophilos einst geschrieben hat: Er hat mir ein Wort unseres Herrn Jesus Christus überliefert«, er brach in einen erneuten Hustenanfall aus und wischte sich den Speichel von den Lippen: »›Und es werden Zeichen sein an Sonne und Mond und Sternen und auf der Erde Angst der Nationen in Ratlosigkeit bei brausendem und wogendem Meer, während die Menschen verschmachten vor Furcht und Erwartung der Dinge, die über den Erdkreis kommen, denn die Kräfte der Himmel werden erschüttert werden. Und dann werden sie den Sohn des Menschen kommen sehen in einer Wolke mit Macht und großer Herrlichkeit. Wenn aber diese Dinge anfangen zu geschehen, so blickt auf und hebt eure Häupter empor, weil eure Erlösung naht.‹ Schau dich um, Servulus, das Reich Gottes naht. Und habe keine Angst, denn wer glaubt, wird errettet werden. Hast du das verstanden, mein Freund?«

Nein, Servulus hatte nichts von dem verstanden. Er litt einfach nur Todesangst und blickte Fronto vollkommen verständnislos an.

Endlich hatten sie den vermeintlichen Schutz des Hauses erreicht.

LI.

Rom, Herbst 63 n. Chr.

Theophilos grüßt in brüderlicher Liebe seinen Fronto.

Gutes und Trauriges zugleich habe ich zu berichten. Der Kaiser hat Paulus endlich von den absurden Vorwürfen freigesprochen, die man gegen ihn erhoben hat. Auch der Einfluss Poppaeas hat den anklagenden Juden nichts genutzt. Endlich hat er seine Ketten abgelegt und läuft als freier Mann durch Rom. Wir alle sind sehr erleichtert. Auch soll Paulus Gespräche mit Seneca geführt haben: der große Apostel und der große Philosoph – welch eine Vorstellung. Seneca hat dem Hof Neros ganz den Rücken gekehrt und widmet sich nur noch der Philosophie und der Schriftstellerei.

Leider wird Paulus uns bald verlassen, denn wie er sagt, warten noch viele Völker auf das Wort Gottes. Schon in den nächsten Tagen will er mit einigen Begleitern nach Hispania aufbrechen. Unsere Gebete, aber auch bange Sorge werden ihn begleiten, denn in diesen Zeiten scheint alles Gerechte in Gefahr zu geraten.

War das auch Anlass zur Freude, so gibt es auch Trauriges zu berichten und es will scheinen, dass der Kelch vom Blut der Märtyrer noch nicht voll genug wäre.

Petrus hatte uns von Judas berichtet: Dieser Apostel, der unseren Herrn so schmählich verraten hatte, setzte seinem erbärmlichen Leben selbst ein Ende. An seiner Stelle hatten die Apostel durch Loswurf einen Mann namens Matthias erwählt.

Nun aber ist auch dieser Gefährte von Petrus tot. Er hatte im Heimatland des Herrn gepredigt und die Juden waren voller Hass auf ihn, da ihm die Menschen zuliefen und die Herzen zufielen.

Und so haben sie ihn gesteinigt und dem Halbtoten soll – als Römer kann ich es kaum aussprechen – ein römischer Soldat den Kopf abgeschlagen haben.

So viele gute und fromme Männer sind jetzt schon von blutigen Schlägen gefällt worden, weil sie den Auftrag unseres Herrn erfüllten. Und doch hat der Herr selbst das alles vorhergesagt. Wie Petrus einmal erzählte, hat er ihnen einst vorausgesagt: »Sie werden ihre Hände an euch legen und euch verfolgen, indem sie euch an die Synagogen und Gefängnisse überliefern, um euch vor Könige und Statthalter zu führen um meines Namens willen. Ihr werdet aber sogar von Eltern und Brüdern und Verwandten und Freunden überliefert werden, und sie werden einige von euch töten; und ihr werdet von allen gehasst werden um meines Namens willen. Und nicht ein Haar von eurem Haupt wird verloren gehen.«

Das sind Worte von hehrem Glanz und sie stärken ein Herz gewaltig, vor allem, wenn man sie aus dem Munde des großen Apostels erfährt.

Und doch, ist man wieder alleine, dann zagt das Herz und füllt sich in banger Erwartung und wird von der Frage bewegt: O Jesus Christus, barmherziger Gottessohn, womit haben deine Gläubigen ein solches Schicksal verdient?

Und ich bekenne es freimütig, geliebter Freund, dass ich manches Mal zweifle und irre werde bei all diesen Ereignissen. Müsste nicht ein allmächtiger Gott eingreifen und solche Freveltaten verhindern?

Leider muss ich sagen, dass meine teure Lavinia mir hierbei wenig hilfreich ist. Nachdem anfangs der neue Glaube ihr Interesse geweckt hatte und sie mich zu vielen Predigten und Gottesdiensten aufmerksam begleitet hatte, ist dieses Interesse doch wieder erloschen. Sie ist zu den alten Göttern zurückgekehrt, opfert im Tempel der Minerva, nimmt an den Ritualen der Bona Dea teil und verbringt Stunden bei den Vestalinnen. Jedenfalls, wenn sie in Rom ist, denn die meiste Zeit verbringt sie auf unserem Tusculanum.

Neulich hat sie arg gezetert, weil ich damals alle Sklaven freigelassen habe und nun müsse sie alle Arbeit allein tun. Da übertreibt sie freilich, denn wir haben nicht wenige der ehemaligen Sklaven als Diener behalten, nur zahlen wir ihnen eben jetzt Lohn.

Meinen Glauben nennt sie gar einen gefährlichen Aberglauben und so haben wir uns auseinandergelebt, in Häusern und Herzen. Das will mir das Herz umso schwerer machen und lässt mich am Glauben noch mehr zweifeln.

Aber wenn ich mit solchen Gedanken zu Petrus komme, so sagt er mir: Es ist nicht an uns Kleingläubigen, an der Gerechtigkeit Gottes zu zweifeln, denn seine Macht ist nicht von dieser Welt. Sonst hätte er wohl kaum seinen Sohn an einem römischen Kreuz sterben lassen.

Und wenn unsere Verzagtheit – und ich bin damit nicht alleine – überhandnimmt, dann liest er aus seinem Brief vor, den er vor Kurzem an die verfolgten Brüder in Asia Minor geschrieben hat. Und weil mir die Worte so gut gefallen und viel des Trostes haben, so will ich dir einige von ihnen zitieren: »Gepriesen sei Gott, der uns wiedergeboren hat zu einem unvergänglichen und unbefleckten und unverwelklichen Erbteil, das in den Himmeln aufbewahrt ist für euch, die ihr in der Kraft Gottes durch

Glauben bewahrt werdet zur Rettung, die bereitsteht, in der letzten Zeit offenbart zu werden. Darin jubelt ihr, die ihr jetzt eine kleine Zeit, wenn es nötig ist, in mancherlei Versuchungen betrübt worden seid, damit die Bewährung eures Glaubens viel kostbarer befunden wird als die des vergänglichen Goldes, das durch Feuer erprobt wird, zu Lob und Herrlichkeit und Ehre in der Offenbarung Jesu Christi.«

Solche Worte verleihen uns Kraft und wärmen die zagenden Herzen mehr als jeder Falerner. Geht es dir manchmal auch so? Erzähl mir von deinen Ängsten und Zweifeln, denn nur wenn wir uns gegenseitig halten, sind wir stark.

Und, mein lieber Freund, wenn ich durch die Straßen Roms laufe und all das sehe, was diese wunderschöne und zugleich wohl doch bis ins Innerste verderbte Stadt dem Auge des aufmerksamen Betrachters bietet, will mir scheinen, dass Gefahr, Not und Trübsal uns bevorstehen. Es ist nur ein Gefühl, ich kann es nur beschreiben, nicht begründen, und unser guter Gott gebe, dass mich das Gefühl trügt.

Du siehst, geliebter Fronto, wie ein Herbstgewitter braut sich etwas über der Stadt und unseren Köpfen zusammen.

Lass mich recht bald wissen, wie es dir und deiner im gleichen Glauben verbundenen Quintilla geht, und komme, sobald du kannst, denn ich brauche dich.

Theophilos

LII.

Pompeji nuova, 18. März nachts

Henderson hatte mit Verwunderung registriert, dass sich niemand von der Polizei um den Leihwagen gekümmert hatte. Das hatte ihn schon etwas besorgt, auch wenn er bei dem Mietwagenunternehmen natürlich einen falschen Pass vorgelegt hatte. So aber hatte er den Wagen nach kurzer Beobachtung abgeholt und war zum Hauptbahnhof von Pompeji gefahren. Dort hatte er ein Expresspäckchen abgeholt, das in der Nacht aus New York gekommen war.

Er setzte sich vor die Tür eines kleines Bistros und genoss die wärmenden Strahlen des wolkenlosen Himmels ebenso wie den *Latte macchiato*.

»*Vorrei ordinare per favore* – ich möchte bitte bestellen!«

Henderson hatte sich für ein Kalbssteak mit Pilzen und Tagliatelle in Sahnesoße entschieden, dazu ein leichter *Pinot Grigio*. Kein Zweifel, er genoss seine Tage hier. Alles lief bestens. Er öffnete das kleine Päckchen und grinste.

Republica del Honduras – Pasaporte Diplomatico – ein Diplomatenpass mit seinem Bild, ausgestellt auf den Namen Roberto Garcia Martinez. Mit diesem Ding war er vor allen lästigen Zollkontrollen geschützt. Lächelnd widmete er sich seinem Kalbssteak, das ein freundlicher Kellner inzwischen gebracht hatte.

Den weiteren Nachmittag verbrachte er in Neapel mit einigen Einkäufen. Zurück im Hotel legte er sich angezogen auf das Bett. Er hatte einigen Schlaf aufzuholen. Außerdem musste er sowieso auf den Einbruch der Nacht warten, denn sein Geschäft vertrug keine Helligkeit.

Bei Anbruch der Nacht hatte er sich umgezogen und zwei große luftdichte Taschen umgehängt, die er in Neapel besorgt hatte. Ein kreisrunder Mond wies ihm den Weg zu seiner Beute. Die Stadt schien zunächst wie ausgestorben, als er durch die verlassenen Gassen zum Rande des Ausgrabungsgeländes schlich. Aber je näher er dem Ausgrabungsgelände kam, umso voller wurden die Straßen und Plätze. Es schien, als habe sich die gesamte Bevölkerung einschließlich ihrer Gäste trotz der späten Stunde hier versammelt. Er mied die größeren Plätze, auf denen die Gastronomie Tische und Stühle aufgestellt hatte und ordentliche Umsätze verzeichnete. Nach dem langen Winter lechzten die Menschen, Einheimische wie Touristen, nach Sonne und sommerlicher Wärme. Die Menschen erfreuten sich des milden Abends, saßen schwatzend vor den Gaststätten und genossen auch jetzt noch zu später Stunde ihren Urlaub in vollen Zügen.

Henderson hatte *seinen* Genuss noch vor sich und der war anderer Natur. Ohne Probleme fand er den versteckten Eingang zu dem verschütteten Haus. Aufmerksam blickte er sich nach allen Richtungen um. Wenn da jemand auf ihn gewartet hätte, er hätte es gewittert, wie ein Jagdhund seine Beute. Aber da war niemand, niemand, der ihm seine Beute streitig machen wollte.

Er quälte sich durch den engen, feuchten Gang, doch eigentlich war es keine Qual. Was da auf ihn wartete, war jeden Preis wert.

Mit kühlem Blick registrierte er, dass die Toten exakt so lagen, wie er sie verlassen hatte. Auch die neue Leiche, die sich nahtlos in die absurde Ausstellung eingefügt hatte. *Wer hätte sie auch verändern sollen?* Und dann begann er im Schein seiner spärlichen, zuckenden Taschenlampe mit der Arbeit.

Konzentriert und systematisch leerte er die Regale und packte die Schriftrollen behutsam in die mitgebrachten Taschen. Zuerst die in den Lederbehältnissen, dann die anderen. Siebzig hatte er gezählt, dann waren die Taschen voll. Da lagen höchstens noch zwanzig weitere Rollen, aber die Taschen platzten schon. Und wenn er sie noch mehr füllte, war zu befürchten, dass sie durch den Druck Schaden nähmen. Also schön bescheiden bleiben! Einen Augenblick spielte er mit dem Gedanken, den Raum anzuzünden und damit alle Spuren zu verwischen.

Aber ein Feuer könnte die Polizei gerade auf die Zusammenhänge aufmerksam machen und das wäre töricht. Im Augenblick wusste außer der Familie der Toten niemand von diesem Raum, und die hatte im Augenblick anderes zu tun, suchte sie doch die gute Antonia immer noch unter den Lebenden.

Er hatte keine Ahnung, welchen Wert seine Beute hatte. Doch ahnte er, dass er ausgesorgt hätte, selbst wenn er zwanzig der Rollen an seinen Auftraggeber weiterleitete. Und das war dann der letzte Auftrag, den er für den raffgierigen Baldwyn erledigen würde, dann war Schluss. Irgendwo auf den Malediven, vielleicht auch in der Karibik würde er für den Rest seines Lebens sonnige Tage verbringen. Und vielleicht würde auch die entzückende und frustrierte Joan ihn in das selbst gewählte Exil begleiten. Das wäre dann der totale Triumph.

Ein kurzer Blick auf die Leuchtziffern seiner Uhr zeigte, dass der nächste Tag bereits begonnen hatte.

Er blickte kurz zurück und verließ dann den Raum. Mühsam quälte er sich mit den beiden Taschen durch den Gang. Die Taschenlampe, die er im Mund trug, wies ihm den Weg. Jetzt hatte er das Ende des Ganges erreicht und musste nur noch durch den schmalen Eingang steigen.

Nur aus den Augenwinkeln sah er plötzlich eine Gestalt, die sich mit wildem Knurren auf ihn stürzte.

LIII.

Neapel, 18. März spätnachmittags

Immer noch brannte die Sonne über Neapel, obwohl sich der Tag seinem Ende zuneigte. Für diese Jahreszeit war es viel zu heiß. Doch die Strahlen der Spätsonne hatten kaum weniger Kraft als die der Mittagssonne und tauchten die erhitzte Stadt in gleißendes Licht und länger werdende Schatten, die von trockenen Bäumen mühsam geworfen wurden.

Müde und erschöpft schlichen zwei Männer mit Koffern durch staubige Gassen. Sie vermieden die größeren Straßen aus gutem Grund.

Plötzlich blieb Bassler stehen, er setzte den Koffer ab und lehnte sich erschöpft gegen die Mauer einer geschlossenen Pizzeria.

»Ich kann nicht mehr, und ich will nicht mehr!« Seine Miene nahm einen trotzigen Ausdruck an. »Wir haben nichts getan und fliehen wie Schwerverbrecher vor den Behörden. Gütiger Himmel, wir werden das doch aufklären können.«

Diefenstein blickte ihn nachdenklich an.

»Mein lieber protestantischer Zweifler. Ich habe es dir jetzt schon ein paar Mal erklärt. Sicher könnten wir das versuchen, aber wer würde uns glauben? Einem papistischen Querkopf und einem lutherischen Dauernörgler. Die sind doch froh, wenn sie zwei veritable Verdächtige haben, oder? Überleg doch mal: Bis sich unsere Unschuld herausgestellt hat, werden sie uns in Untersuchungshaft stecken. Das wäre in Deutschland nicht anders. Immerhin geht es hier nicht um Schwarzfahren oder Handtaschendiebstahl, mein Freund. Wir stehen unter Mordverdacht. Kennst du die Verhältnisse in italienischen Gefängnissen?«

Bassler schüttelte resigniert den Kopf.

»Ich auch nicht, aber was ich so gehört und gelesen habe, hat mir gereicht.«

Diefenstein musste den Satz nicht beenden, Bassler hatte verstanden. Irgendwie schienen alle Gefängnisse außerhalb Deutschlands Orte juristischer Willkür und des reinen Grauens zu sein. Ein Vorurteil, an dem zahlreiche Filme und Romane, allerdings auch einige Tatsachenberichte kräftig mitgewirkt hatten.

»Man muss nur an den Film ›Midnightexpress‹ denken«, ergänzte Diefenstein düster.

»›Midnightexpress‹«, Bassler schüttelte sich vor Grauen, »aber der spielte in der Türkei, oder?«

»Sicher, sicher, aber Türkei oder Italien, wo ist da der Unterschied?«

Diefenstein konnte sich ein Lächeln nicht verkneifen. Ganz schön unfair, wie er dem Freund hier zusetzte.

Der schüttelte resigniert den Kopf.

»Aber wir brauchen Hilfe«, murmelte er, »oder ein weiteres Wunder.«

Und ob jetzt der Herr selbst seine Hände schützend über diese beiden zagenden Schäflein gehalten hat oder ob es einfach nur eine Fügung des Zufalls war, ein kleines Wunder schien tatsächlich wieder für sie bereitzustehen.

Sie waren nämlich gerade um die Ecke gebogen, als sie unvermittelt vor einem größeren Hotel standen. Hotel *San Pedro*, drei Sterne, etwas in die Jahre gekommen, schon außen von verblichener Eleganz. Aber viel interessanter als der Hotelkomplex war der Bus, der vor dem Hotel stand und gerade beladen wurde. Ein deutscher Bus mit Düsseldorfer Kennzeichen.

»Den Bus hab ich schon mal gesehen«, rief Diefenstein aufgeregt, »in Pompeji. Die sind auf der Heimreise. Und sie werden uns zwei mittellose Geistliche sicherlich mitnehmen. Dank eines Europas ohne Grenzen werden wir unbehelligt in die Heimat gelangen.«

Begeistert über seine eigene Idee klatschte er in die Hände und schlug seinem Freund krachend auf die Schulter.

Bassler schaute seinen Freund entgeistert an. »Mittellose Geistliche. Wie meinst du das?«

»Zwei Geistliche aus Bonn, denen man ihre Papiere und sämtliches Geld gestohlen hat, hier in Neapel, der Hauptstadt der Taschendiebe, begreifst du das, du evangelisches Tränentier?«

»Aus Bonn?«, kam es lahm zurück. Bassler warf seinem Freund einen ratlosen Blick zu.

»Auch wenn sie aus Düsseldorf kommen und damit kulturell weit unter uns stehen: Die lesen auch Zeitung und werfen einen Blick auf die Nachrichten. Und man sucht zwei Geistliche aus Köln, nicht aus Bonn. Und wen würde ein Düsseldorfer lieber ans Messer liefern als einen Kölner?«

»Alberne Vorurteile«, rief Bassler aus, dessen Lebensgeister zusehends zurückkamen.

»Aber du könntest recht haben, alter Ablassverkäufer. Wir werden uns in dem Café dort umziehen, ein wenig verändern und unser Glück versuchen. Mit dem Segen des Herrn wird es uns gelingen.«

Und so kam es, dass wenig später ein katholischer Geistlicher in vollem Habit und mit stolzem Gang vor dem deutschen Bus auftauchte und den Fahrer in ein Gespräch verwickelte. Wenig später kam ein grauhaariger Mann dazu, dann eine würdige ältere Dame. Diefenstein gestikulierte, redete, lachte und wies auf seinen Freund, der es sich im Schatten einer Platane auf einer Bank gemütlich gemacht hatte und das Geschehen aufmerksam und mit wachsendem Optimismus verfolgte.

»Sie nehmen uns mit«, verkündete wenig später ein lachender Monsignore.

»Stell dir vor, es handelt sich um einen Kirchenchor aus Düsseldorf, von der katholischen Gemeinde St. Peter. Und sie freuen sich, uns aus der Verlegenheit helfen zu können, sie haben noch vier freie Plätze. In einer Stunde etwa fahren sie los. Sie haben sogar auf eine Kostenbeteiligung verzichtet, aber ich habe ihnen eine Spende für den Blumenschmuck im Gotteshaus in Aussicht gestellt.«

Über Diefensteins Gesicht zog ein unverschämtes Grinsen.

»Und als was hast du dich vorgestellt?«, fragte Bassler neugierig.

»Gestatten, Pfarrer Schmidt von der Gemeinde St. Remigius aus Bonn – ist ein alter Studienfreund von mir.«

»Das ist eine Lüge!«

»Nein, ist er wirklich.«

»Ja schon, aber *du* bist nicht der, für den du dich ausgibst, und darin besteht die Lüge!«

»Sicher ist das eine kleine Notlüge, ich werde sie zu geeigneter Zeit im Beichtstuhl zur Sprache bringen.«

Bassler nickte nur.

»Ich habe übrigens ein wenig umdisponiert!«

»Umdisponiert?«

»Du bist mein Organist und heißt Lemke!«

Bassler prustete los. »Was bin ich? Ich dachte, wir wären zwei mittellose Geistliche.«

»Markus, ich musste meine Angaben kurzfristig etwas korrigieren und den Gegebenheiten anpassen. Sie suchen einen katholischen und einen evangelischen Pfarrer aus Köln, aber keinen Pfarrer mit Organisten aus Bonn! Außerdem schau dich an, in deinem Anzug gehst du ebenso gut als Organist durch.«

LIV.

Pompeji, 24. August 79 n. Chr., zehnte Stunde

»Verriegle die Tür, schließ alle Fenster, Antisius!«

Fronto lehnte schwer atmend am Eingang. Das Grauen der letzten Stunden hatte sein Gesicht gezeichnet.

»Was geht da draußen vor?«, flüsterte der Alte kreidebleich. Schwere Holzläden schützten jetzt die kleinen Fenster und die Tür war massiv verriegelt. Ängstlich blickte der Freigelassene seinen ehemaligen Herrn an, als erwarte er eine Antwort.

Aber Fronto konnte keine Antwort geben und schüttelte nur verzweifelt den Kopf.

Mehr als eine Stunde prasselte der Steinregen auf das Dach, die Balken begannen unter der Last zu ächzen.

»Gut, dass wir das Dach so stabil haben bauen lassen«, murmelte Fronto mit einem Blick auf die dicken Deckenbalken, durch die der Staub zu rieseln begann.

»Ich habe, anders als meine Nachbarn, nach dem Erdbeben doppelte Deckenbalken einziehen lassen und sie zusätzlich abstützen lassen. Sie werden nicht ...«

Er vollendete den Satz nicht, als ob er schon spürte, dass das jetzt keine Rolle mehr spielen würde. Sie hatten sich alle im *Tablinum* zusammengefunden und lauschten nach draußen. Von dort waren plötzlich laute Stimmen zu hören, hysterisches Geschrei, Wehklagen und Schmerzensschreie. Erneute Panik kam unter den Menschen auf und bahnte sich lautstark ihren Weg durch die gequälte Stadt.

Fronto hatte sich betend niedergekniet, jetzt stand er auf, ging durch das *Vestibulum* und versuchte die Tür aufzustoßen, sie ließ sich aber nur noch einen kleinen Spalt weit öffnen. Nachtschwarze Dunkelheit umfing ihn. Der Lärm des niederprasselnden Gesteins mischte sich mit dem entsetzten Schreien der ängstlichen Menschen zu einem grauenhaften Missklang. Zugleich bedeckten die niedergefallene Asche und die Steine den Boden mehr und mehr, sekündlich schien der tödliche Belag zu wachsen. Pompeji begann in der Asche zu versinken.

Fronto blickte ratlos auf die Sanduhr im *Tablinum.*

»Seit drei Stunden geht das jetzt schon. Wird es denn nie mehr aufhören?«

In diesem Augenblick zuckten die ersten Blitze durch die schwere Luft, gleichzeitig war aus der Nachbarschaft das Krachen zusammenstürzender Dächer zu hören.

Menschen schrien, fluchten, weinten. Hunde bellten wie verrückt.

»Bei Jupiter«, rief Servulus, »sollten wir nicht besser fliehen? Alles ist besser, als hier zugrunde zu gehen.«

Seine Narbe war vor Angst und Aufregung feuerrot angelaufen und er begann sich wie wild zu kratzen. Plötzlich sprang er mit verzerrtem Gesicht auf und machte Anstalten, zur Tür zu laufen.

»Bleib!«, schrie Fronto und erhob sich müde. »Draußen erwartet dich der sichere Tod!«

Tullia und Antisius hatten sich in den Arm genommen und blickten angstvoll in den Garten, in dem inzwischen eine meterhohe Schicht Asche und Lava lag. Säulen, Bänke, Brunnen, nichts war mehr zu sehen, alles versunken im eintönigen Grauschwarz der todbringenden Lava.

Verzweifelt blickten alle auf Fronto, als käme von ihrem ehemaligen Herrn die Erlösung von diesem Grauen. Aber der schüttelte den Kopf, raufte sich die Haare, stumm vor Verzweiflung.

Mühsam öffnete er den Mund:

»Ich weiß nicht, ob es besser wäre zu fliehen, aber ich sah draußen bereits Tote liegen, und solange das Dach hält, sind wir hier sicher.«

Wieder erhellte ein gewaltiger Blitz die Nacht, sein grelles Licht war durch die Ritzen der Läden zu sehen. Er schien durch den Garten zu fahren und sich auf dem Dach aufzulösen.

»Ist das das Ende – Herr?«, flüsterte Antisius und fiel damit in die alte sprachliche Gewohnheit zurück.

Fronto wusste keine Antwort darauf.

»Lasst uns beten«, sagte er und kniete erneut nieder. Erst jetzt entdeckte Servulus das kleine Kreuz an der Wand des *Tablinums.*

LV.

Rom, Frühjahr 64 n. Chr.

Theophilos grüßt seinen Fronto.

Hab Dank für deinen Brief und die Worte des Trostes. Natürlich verstehe ich, dass du dich an den Aufbauarbeiten deines geliebten Pompejis beteiligen wirst und freue mich unendlich darauf, dich im Sommer begrüßen zu können. Dass du die Spiele nicht mehr besuchst, war mir klar, und dass du weiterhin in den Thermen Entspannung suchst, tadle ich nicht, ich tue es ja auch. (Sind denn eure Thermen vom Erdbeben nicht betroffen worden?)

Rom bietet wenig an neuen Nachrichten. Ich weiß nicht, ob es bis zu euch durchgedrungen ist: Poppaea hat eine Tochter geboren, die nach wenigen Monaten gestorben ist. Der Palatin trauert und mit ihm alle schmeichlerischen Günstlinge des Imperators. Dem Volk ist es egal, es hat längst aufgehört, seinen Caesar zu lieben. Und – stell dir vor, lieber Freund, sie wurde als Diva Claudia vergöttlicht, welch eine Lästerung!

Seit Paulus uns verlassen hat, fühle ich mich einsamer, obwohl wir doch immer mehr werden. Aber ich vermisse seine kraftvollen Worte, seine unnachahmliche Mimik, sein Temperament. Wo mag er nur jetzt sein? Jedenfalls hoffe ich, dass unser guter Gott mit ihm ist.

Petrus ist eben doch ganz anders: ruhiger, leiser, besonnener. Aber solch einen Führer braucht unsere Gemeinde natürlich.

Von Seneca las ich neulich Folgendes:

»Die Hände müssen nicht zum Himmel emporgehoben werden und der Tempelwächter muss nicht bestochen werden, damit er uns Zutritt zum Ohr des Gottes gewährt.«

(Du erinnerst dich an diese Unsitte, dass manche Leute den Tempeldiener bestachen, damit sie eine Leiter hinaufklettern und ihre Wünsche verbotenerweise direkt ins Ohr der Götterstatue flüstern konnten. Als wenn das irgendetwas genutzt hätte, diese Toren!)

Und er fährt fort: »Ein heiliger Geist ist in uns, bei uns, mit uns, als Wächter aller guten und bösen Dinge.«

Macht es nicht ganz den Eindruck, dass der große Philosoph schon fast einer der Unsrigen ist? Überhaupt scheinen uns die Stoiker näher als die Epikuräer.

Ich aber glaube inzwischen, wer erst einmal fest in seinem Glauben verwurzelt ist, braucht die Philosophie überhaupt nicht mehr, denn sie ist nur ein geschwätziger Ersatz für die wahre Religion.

Inzwischen sind vier weitere Senatoren zu uns gestoßen, ich denke, ich verschweige die Namen besser. Und ist es nicht herrlich zu sehen, wie wir alle, Sklaven und Ritter, Senatoren und Handwerker, Freigelassene und edle Herren zusammen die Erinnerung an unseren gemeinsamen Herrn feiern, in seinem Gedächtnis Brot und Wein nehmen und seine Worte hören. Nachher nehmen wir gemeinsam unser Mahl ein, zu dem jeder etwas mitbringt, der eine (wie ich) etwas mehr, andere weniger, wieder andere lediglich einen guten Appetit. Aber alle sind willkommen und gleich viel wert.

Petrus hat uns von einer weiteren erschütternden Begebenheit erzählt, die ich nicht kannte:

Während Jesus predigte, kamen Angehörige eines Synagogenvorstehers namens Jairus, der unter den Umstehenden stand, und sagten zu ihm: »Deine Tochter ist gestorben. Bemühe den Lehrer nicht!« Jesus hörte das und sprach zu Jairus: »Fürchte dich nicht, glaube nur!«

Und sie gingen zum Haus des leidgeplagten Vaters, nur Petrus und zwei andere Apostel waren bei ihm.

Da herrschte lautes Jammern und Klagen. Jesus aber trat ein und sprach:

»Weint nicht! Denn sie ist nicht gestorben, sondern sie schläft.« Natürlich haben sie ihn ausgelacht. Er aber wies sie hinaus und ging in das Gemach des Kindes, nur die Eltern und seine Begleiter waren bei ihm. Dann fasste er das Kind bei der Hand und sagte: »Kind, steh auf!« Und das Kind stand auf und ging umher, zwölf Jahre war die Kleine. Stell dir vor, sie ist einfach aufgestanden und lebte!

Natürlich sind alle außer sich geraten.

Ist er nicht herrlich und allmächtig, unser Herr Jesus?! Und wenn man bedenkt, was man ihm angetan hat, könnte man vor Zorn irre werden.

Ich grüße dich in brüderlicher Liebe.

Theophilos

LVI.

Pompeji nuova, 19. März frühmorgens

Mit allem hatte Henderson gerechnet, nur nicht mit einem plötzlichen Angriff, hier am Ende des Ganges. Die Gestalt hatte ihn mit wütenden, kaum menschlich zu nennenden Lauten an der Kehle gefasst und versuchte ihn zu erwürgen. Aber die Gestalt war klein und die Hände schwach und vom Alter ausgezehrt. Dürre Hände zerrten an seinen muskulösen Armen, stoßweise ging sein Atem.

»Antonia«, schrie eine krächzende Stimme, »du Hund hast meine Antonia verschleppt. Das wirst du mir büßen.«

Henderson hatte sofort begriffen: Das war der Ehemann der Alten, die ihren ewigen Schlaf in der Höhle hielt, unter den anderen Toten. Er ließ seine Lampe und die Taschen fallen, unwirsch schüttelte er das dünne Männlein ab wie ein lästiges Insekt. Kurz ballte er seine Faust und schlug sie brutal mitten in das Gesicht des verzweifelten Angreifers. Ächzend sank die Gestalt zusammen, erhob sich aber sofort wieder. Aber bevor der alte di Carmacci seinen Angriff fortsetzen konnte, hob Henderson seine Lampe und schlug sie dem Mann mit brutaler Gewalt auf den Kopf. Giovanni di Carmacci verdrehte die Augen und fiel wie ein gefällter Baum um, Blut floss aus Nase und Mund.

Sofort war Henderson über ihm und würgte ihn so lange, bis jegliches Leben aus dem dürren Körper entwichen war. Voller Ekel betrachtete er die armselige Gestalt, die soeben ihren letzten Seufzer getan hatte.

In aller Ruhe stellte er die beiden Taschen in eine Ecke und schleppte den schlaffen Körper, der wesentlich leichter war als der seiner Frau, in das antike Arbeitszimmer.

»Jetzt seid ihr wieder vereint«, rief er hämisch, als er den Körper des Toten neben seine Frau legte. »Was für ein rührendes Bild.« Er lachte, während er den Arm des Mannes um seine tote Ehefrau drapierte. Einen Augenblick schaute er sich um, in seine schmalen Lippen grub sich ein dünnes Lächeln. Es wurde immer voller. Jetzt fehlte nur noch der Sohn.

Ohne Hast ging Henderson zum Ausgang des Ganges und nahm seine Taschen. Vorsichtig verließ er den Gang und schaute sich aufmerksam um. Vielleicht wartete ja das kleine Bürschchen hier auf ihn, um das zu vollenden, was der Vater nicht geschafft hatte. Aber alles war ruhig und niemand erwartete ihn.

Nur der Mond in seiner kalten Pracht schaute wie tadelnd auf den Mörder herab.

Wenig später hatte Henderson seine Beute im Kofferraum seines Wagens versteckt und fuhr zu seinem Hotel. Das Autoradio spielte *»Strangers in the night«* und Henderson begann die Melodie leise mitzusingen. Alles lief bestens.

LVII.

Neapel, 18. März frühabends

Es hatte doch etwas länger gedauert, aber dann saßen Pfarrer Schmidt aus Bonn und sein Organist Lemke bequem in den hinteren Sitzen des Busses und sahen voller Erleichterung aus dem Fenster, wie der Bus die Außenbezirke Neapels verließ. Langsam gingen kasernenartige Mietsblöcke in kleinere Wohnhäuser über, dürre Felder mit vertrockneter Vegetation säumten den Straßenrand. Hohe dürre Pappeln standen auf beiden Seiten der Straße.

Mit übergroßen Lunchpaketen hatte man sie ebenso eingedeckt wie mit mitfühlsamen Trostworten und so begannen sie die lange Rückreise zu genießen.

»Nein, was für ein Pech aber auch, Herr Pfarrer.« Eine ältere, dickliche Matrone mit stark blondiertem Haar, Doppelkinn und einem leichten Anflug von Damenbart lehnte sich zurück und fixierte die beiden Männer mit mütterlichem Blick. »Die Ganoven schrecken aber auch vor nichts zurück. Ausgerechnet einen Pfarrer beklauen sie, wo sind wir nur hingekommen! Dat könnte Ihnen aber in Düsseldorf nit passieren.«

»Sie konnten natürlich nicht wissen, dass sie einen Mann Gottes um die Brieftasche erleichterten, nicht wahr? Und hat nicht unser Herr gesagt, dass man dem, der dir die Jacke stehlen will, auch den Mantel geben soll?« Pfarrer Schmidt lächelte gütig.

Die Dame geriet unvermittelt in Erklärungsnot, fasste sich aber schnell wieder.

»Den Mantel, äh, ja, sicher, aber von der Brieftasche steht ja nun nichts in der Bibel, oder? Mit den ganzen Papieren und dem Geld. Sie müssen sicher hungrig sein, ne?«

Sie kramte in einer überdimensionalen Reisetasche und holte einen Beutel mit Obst, gekochten Eiern und zwei gebratenen Frikadellen hervor.

»Nehmen Se, Herr Pfarrer, dat is für Sie. Ich bin eh zu dick. Für Sie und Ihren Musikus, wie war der Name noch mal?«

»Lemke, äh, Maximilian Lemke, aber das können wir nicht annehmen. Die Fahrt ist lang und …«

Doch bevor der Organist seine Warnungen fortsetzen konnte, hatte ihm die Frau das Paket entschlossen in die Hand gedrückt. »Sie sind noch jung und können was vertragen«, hauchte sie und warf ihm einen aufmerksamen Blick zu. »Sind Sie eigentlich verheiratet?«

Bassler hatte sofort verstanden und runzelte die Stirn über diese plumpe Offenheit. Die würdige Dame war offensichtlich alleinstehend und da der Pfarrer aus wohlbekannten Gründen für diese Frage ausschied, galt ihm nun das plötzliche Interesse.

Aber bevor er noch antworten konnte, rief Diefenstein mit froher Stimme: »Nein, verehrte Dame, er ist noch frei«, und mit einem schelmischen Blick auf seinen Nachbarn ergänzte er, »sozusagen zu haben. Wissen Sie, der Gute ist zu schüchtern und traut sich nicht so recht.«

Er schmunzelte und legte seinem Organisten wohlwollend die Hand auf die Schulter. Bassler revanchierte sich mit einem bösen Blick, der eigentlich zu Diefensteins sofortigem Exitus hätte führen müssen, während die entzückte Dame dem schüchternen Organisten ein strahlendes Lächeln schenkte.

»Gravenbruch, Rita Gravenbruch. Aber sagen Se ruhig Rita zu mir!«

Bassler murmelte irgendetwas Unverständliches, ergriff dann zögernd die Hand: »Lemke, Peter Lemke.« Die Dame runzelte die Stirn. »Sagten Sie nicht gerade Maximilian?«

»Was? Äh, natürlich, Doppelname. Peter für meinen Opa, Maximilian für meinen, äh, Onkel.«

Frau Gravenbruch nickte beruhigt und biss herzhaft in eine überreife Birne, deren Saft arglos an ihrer geblümten Bluse herunterlief.

In dem Augenblick mischte sich ein weiterer Fahrgast von der anderen Sitzreihe ein, der das Gespräch offenbar aufmerksam verfolgt hatte. Ein älterer Mann mit Brille, ungnädigem Blick, schlecht sitzendem Toupet und vorstehenden fleckigen Zähnen.

»Dann kennen Sie sicher doch auch den Josef Alversbroich, Herr Pfarrer?«

Diefenstein marterte sein Hirn, wer das denn wohl sein könnte, und nickte dann lächelnd.

»Natürlich, eine der Stützen unserer Gemeinde, der gute alte Alversbroich.«

»Alt?« Der Mann hob die Augenbraue und lächelte süffisant. »Der Josef ist Messdiener bei Ihnen, fünfzehn Jahre alt und mein Enkel.«

Über Diefensteins Stirn zog eine Wolke des Unmuts ob dieser inquisitorischen Fragetechnik.

»Also, alle Messdiener kenne ich natürlich nicht. Josef, ist das nicht so ein kleiner Blonder?«

»Langes braunes Haar und 1,85 Meter groß«, kam die ernüchternde Antwort.

Mit listigen Augen wandte der Mann sich jetzt an den vermeintlichen Organisten.

»Sagen Sie, verehrter Herr Organist, haben Sie eigentlich schon mal die dritte Orgelsymphonie von Bach gespielt? Ich liebe dieses Stück!«

Bassler schluckte. »Äh. Die dritte von Bach. Äh, ja, ich glaube, es war an Weihnachten, vor, vor zwei Jahren.«

»Ist nicht einfach, nicht wahr, wegen der zahlreichen Tremoli, oder?«

Bassler nickte leicht verwirrt. »Nein, man muss schon gut üben!«

Der Mann rückte sein Toupet zurecht und setzte ein unfrohes Lächeln auf, an dem seine Augen nicht beteiligt waren.

»Ja, ja«, murmelte er wie geistesabwesend. Ein flüchtiger Blick streifte Frau Gravenbruch, aber dann schien er plötzlich das Interesse an der Fortsetzung des Gespräches verloren zu haben. Er murmelte ein paar unverständliche Worte, erhob sich und ging nach vorne. Diefenstein sah gerade noch, wie er sein Handy aus der Tasche angelte, wurde aber sofort wieder von Frau Gravenbruch in Beschlag genommen.

»Das war der Dr. Laumuth, pensionierter Musiklehrer, fast ein Kollege von Ihnen.«

Bassler nickte schmerzhaft, er war froh, keine weiteren Fragen zu einem Thema beantworten zu müssen, von dem er absolut keine Ahnung hatte. Warum musste sein Freund ihn gerade auch als Organist vorstellen! Als Lokführer, das wäre vielleicht noch gegangen, angesichts der großen Märklinanlage, die er im Keller hatte.

»Der Dr. Laumuth ist immer so mürrisch.« Die aufdringliche Stimme von Frau Gravenbruch riss ihn aus seinem Keller zurück. Sie lehnte sich so weit nach vorne, dass der Birnensaft auf den Anzug des Organisten tropfte. »Und eifersüchtig ist er.« Ein schelmisches Grinsen verzückte ihr kräftiges Gesicht. »Ist schon seit langem hinter mir her.«

Sie fuhr mit, wie sie meinte, koketter Geste durch ihr üppiges Haar. »Wissen Sie, als Witwe hat man es nicht leicht. Seit mein lieber Ferdinand vor sieben Jahren von seinem Schöpfer gerufen wurde, habe ich keine Ruhe mehr. Vor dem nicht und vor anderen auch nicht. Wir haben immer mittwochs Chorprobe und es vergeht kein Abend, an dem mich der Laumuth nicht fragt, ob er mich nicht nach Hause bringen kann. Dabei wohne ich nur hundert Meter vom Gemeindesaal entfernt.«

Die weiteren Worte drangen kaum noch zu den beiden Männern durch. Bassler war schon längst eingeschlafen, Diefenstein stand kurz davor. Die Anstrengungen der letzten Stunden forderten ihren Tribut. Endlich hatte auch Frau Gravenbruch diese offensichtliche Tatsache wahrgenommen und drehte sich enttäuscht ab.

Der Bus hatte jetzt bald die Auffahrt zur Autobahn erreicht, noch sechs Kilometer, wie ein verblasstes, von Ginster überwuchertes Hinweiszeichen anzeigte. Mit einem abrupten Bremsen konnte er gerade noch einem Vespafahrer ausweichen, der sich rücksichtslos vor ihm eingefädelt hatte. Die Gespräche im Bus waren weitgehend verstummt, eine allgemeine bleierne Müdigkeit schien die Insassen plötzlich befallen zu haben. Aus den Lautsprechern ertönten leise die *Vier Jahreszeiten* von Vivaldi.

Plötzlich ein weiteres abruptes Bremsen, der Bus kam zum Stehen. Erste Mitglieder des ermüdeten Kirchenchores öffneten erstaunt die Augen und sahen sich einem schwarzen Golf mit zuckendem Blaulicht und der Aufschrift *Polizia municipale* gegenüber. Vor dem Fahrzeug standen zwei Beamte, von denen einer eine Polizeikelle hochhielt. Der andere Beamte ging auf den Bus zu und machte unmissverständlich die Geste des Öffnens. Zischend öffnete sich die Vordertür.

Der Beamte, ein junger gutaussehender Bursche mit pechschwarzen Haaren, betrat den Bus und wurde sofort von dem Mann abgefangen, den Frau Gravenbruch eben noch als Dr. Laumuth vorgestellt hatte.

Ein kurzes Gespräch, dann deutete Dr. Laumuth auf die beiden neuen Passagiere, die friedlich gegeneinander gelehnt vom Schlaf übermannt worden waren. Unter den verblüfften Blicken der anderen Passagiere ging der Polizist mit federndem Schritt nach hinten und rüttelte Bassler unsanft an der Schulter.

»*Polizia. Passaporto, per favore!*«

Bassler fühlte sich unsanft aus seinem Traum gerissen, in dem er eben noch im häuslichen Garten mit seiner Frau gesessen hatte.

»Was? Wie bitte?«

Der Polizist wiederholte seine Aufforderung, lauter jetzt und mit der deutschen Ergänzung: »Die *Passa*, bitte!«, während der gesamte Bus in atemloser Spannung das Geschehen verfolgte.

Nur Dr. Laumuth gönnte sich ein triumphales Lächeln. Er hatte als Einziger die Nachrichten aufmerksam verfolgt und sofort geahnt, wer die beiden zusätzlichen Passagiere waren. Dass der Pfarrer seinen Enkel nicht kannte, der doch fast jeden zweiten Tag bei der Messe mit Inbrunst diente, hatte ihn in seiner Ansicht bekräftigt.

Und dass dieser selbst ernannte Organist, der wahrscheinlich nicht einmal die Blockflöte spielen konnte und keine Ahnung zu haben schien, dass Bach in seinem ganzen Leben keine dritte Orgelsymphonie verfasst hatte, sich an die von ihm so begehrte Witwe herangemacht hatte, hatte dem Ganzen die Krone aufgesetzt. Ein kurzer Anruf bei der örtlichen Polizei – und der unerwünschte Rivale war beseitigt.

Jetzt endlich war auch Diefenstein aus tiefem, traumlosen Schlaf aufgewacht und blickte mit wachsender Verzweiflung auf die staatliche Allmacht. Inzwischen hatte der zweite Beamte den Bus betreten. Sein dicker Bauch zeugte von einer übergroßen Vorliebe für Pasta und Pizza, seine strenge Miene von würdigem Berufsstolz. Aber sein Blick ließ auch keinen Zweifel daran, dass hier für die beiden flüchtigen Geistlichen Endstation war.

Die Geschichte von den gestohlenen Ausweisen vermochte die beiden Beamten keineswegs zu überzeugen. Und während der gesamte Kirchenchor von St. Peter in Düsseldorf vor Entsetzen die Hände vor den Mund schlug und lediglich Dr. Laumuth sich ein bösartiges Grinsen kaum verkneifen konnte, wurden die beiden Männer von den Polizisten aus dem Bus eskortiert, in den Streifenwagen verfrachtet und waren Minuten später fast schon verschwunden.

»Sehen Sie, liebe Frau Gravenbruch, da habe ich Sie wohl vor einem üblen Hochstapler bewahrt!«

Frau Gravenbruch blickte Dr. Laumuth verständnislos an.

»Und nicht nur das!«

Er erhob oberlehrerhaft seinen Finger und fixierte die arme Frau mit starrem Blick.

»Ich weiß, dass diese beiden Hochstapler wegen Mordes gesucht wurden!«

Sein schlechter Atem streifte die verwirrte Witwe, die sich angeekelt abwandte. Mit traurigen Augen blickte sie dem entschwindenden Polizeiwagen nach. Eine weitere Hoffnung hatte sich zerschlagen.

Nä, wat is dä Laumuth doch für ne widderlije Kääl!

LVIII.

Rom, Spätsommer 64 n. Chr.

Theophilos grüßt seinen geliebten Fronto in Schmerz und Tränen.

Oh Fronto, geliebter, treuer Freund, wenn ich diesen Brief schreibe, sind meine Augen blind von Tränen, die Stimme stockt mir und das Herz will mir vor Qual zerspringen. Warum, fragst du, vielleicht aber sind die furchtbaren Nachrichten auch schon zu euch gedrungen. Wenn nicht, so höre brevibus verbis, was geschehen ist:

Ein Brand hat Rom verwüstet, so groß und verderblich wie nie einer zuvor. Drei Stadtbezirke sind völlig verwüstet, weitere sieben mehr als zur Hälfte. Am dritten Tag nach den Iden des Iuli begann es, ein brennend heißer Tag, den der starke Wind nicht kühlte, sondern eher entfachte. Entstanden ist das Feuer an den Holzbuden vom Circus Maximus, wo die Garküchen, die Zauberer und Astrologi, die Medici und Giftweiber ihre hölzernen Bruchbuden haben. Du weißt, wie so etwas passiert: Eine der verbotenen Feuerstellen fällt um, zündet das strohtrockene Holz an, der Wind facht es an und breitet es in alle Richtungen aus.

Die Vigiles taten, was sie konnten, aber sie waren gegen diese übermächtige Feuersbrunst machtlos.

Die in Panik Fliehenden behinderten die, die helfen wollten, viele wurden zu Tode getrampelt, dazwischen die, die das Unheil für sich nutzen, rauben und plündern. Manche haben ihre ganze Habe verloren, andere ihre Familie, etliche beides. Einige tanzten sogar wie Besessene um das Feuer, legten gar Holz nach und schrien, dass das Ende der Welt gekommen sei. (Traurig zu sagen, dass ich unter diesen Verrückten auch Glaubensbrüder erkannte, die offenbar dachten, unser Herr käme nun mit Feuer und Schwert wieder und errichte sein Reich hier in Rom.)

Am sechsten Tag konnte man das Feuer am Rande des Esquilinus durch Brandschneisen fast löschen, danach brach es in den aemilianischen Besitzungen des Tigellinus wieder aus. Wie viele Häuser, Tempel, Paläste dem Feuer zu Opfer fielen? Keiner wird es je wissen.

Und der Caesar? Er weilte in Antium, eilte aber sofort herbei.

Er ließ das Marsfeld und seinen eigenen Park öffnen, um die Obdachlosen unterzubringen, versorgte sie mit Speise und Trank. Er ließ Behelfsbauten bauen, ließ aus

Ostia Getreide und Gemüse bringen und setzte den Getreidepreis fest, auf dass nicht üble Spekulanten an diesem Unglück ihre Geldbörse bereicherten.

Geliebter Fronto, was soll ich sagen? Mein Haus blieb von der Feuersbrunst verschont, aber liebe Freunde verlor ich, auch viele Mitglieder unserer jungen Gemeinde.

Wie es weitergeht? Ich weiß es nicht. Wie man hört, hat Nero große Baupläne und will Rom schöner denn je wieder aufbauen. (Es gibt sogar schlimme Gerüchte, nach denen der Caesar selbst den Brand befohlen hat, um danach ein neues Rom nach seinem Geschmack aufzubauen. Aber solch üblen Gerüchten darf man nicht glauben!)

Bete für uns alle, geliebter Freund. Ich berichte bald wieder.

Theophilos

LIX.

Pompeji nuova, 19. März frühmorgens

Francesco wachte mit einem unbestimmten Gefühl der Angst auf. Es war kalt in seinem ungeheizten Zimmer. So warm die Tage auch schon waren, die Nächte waren kühl und schlimmer noch ist die Kälte, die innen im Herzen wohnt. Kälte und Angst krochen wie Gespenster an seinen Beinen hoch.

Ein Blick auf den Wecker zeigte vier Uhr fünfzig, viel zu früh. Er könnte eigentlich noch schlafen, die Schule begann ja erst später. Doch dann überwältigte ihn der Gedanke an die verschwundene Mutter und beißender Schmerz durchzog ihn. Erste Tränen bahnten sich ihren Weg über das schmale Gesicht.

Minutenlang lag er da und gab sich den qualvollen Gedanken hin. Die Gedanken zogen ungeordnet und schmerzlich durch sein junges Gehirn, er konnte die Zusammenhänge nicht ordnen, aber er ahnte, dass etwas Schlimmes passiert war.

Und wieder packte ihn namenloses Grauen und das Gefühl, ganz allein auf dieser Welt zu sein. Er beschloss, seinen Vater zu wecken. Der wäre sicher nicht begeistert, aber mit einem musste er jetzt reden. Frostschaudernd griff er nach seinem fadenscheinigen Morgenmantel und schlüpfte in die Pantoffel.

Kurzzeitig kam Erinnerung an Wärme und behütete Herzlichkeit in ihm auf. Diese Micky-Maus-Pantoffel hatte er zum letzten Weihnachtsfest bekommen. Er spürte den Duft der Bratäpfel, sah seine Mutter in der Küche und den Vater schlafend im wohlig geheizten Wohnzimmer, vor dem Fenster der kleine Tannenbaum, geschmückt mit den alten Kugeln, die Oma hinterlassen hatte.

Um den Baum schlich Basta, seine Katze, und suchte nach kleinen Leckereien, die vom Baum gefallen waren.

Er schüttelte diese Gedanken aus einer anderen Zeit ab und schlich vorsichtig durch den kalten Flur. Zögernd klopfte er an die elterliche

Schlafzimmertür. Aber kein Schnarchen, kein unwilliges »Was willst du, Francesco?«, gar nichts. Er klopfte erneut und öffnete dann behutsam die Tür.

Das Bett war leer, unbenutzt lagen die Decken in willkürlicher Ordnung herum. Hier hatte diese Nacht keiner geschlafen.

Francesco war verwirrt. Der Vater hatte ihm ausdrücklich gesagt, dass er nicht zum Hotel zurückmüsse. Ein Ersatzmann sei eingesprungen.

Schnurrend strich Basta um seine Beine auf der Suche nach etwas Zärtlichkeit, ein leises Miauen zum Morgengruß.

Er hob die Katze auf und drückte sie fest an sich, als könne sie ihm etwas von der Wärme und Liebe geben, die er so vermisste. Dann setzte er sie behutsam auf den Boden. Er ahnte, wo er den Vater finden konnte.

Minuten später hatte er sich angezogen und verließ das Haus in die Nacht hinaus, die ihn mit Kälte und sternloser Dunkelheit empfing.

Bis zum geheimen Eingang war es nicht weit. Er hatte eine Taschenlampe mitgenommen und sah nun in ihrem schwachen Licht einen Kamm auf dem Boden, den alten lückenhaften Kamm seines Vaters. Sein Vater würde also hier sein.

Behutsam bog er die Büsche beiseite, die den Eingang tarnten, und schlich durch den feuchten Gang.

Hier war es noch kälter, feuchter und unheimlicher als draußen, und die Angst schnürte ihm fast die Kehle zu. Diesen Gang war er oft gegangen, meist mit dem Vater, oft aber auch allein, aber der Gedanke, dass die toten Pompejaner ihn erwarteten, bereitete ihm immer wieder höchstes Unbehagen.

Das karge Licht der Lampe wies ihm den Weg, während unheimliche Schatten auf den feuchten Wänden tanzten, lauernd und grotesk verzerrt säumten sie seinen Weg. Ein Blick auf den feuchten Boden ließ ihn erschauern. Schleifspuren, als habe jemand etwas Schweres über den Boden gezogen. Francesco biss sich auf die Lippen, bis sie bluteten. Dunkle Ahnungen stiegen in ihm auf, aber er schüttelte sie ab.

Jetzt noch die letzte enge Biegung und das alte Tablinum lag vor ihm. Immer noch hoffte er, die knarrende Stimme seines Vaters zu hören.

»Was machst du hier, dummer Junge, mitten in der Nacht?«

Aber keine Stimme, kein Geräusch zeigte an, dass der Vater dort sein könnte.

Dann war er am Ziel. Doch was er dort im Schein der Taschenlampe sah, ließ ihn vor Grauen erstarren. Er hatte seinen Vater gefunden – und die Mutter!

Polternd fiel die Lampe zu Boden und nachtschwarze Dunkelheit hüllte ihn ein.

LX.

New York, 19. März mittags

Betont lässig streckte sich Frank Henderson auf dem bequemen roten Ledersessel aus, in dem man Gefahr lief zu versinken. Gelangweilt blätterte er in der neuesten Ausgabe der *Business Week.* Seine massiven Kiefer bearbeiteten einen Kaugummi.

»Bitte ein wenig Geduld, der Chef hat sofort Zeit für Sie«, hatte Lisa gehaucht und war so schnell wie möglich hinter ihrem Schreibtisch verschwunden. Sie hatte Angst vor diesem Mann, der irgendwie eine diabolische Männlichkeit zu verströmen schien. Obwohl er auf seine Art gut aussah und von daher in ihr Beuteschema gepasst hätte, wäre es Lisa Bellinger niemals in den Sinn gekommen, mit ihm zu flirten. Zwar war sie nach ihrer zweiten Scheidung wieder einmal auf Partnersuche. Aber Henderson? Der nicht. Finger weg!

Und Henderson hatte auch nie einen Blick für sie gehabt, für ihn war sie sicher nur eine graue Schreibtischmaus, wahrscheinlich hatte er sie bislang nicht einmal als Frau wahrgenommen.

Auf der multifunktionalen Telefonanlage blinkte ein grünes Lämpchen.

»Sie können jetzt hineingehen, Mr Henderson.«

Henderson nickte der grauen Büromaus unterkühlt zu, griff nach der großen Ledertasche und schlenderte zum Zimmer seines Chefs. Er hatte sich alles genau überlegt. Zweiundsiebzig Rollen hatte er aus Pompeji mitgebracht, fünfunddreißig davon wollte er dem gierigen Baldwyn geben und den Rest selbst vermarkten. Er würde schon Abnehmer finden.

»Henderson, Mann, was bin ich gespannt. Was bringen Sie mir?«

Er deutete mit einer knappen Geste auf den Sessel vor seinem Schreibtisch. Seine geröteten fleischigen Wangen legten Zeugnis von seiner Aufregung, aber auch einem für die frühe Tageszeit ungewöhnlich hohen Alkoholkonsum ab. Mit der Eleganz eines betrunkenen Nilpferds ließ er sich in seinen Zweitausend-Dollar-Sessel fallen und fixierte seinen Angestellten mit einem Blick, in dem Dollarzeichen zu stehen schienen.

Henderson griff betont langsam zu seiner Tasche und holte eine Schriftrolle nach der anderen heraus, alle wohlverschweißt in vakuumierten Plastikbehältern, bis die Schreibtischplatte unter den Behältnissen verschwunden war.

Baldwyn hatte mitgezählt. »Fünfunddreißig Rollen? Ist das alles?«, keuchte er und griff gierig nach einer der Rollen.

Henderson zuckte mit der Schulter. »Mehr war nicht zu holen. Was jetzt noch da liegt, ist unbrauchbar. Übrigens sollten Sie sie nicht ohne Weiteres öffnen, sie vertragen unsere Luft nicht!«

Er sprach aus Erfahrung, denn die eine Rolle, die er noch in Pompeji geöffnet hatte, war unter seinen Fingern zerbröckelt.

»Woher wissen Sie das?« Baldwyns lauernder Blick war voller Misstrauen. »Haben Sie etwa eine geöffnet?«

»Sie ist mir beim Herausnehmen heruntergefallen und in tausend Stücke zerfallen.« Baldwyns Blick verdüsterte sich.

»So. Und sonst? Ist alles gut verlaufen oder gab es irgendwelche, sozusagen Schwierigkeiten?«

Henderson studierte seine manikürten Fingernägel und schüttelte blasiert den Kopf: »Keine Probleme, wie immer!«

Er hatte nicht vor zu erwähnen, dass die Aktion drei Menschen das Leben gekostet und eine gewaltige Polizeiaktion verursacht hatte. Am Flughafen hatte er keine Probleme gehabt: Ein Blick auf seinen Diplomatenpass genügte, um ihm und seiner wertvollen Fracht ungehinderte Ausreise zu gewähren.

»Okay, Henderson. Ich brauch Sie dann nicht mehr, vorerst. Holen Sie sich bei Lisa Ihr Honorar ab.«

Während Henderson das protzige Büro verließ, schweiften Baldwyns Blicke über seinen überladenen Schreibtisch. Er überlegte nur kurz, dann griff er in seine Schublade und holte eine kleine Schere heraus. Ein zischendes Geräusch, dann öffnete sich die Packung, mit zitternden Fingern holte er die kleine Rolle heraus ...

Zu dieser Zeit befand sich Henderson bereits im Fahrstuhl und grinste frech die Blondine mit dem unverschämten Ausschnitt an, die in der Registratur arbeitete und ihm einen kessen Blick zusandte.

In der Tiefgarage stieg er in seinen BMW Z4 und öffnete Baldwyns Briefumschlag. Er musste nicht lange zählen. Fünftausend Dollar! Ein höhnisches Grinsen verzog seine Lippen. Ein Trinkgeld, ein Taschengeld, etwas für die Kaffeekasse! Aber er würde schon auf seine Kosten kommen. Und er wusste auch schon, mit wem er den neuen Reichtum genießen würde.

Mit quietschenden Reifen und röhrendem Auspuff jagte er die Auffahrt hinauf und war Sekunden später im üblichen Verkehrschaos des *Union Square* verschwunden.

LXI.

Neapel, 19. März morgens

Monsignore Dr. Diefenstein hatte schlecht geschlafen. Besser gesagt: Er hatte gar nicht geschlafen. Seine karge Zelle, die er mit einem neapolitanischen Taschendieb namens Rafaelo teilte, der ihm ständig die Ohren vollschwatzte, die harte Matratze, aber vor allem sein seelischer Kummer hatten ihm keine Ruhe gegönnt. Sie hatten ihm alles abgenommen, was einen neuzeitlichen Menschen ausmachte, nur sein Brevier hatten sie ihm gelassen. Und in dem las er nun, das heißt, er versuchte es.

»Und du hast wirklich einen Mord begangen?«

Rafaelo blickte ihn erwartungsvoll an, erwartungsvoll und voller Respekt. Vor einem Geistlichen hatte er natürlich Achtung und vor einem Mörder erst recht. Schließlich stand der ja in der Hierarchie der Knackis weit höher als ein gemeiner Taschendieb. Aber ein Mörder im Priestergewand, das war was ganz Besonderes. Er freute sich schon darauf, seinen Kumpanen im Forcella von Neapel über diese Begegnung zu erzählen. Die würden Augen machen. Und natürlich würde er die Geschichte ein wenig ausschmücken und den Mithäftling etwas anders schildern, etwas größer, schwerer, brutaler, mit Narben im Gesicht und so.

Diese Frage hatte er nicht zum ersten Mal gestellt. Und wieder bekam er die gleiche Antwort.

»Natürlich nicht, mein neapolitanischer Freund. Ich bin unschuldig!«

Diefenstein blickte geduldig von seinem Brevier auf und lächelte seinen Mithäftling freundlich an. Der Bursche war gar nicht unsympathisch. Ein junger Mann mit schwarzen ungebändigten Locken wie der junge Dean Martin und einem hübschen, etwas weibischen Gesicht wie Leonardo di Caprio in seinen ersten Filmen. Schade ...

»*Si, si, naturalmente!*« Rafaelo lächelte und entblößte ein lückenhaftes Gebiss.

»Schau dich hier nur um, Hochwürden. Wir sind hier alle unschuldig. Und ich besonders, du wirst sehen, morgen bin ich wieder raus. Aber du?«

Er wiegte den Kopf und versuchte nachdenklich zu wirken.

»Mord, das ist kein Spaß! Das ist übel, sehr übel. Ich kenne da einen guten Anwalt. Avvocato Stinelli, der hat mich schon ein paar Mal rausgehauen. Ein guter Mann ist das, aber nicht billig. Und meinen Freund Giovanni, der den Einbruch bei Feccotti begangen hat.«

Die interessanten Ausführungen des Taschendiebs wurden unterbrochen, weil sich ein Schlüssel in der Tür drehte. Ein uniformierter Beamter erschien.

»Signore Tiefenstein, mitkommen!«

Diefenstein wurde in einen karg möblierten, großen Raum geführt, der den spröden Charme der Sechzigerjahre verströmte. Zwei altmodische Schreibtische mit vorsintflutlichen Computern, mehrere Holzstühle und ein großer Aktenschrank, dessen Rollladen offen stand und eine Fülle nummerierter grauer Aktenordner offenbarte. Eine altmodische Kaffeemaschine gab die vertrauten Geräusche eines Kaffees ab, der sich in seiner letzten Entwicklungsphase befindet. An den grau getünchten Wänden hingen mehrere Poster, welche die verschiedenen Aufgaben der Polizei darstellten.

Neben dem Fenster hing ein altes Mannschaftsbild vom SSC Neapel. *Coppa Italia 1987* stand in großen goldenen Lettern über dem verblichenen Bild, in dessen Mitte Diefenstein den Altstar Maradona erkennen konnte.

Der Blick aus dem Fenster verkündete das erste Erwachen eines grauen Morgens. Es war sieben Uhr dreißig.

An dem größeren Schreibtisch saß ein etwas übergewichtiger Mann von respekteinflößender Größe, an dem anderen eine aparte junge Dame mit kurzem braunen Haar, die entspannt mit ihrer Brille spielte. Ein weiterer Beamter, von untersetzter Gestalt und nahezu kahlköpfig, lehnte am Fenster und betrachtete den Eintretenden aufmerksam. Den kannte Diefenstein, er hatte ihn im Bahnhof und in der Kirche gesehen. Offenbar ein nachgeordneter Mitarbeiter. Diefenstein hatte schnell ausgemacht, wer hier der Chef war.

Und der wies jetzt mit einer knappen Bewegung auf den Stuhl vor seinem Schreibtisch.

»Ich bin Commissario Faccetti«, dröhnte eine markante Bassstimme, »das sind meine Assistenten Sivori und Bavoč. Sie sind Deutscher, Signore Dieferstein. Können wir unsere Unterhaltung auf Italienisch führen oder soll ich einen Dolmetscher kommen lassen?«

»Diefenstein, Dr. Diefenstein«, korrigierte der Angesprochene. Er war nervös und angespannt. Angst und Ungewissheit lasteten schwer auf seiner gepeinigten Seele.

In solch einer Situation hatte er sich noch nie befunden. Und wo war eigentlich sein Freund Bassler? Seit der Einlieferung hatte er ihn nicht mehr gesehen.

»Ich spreche gut Italienisch, wir brauchen keinen Dolmetscher. Wo ist eigentlich mein Freund Bassler?«

»Dazu kommen wir später, Signore Doktor Diefenstein.«

Er rückte seinen Stuhl zurecht und griff nach einer schmalen Akte, die vor ihm lag.

»Stört es Sie?«

Ohne eine Antwort abzuwarten fingerte er eine Zigarette aus der Packung und zündete sich einen der Glimmstängel an.

Diefenstein hätte es eigentlich schon gestört, aber er fand es in der augenblicklichen, für ihn nicht besonders vorteilhaften Situation besser, diesen Verstoß gegen die guten Sitten zu ignorieren, und schüttelte schweigend den Kopf.

Faccetti inhalierte tief und fixierte sein Opfer.

»Das hier ist kein Spaß, es geht nicht um falsches Parken, Signore. Sie werden des Mordes verdächtigt. Des Mordes an einem Mann namens Carmelo Vernatti, einem ehemaligen Priester. Und Sie wurden zusammen mit Ihrem Freund Bassler von zuverlässigen Zeugen am Tatort gesehen. Wie gut kannten Sie den Mann?«

Diefenstein schüttelte erstaunt den Kopf. *Wer soll das denn sein? Oder ist das etwa ...*

»Ver..., Vernatti? Den Namen habe ich noch nie gehört.«

»So«, raunzte Faccetti, »nie gehört, ja? Hilft Ihnen das weiter?«

Das Bild des Toten, das Faccetti aus der Akte herausholte, zeigte ein bleiches, verkrampftes Gesicht mit halb geschlossenen Augen. Kein

Zweifel, das war der Mann, den Diefenstein unter dem Namen Pater Danelli kennengelernt hatte. Der falsche Danelli natürlich.

Diefenstein räusperte sich und holte tief Luft.

»Ja, ich kannte diesen Mann. Ich habe ihn unter dem Namen Pater Danelli kennengelernt, später wurde mir klar, dass der Name falsch war. Aber seinen richtigen Namen habe ich nie gehört. Er hat sich als Beauftragter des Vatikans ausgegeben.«

Jetzt wandte sich die junge Dame an ihn, mit einer aparten Geste strich sie sich das kurze Haar aus der Stirn und setzte die Brille auf. Zwei kluge Augen waren auf ihn gerichtet.

»Was macht ein Beauftragter des Vatikans im Hotelzimmer eines deutschen Touristen in Pompeji, erst recht, wenn sich herausstellt, dass er gar nicht vom Vatikan kommt?«

Diefenstein wurde blass, nervös trommelten seine Finger auf dem Tisch. Mit einer fahrigen Bewegung wischte er sich den Schweiß von der Stirn.

Zeit, reinen Tisch zu machen. Es war ihm klar, dass er aus dieser Geschichte – wenn überhaupt – nur rauskommen würde, wenn er rückhaltlos die Wahrheit erzählte. Es gab aber auch gar keinen Grund mehr, irgendetwas zu verschweigen.

Und so begann er zu erzählen: von dem kleinen Francesco, dem er die ersten Schriftrollen abgekauft hatte; von dem falschen Pater Danelli, den er später tot im Hause des Jungen aufgefunden hatte; von dem richtigen Danelli, dem er die Schriftrollen gegeben hatte. Nichts ließ er aus.

Dann lehnte er sich sichtlich erschöpft zurück und griff dankbar nach dem Kaffee, den man ihm hingestellt hatte.

Die Polizeibeamten hatten schweigend zugehört, sich Notizen gemacht. Faccetti hatte mindestens drei Zigaretten geraucht.

Während draußen die Sonne erste wärmende Strahlen schickte, versank der Raum im Dunst von Kaffee und Nikotin.

Eine Zeit lang herrschte Schweigen.

Dann ertönte wieder die tiefe Bassstimme.

»Und warum sind Sie damals in Ihrem Hotel in Pompeji mit dieser zirkusreifen Posse vor uns geflohen, wenn Sie doch unschuldig sind?«

Ein Anflug des Lächelns zog über Diefensteins Gesicht, als er an die Szene mit dem Wäschewagen dachte.

»Weil wir unsere Unschuld genauso wenig wie jetzt beweisen konnten. Wir hatten Angst vor einem Skandal und davor, dass die Polizei die Situation falsch einschätzen könnte.«

Und mit einem bitteren Zug um die Mundwinkel fügte er hinzu: »Genau so, wie es jetzt geschieht!«

Der Commissario hatte schweigend den Ausführungen des verbitterten Verdächtigen zugehört. Er wirkte nachdenklich.

Nachdem er sich eine weitere Zigarette angezündet und den Rauch in kunstvollen Kringeln in die Luft geblasen hatte, zeigte er mit seinem Finger auf Diefenstein und dröhnte: »Einen Teil Ihrer Angaben haben wir schon vorher überprüft. Manches erscheint glaubhaft. Das Rätsel besteht in der Frage: Wer hat den falschen Danelli ermordet, den Vernatti, wenn Sie es nicht waren? Und warum?«

»Warum? Genau! Welches Motiv hätte ich denn gehabt?«, konterte Diefenstein. Er wirkte jetzt ruhiger und entspannter. Irgendwie hatte es gutgetan, sich das alles von der Seele zu reden. »*Cui bono?* Ist das nicht die erste Frage, die man sich in solch einem Fall stellt? Es gibt absolut kein Motiv, weshalb ich den Mann hätte töten sollen. Für mich war er ein Beauftragter des Vatikans, dem ich vertraute. Er ist allein in jenes Haus gegangen, ich habe mit Bassler draußen gewartet. Als ich kam, war er ja bereits tot. Der Mörder muss bereits im Haus gewesen sein!«

Er unterstrich seine letzte Bemerkung mit einer ausholenden Bewegung des Arms.

»Und vergessen Sie bitte nicht, ich bin Geistlicher, katholischer Priester, und mein Freund Bassler ist evangelischer Pfarrer. Wir sind schon sozusagen von Berufs wegen als Täter ungeeignet.«

Bei dieser Bemerkung rang er sich ein gequältes Lächeln ab.

Faccetti schmunzelte, Bavoč hüstelte und Sivori zeigte ein dezentes Lächeln.

»Wenn Sie wüssten«, sagte sie leise, »welche Würdenträger Ihres Clubs schon hier gesessen haben, würden Sie dieses Argument nicht vorbringen. Richtig ist aber, dass ein klares Motiv nicht ersichtlich ist.« Angela Sivori wiegte nachdenklich ihren hübschen Kopf.

»Aber irgendjemand hat Vernatti umgebracht!«

Zum ersten Mal hatte der untersetzte Mann am Fenster sich eingemischt, den Faccetti als Bavoč vorgestellt hatte. Der Kahlköpfige warf einen Blick auf den schweigenden Faccetti und fuhr fort. »Haben Sie eine Vorstellung, Dr. Diefenstein, wer da noch im Spiel ist? Fest steht, dass der arme Vernatti weder Selbstmord begangen hat noch von der ortsansässigen Katze getötet wurde.«

Diefenstein musste fast schmunzeln. *Sieh an, man verfügt hier sogar über Humor.* Aber so gern er diese Frage des Assistenten auch beantwortet hätte, er hatte keine Vorstellung. Schweigend schüttelte er den Kopf.

»Va bene«, verkündete der Bass des Commissarios nach einer kurzen Pause.

»Wir werden Sie jetzt erkennungsdienstlich behandeln lassen und die Angaben Ihres Freundes hören. Dann sehen wir uns wieder. Übrigens steht Ihnen selbstverständlich ein Anwalt zu. Kennen Sie hier einen Anwalt?«

»Avoccato Stinelli ist mir recht gut bekannt, aber ich denke, ich verzichte einstweilen.«

Als Faccetti den Namen Stinelli hörte, verschluckte er sich an seinem Kaffee und prustete auf seinen Schreibtisch. Achtlos drückte er die Zigarette in der Tasse aus. Sein Blick umwölkte sich plötzlich.

»Stinelli? Woher kennen Sie denn diesen neapolitanischen Eierdieb, die schwarze Seele der Justiz?«

Diefenstein lächelte und klärte den entsetzten Beamten auf. Dann wurde er zurück in seine Zelle geführt.

LXII.

Tusculum, Herbst 64 n. Chr.

Theophilos grüßt seinen Fronto.

Ich schreibe diesen Brief, den wieder mein zuverlässigster Bote überbringt, nicht aus Rom, und das aus gutem Grund. Geliebter Freund, alles ist noch viel schlimmer geworden und ich finde die Worte kaum, um dir alles zu berichten.

Ich hatte dir von dem großen Brand erzählt, der unsere schöne Stadt so gefräßig vernichtet hat. Nachdem das erste Entsetzen abgeklungen war, begannen sofort die umfangreichsten Aufräum- und Aufbauarbeiten, die du dir vorstellen kannst. Zugleich erfolgte die unvermeidliche Besänftigung der Götter. Man befragte die sibyllinischen Bücher, hielt Opferungen für Vulcanus, für Ceres und Proserpina ab und versöhnte Juno durch Besprengen mit Wasser. Leere Rituale, die nur von Dummen vollzogen und von noch Dümmeren begrüßt werden.

Aber es kommt noch schlimmer: Auch hatte ich dir von den Gerüchten erzählt, die dem Kaiser selbst eine Schuld an der Entstehung gaben. Und trotz aller Wohltaten, Hilfsmaßnahmen und Schenkungen des Kaisers wollten sie nicht verstummen und erreichten offenbar auch den Palatin. Und so schien es dem Kaiser geraten zu sein, die Schuld auf andere Schultern zu verteilen. Und wer lag da schon näher als jene verhasste und unduldsame Gruppe, die sich Christen nennt?

Ja, mein Freund, du liest richtig, auch wenn sich der Papyrus unter meinen Tränen wölbt.

Uns gibt man die Schuld, uns, denen Liebe, Vergebung und Güte so viel näher liegen als Hass und Feindschaft. Man hört, dass der üble Tigellinus dem Caesar zu dieser Lösung geraten hat. Nun verfolgen sie uns und wer nicht rechtzeitig flieht oder sich bestens verbirgt, den spüren sie in den hintersten Winkeln auf, Männer, Frauen und Kinder, die kleinsten sogar. Sie sperren uns ein, Rom hat nicht Kerkermauern genug, um all die Unschuldigen aufzunehmen. Was mit ihnen wird? Keiner weiß es und man hofft auf die Gnade des Caesars, obwohl doch eigentlich nur Schuldige auf Gnade hoffen müssen, oder?

Ich gebe zu: Auf Drängen Lavinias habe ich mich auf mein Landgut zurückgezogen. Sie macht mir zwar Vorwürfe und meint, es habe ja wohl einmal so kommen müssen, gleichwohl fürchtet sie um mich. Aber immer kann ich mich hier nicht verstecken.

Aber die erschütterndste Begebenheit muss ich dir noch erzählen:

Auf unser energisches Drängen hin hatte endlich auch Petrus sich entschlossen, Rom zu verlassen, denn wenn schon die Gemeinde ausblutet, muss man wenigstens die Führer retten. So hatten wir ihn in dunklen Nächten der Angst zur Flucht gedrängt. Aber weit ist er nicht gekommen.

Und nun, geliebter Fronto, hör gut zu, denn es ist schier unglaublich, was man sich erzählt. Petrus hatte also nur in Begleitung des jungen Markus Rom über die Via Appia verlassen, aber kaum hatte er die Tore Roms hinter sich gelassen, da begegnet er Christus dem Herrn! Ja, du hast richtig gehört. Ob es stimmt, weiß ich nicht, weil Petrus seitdem nicht mehr gesehen wurde und ich keine Gelegenheit mehr hatte, mit dem großen Apostel selbst zu sprechen. Frage mich auch nicht, wie so etwas denn geschehen könne, aber bei Gott ist nichts unmöglich.

Und Petrus fragt Christus: »Wohin gehst du, Herr?«

Und Christus antwortet ihm: »Ich gehe nach Rom, um mich ein zweites Mal kreuzigen zu lassen.«

Daraufhin dreht Petrus um und kehrt nach Rom zurück. Wo er jetzt ist: Ich weiß es nicht, aber ich befürchte das Schlimmste.

Sicher seid ihr in der Provinz vor solchen Nachstellungen noch sicher. Aber wie lange noch? Wie es hier weitergeht? Auch das weiß ich nicht. Sicher ist, dass ich mich nicht hier auf meinem Landgut verstecken werde. Wenn unsere Gemeinde in Not ist, werde ich bei ihr sein!

Ich bete zu unserem gütigen Gott, dass er uns in diesen Zeiten der Drangsal nicht im Stich lässt. Aber wenn ich an das denke, was da kommen mag, befällt mich eine lähmende Angst, denn ich bin nicht so tapfer, wie ich sein sollte.

Bleibe auch du mit uns im Gebet vereint – und schreibe mir im Augenblick nicht! Der Brief könnte in falsche Hände kommen und dich ebenfalls in Gefahr bringen.

Theophilos

LXIII.

Neapel, 19. März mittags

Eine dünne Gerstensuppe mit der dezenten Andeutung von Speckstreifen, ein Kanten Brot und eine Portion Nudeln mit undefinierbarer Soße waren das Mittagessen gewesen.

Rafaelo, sein kurzzeitiger Zellennachbar, hatte ihn wie angekündigt bereits verlassen.

Wehmütig blickte der vereinsamte Monsignore aus dem kleinen, schmutzigen Fenster, als sich plötzlich der Schlüssel quietschend in der schweren Holztür drehte. Der gleiche Beamte wie am Morgen führte in wieder in das Vernehmungszimmer, in dem zu seiner großen Freude bereits sein Freund Bassler saß. Erfreut wollte Diefenstein auf ihn zugehen, aber er wurde in seiner Freude gebremst.

»Keine Zeit für eine große Wiedersehensfeier!«, dröhnte Faccetti und wies auf einen Stuhl. Angela Sivori saß an ihrem Schreibtisch und nickte ihm kühl zu, der andere Mitarbeiter war nicht im Zimmer. *Was soll das jetzt bedeuten?*

Aber schon riss ihn die Stimme des Commissarios aus seinen Gedanken.

»Wir haben zwei weitere Tote! Beide ermordet!« Diesmal sprach er für seine Verhältnisse ungewöhnlich leise.

»Für uns bedeutet das ein Riesenproblem, für Sie die Freiheit!«

Die beiden Geistlichen guckten ihn ungläubig an. Doch bevor sie Fragen stellen konnten, schlug der Beamte eine Akte auf und wies auf zwei Bilder.

»Die Eheleute Antonia und Giovanni di Carmacci, die Eltern des kleinen Francesco! Beide wurden inzwischen tot aufgefunden.«

Bassler schlug entsetzt die Hände vor das Gesicht, Diefensteins Miene war versteinert.

»Beide erwürgt! Der Junge hat sie gefunden, Francesco.«

Er machte eine kurze Pause und nippte an seinem Kaffee.

»Wir wissen jetzt auch, woher die Schriftrollen kommen. Es gibt da im Grabungsgelände eine verschüttete Höhle. War früher wohl mal ein Haus.«

»Ein *Tablinum*, das Arbeitszimmer des Hausherrn«, ergänzte Sivori.

»Äh ... was? Ja, genau. Da lagen die Schriftrollen und da lagen auch die beiden toten di Carmaccis. Der Täter hat sie um eine Gruppe von, wie soll ich sagen, von ...?«

Wieder ergänzte Angela Sivori: »Es könnte sich um den Hausherrn und Verwandte oder auch Sklaven gehandelt haben. Sogar sein Name ist bekannt. Es handelt sich um einen reichen Pompejaner namens Marcus Lucretius Fronto. Ein Teil seines Hauses wurde bereits ausgegraben, aber ein anderer Teil nicht. Und in dem noch nicht ausgegrabenen Teil befand sich der Raum mit den Rollen. Offenbar haben die Einwohner dort Rettung gesucht, als die Katastrophe begann.«

Sivori handelte sich wegen ihrer ausführlichen Erklärung einen unwilligen Blick ihres Chefs ein, den sie kühl wegsteckte.

»*Tabilium*, Arbeitszimmer, wie auch immer. Für Sie, meine Herren, ist das die Rettung. Erstens hat die Untersuchung beider Toter keine DNA-Spuren von Ihnen zutage gebracht, und zweitens ist sich der Gerichtsarzt sicher, dass die beiden zu einem Zeitpunkt ermordet wurden, als Sie bereits Pompeji verlassen hatten.«

Er lehnte sich zurück, zündete sich einen der unvermeidlichen Glimmstängel an und wartete gespannt auf die Reaktion beider Männer.

Aber statt grenzenloser Freude herrschte tiefstes Entsetzen.

»Mein Gott, der arme Junge! Beide Eltern hat man ihm genommen.« Bassler war entsetzt.

»Wer kann das getan haben, und warum?« Diefensteins Stimme war kaum zu vernehmen.

Facceti schien die Reaktion der Männer zu gefallen. *So reagiert kein Täter!*

»Den Täter kennen wir noch nicht. Vielleicht waren es auch mehrere. Aber über das Motiv dürfte jetzt Klarheit herrschen.«

Faccettis Ton war gewohnt sachlich. Solche Tragödien hatte er schon zu oft erlebt, um selbst betroffen zu sein.

»Die Dinger sind Millionen wert.«

Diefenstein und Bassler blickten ihn fragend an.

»Die Schriftrollen, meine ich. Es lagen noch etliche in diesem verborgenen Raum. Rollen, die die Katastrophe aus dem Jahre ...«

»... 79 nach Christus«, hauchte Sivori.

»... also von damals überstanden haben. Die übrigen muss der Täter an sich genommen haben. Und sie sind in einem besch..., entschuldigen Sie, einem bemerkenswert guten Zustand. Museen oder gar Sammler würden Millionen dafür zahlen. Da liegt das Motiv. Geldsucht, Habgier, das alte Lied. Da zählen Menschenleben nichts. Irgendjemand muss von diesen Rollen erfahren haben und auch, wie man an sie herankommt. Die Familie di Carmacci hat jahrelang gut von ihrem Verkauf gelebt. Aber wir sind sicher, dass weder der falsche Danelli noch Sie damit etwas zu tun haben. Wir haben inzwischen auch Kontakt mit dem Vatikan aufgenommen und auch dort wird Ihre Version bestätigt.«

Er machte eine kurze Pause.

»Pater Danelli, der richtige natürlich, hat sich sehr für Sie eingesetzt. Ist übrigens 'ne richtig große Nummer dort. Jedenfalls stehen Sie nicht weiter unter Verdacht.«

Faccetti stand auf. Mit seiner imposanten Größe überragte er die beiden Geistlichen deutlich. Eine gewaltige Pranke streckte sich ihnen entgegen.

»Es tut mir sehr leid, dass wir Sie hier festhalten mussten, aber Sie verstehen schon. Die Umstände.«

Hastig ergriffen Diefenstein und Bassler die Hand. Die Erleichterung war ihnen deutlich anzumerken.

Fraccetti griff in die Schublade seines Schreibtisches.

»Hier haben Sie Ihre Pässe wieder. Bitte holen Sie sich Ihr Eigentum an der Arrestpforte ab.«

»Wir können nach Hause fliegen?«

»Es gibt nichts, was dagegen spricht. Wenn wir noch irgendwelche Aussagen benötigen, werden wir das über unsere deutschen Kollegen regeln. Guten Heimflug!«

LXIV.

Rom, Herbst 64 n. Chr.

Theophilos grüßt seinen vielgeliebten Fronto ein letztes Mal.

Oh Fronto, oh geliebter Freund.

Wenn du diese Zeilen in deinen Händen hältst, mag ich schon zusammen mit meinen Brüdern und Schwestern im Reiche unseres Herrn versammelt sein, wenn dann Hoffnung und Glaube nicht trügen.

Die Hand meines getreuen Demetrios sträubt sich zu schreiben, meine Lippen zögern, die letzten Worte zu diktieren. Das Herz verkrampft vor so viel Schmerz, und doch muss es berichtet sein, auf dass es niemals vergessen werde:

Es ist alles noch viel schlimmer gekommen, als meine letzten Zeilen befürchten ließen.

Zuerst wurden die von uns gefasst, die sich offen als Christen bekannten, und auf ihre Anzeige hin dann eine riesige Menge Menschen.

Denn die einen gaben aus Not und Angst, andere gar aus Neid die Namen derer preis, die im gleichen Glauben verbunden waren. Sie wurden auf den Straßen und Gassen eingesammelt wie Vieh, andere wurden in ihren Häusern abgeholt, manche aus dem Schlaf gerissen. Wie übelste Verbrecher wurden sie in den Kerker gebracht, Hohn und Spott, Gewalt und Lästerung mussten sie ertragen. Manche junge Frau wurde erst von den Henkersknechten schmählich missbraucht, ehe sie in die Arena geschickt wurde. Eine Jungfrau dürfe man nicht hinrichten, das sei altes römisches Recht, höhnten die Knechte.

Und sie wurden nicht der Brandstiftung, aber doch des Hasses gegen das menschliche Geschlecht und anderer abwegiger Vorwürfe angeklagt und in schnellen Verfahren verurteilt. Ihre Göttin des Rechts muss sich entsetzt abgewendet haben.

Und jetzt, wo unsere Verfolgung von höchster Stelle erfolgt, bricht sich all der angestaute Hass im Volk gegen uns seine Bahn und es gibt keine Verfehlung, derer wir nicht beschuldigt werden: Kannibalismus, Kindstötung, Gotteslästerung, Majestätsbeleidigung, sittenwidrige Riten, Verachtung des Staates.

Kein Übel, an dem wir nicht die Schuld tragen: Wenn der Tiber steigt und die Ufer überschwemmt; wenn der Nil nicht steigt und die Felder bewässert; wenn es zu viel regnet oder gar nicht; wenn die Erde wie bei euch in Pompeji bebt oder eine Seuche das Land befällt; wenn eine Schlacht wie in Britannia verloren geht und eine Legion ihren Adler verliert; immer heißt es jetzt: Christiani ad bestias – die Christen vor die Löwen!

Und man macht aus der Hinrichtung der Unsrigen gar ein lustiges Fest, das dem johlenden Volk gefällt: Sie werden in Tierhäute gesteckt und dann entweder in der Arena von Hunden und Löwen zerfleischt. Oder sie werden ans Kreuz geschlagen und angezündet, um nach Eintritt der Dunkelheit als lebendige Fackeln zu dienen. Ja, mein Freund, du hörst richtig. Alles, was eine verderbte Menschenseele sich ausdenken kann, geschieht den Opfern.

Nero selbst, der unselige Herrscher, hat seine eigenen Parkanlagen für dieses grausame Schauspiel hergegeben und verbindet es mit einer Zirkusaufführung.

In der Tracht der Wagenlenker treibt er sich unter dem johlenden Volke umher oder fährt auf dem Rennwagen, bejubelt von der entmenschten Menge.

Ob unser Gott uns verlassen hat, uns, seine treuesten Diener? Oder ob dies die große Prüfung ist, derer wir uns würdig erweisen müssen? Ich weiß es nicht.

Das alles wird von den wenigen berichtet, die dem Henker entkommen konnten. Denn überall herrschte große Unordnung und mancher, der schon im Kerker weilte, konnte durch Bestechung entkommen.

Manchmal, aber zu selten, ist es Mitleid, das den Opfern von der Menge entgegenschlägt. Wenn eine junge Mutter, die Brüste von Milch noch tropfend, zitternd in der Arena steht, das Neugeborene im Arm und mit schreckgeweitetem Blick auf die schwanzschlagende Bestie starrt, die sie gleich zerfleischen wird.

Petrus, der große Apostel, der uns alle vor dieser Drangsal warnte, er ist am Kreuz gestorben wie unser Herr. Freilich, wie man erzählt, mit dem Kopf nach unten, da er sich als unwürdig erklärte, in gleicher Weise zu sterben wie sein Herr. Was aus den anderen geworden ist, weiß ich nicht. Aber sicher sind die meisten tot, verbrannt, gekreuzigt, zerhackt oder von wilden Bestien zerstückelt.

Mich werden sie bald holen, denn der Caesar liebt es, sich am Vermögen der Verurteilten zu bereichern, und bei mir wird er reiche Beute machen. Nur so kann er seine wahnwitzigen Pläne des Neuaufbaus verwirklichen. Goldene Häuser will er vom Geld der Gehenkten bauen lassen, der Wahnwitzige!

Lavinia aber, der immer noch mein Herz gehört, ist in Sicherheit bei ihren Verwandten in Faesulae und das beruhigt mich.

Dass ich dich aber, geliebter Freund, nie mehr sehen werde, bricht mein Herz.

So sei meiner ewigen freundschaftlichen Liebe versichert. Mein treuer Demetrios wird diese letzten Zeilen meinem treuen Großneffen Aphasios übergeben und dann Rom für immer verlassen. Er kehrt zurück ins Land der Hellenen.

Aber was auch geschieht, treuer Freund, verliere deinen Glauben nicht. Auch wenn ich zittere und zage angesichts dessen, was mir bevorstehen mag, mein Glaube ist fest, schön und stark. Ich weiß es, ich werde mit den anderen Brüdern und Schwestern unseren Herrn Jesus Christus sehen, ihn hören, seinen Trost erfahren.

Das Schönste kommt erst noch!

Sei umarmt und in brüderlicher Liebe gegrüßt. Vergiss mich nicht!

Theophilos

LXV.

New York, 21. März abends

Frank Henderson hatte seinen bevorstehenden Coup ausgiebig und teuer gefeiert.

Im *Peppermint's*, einer trendigen Lounge am *Lincoln Center* in Manhattan, hatte er hoch über den Wolken etliche Cocktails und Martinis geschlürft und dabei den Blick auf Manhattans Skyline genossen. Hier trafen sich die Reichen und Schönen oder wer sich dafür hielt. Banker und Berater, Unternehmer und Zocker, Analysten und Architekten, dazwischen Regisseure und kleine Sternchen aus dem Showbusiness, die immer noch an den Zauber der Besetzungscouch glaubten. Eine kleine Rothaarige an der Bar hatte ihm ihre Handynummer gegeben und Henderson leckte sich genießerisch über die Lippen.

Er beschloss, Joan anzurufen und ein kurzfristiges Date zu vereinbaren. Aber irgendwie schien Joan Baldwyn nicht in der richtigen Stimmung zu sein. Er handelte sich eine eiskalte Abfuhr ein und beendete das Gespräch mit verkniffenen Lippen.

Egal, jetzt stand erst einmal ein wichtiges Geschäft an. Am Nachmittag hatte er mehrere Telefongespräche geführt und sich für den Abend mit Joseph Johnson verabredet, einem bekannten Kunsthändler, der mit allem handelte, was gut und teuer war. Johnson, von Freunden und Bekannten nur JJ genannt, war allerdings mindestens so bekannt wie zwielichtig und die Polizei war schon mehrfach in seinem luxuriösen Etablissement aufgetaucht und hatte gesucht – aber nichts gefunden.

JJ zahlte gut, fragte selten nach der Herkunft der Exponate und war äußerst verschwiegen, der richtige Mann für die geplante Transaktion.

»Was das Zeug wert ist, kann ich nicht sagen, muss es erst sehen. Aber wenn es sich um genau das handelt, was du beschreibst, kommen wir ins Geschäft und wir werden beide eine ordentliche Scheibe vom Kuchen abschneiden!«

Johnsons säuselnde Stimme klang noch in seinen Ohren. Und so hatte er alle Schriftrollen sorgsam vakuumiert, in einen schweren Metallkoffer gepackt und war nun auf dem Weg zu Joseph Johnson.

Johnson leistete sich ein sündhaft teures Apartment am *Madison Square Park*, das nur Eingeweihte kannten – und Henderson gehörte zu diesem erlauchten Kreis.

Er befuhr nun die *Columbus Ave* in südlicher Richtung. Ein Blick auf seine Rolex zeigte zweiundzwanzig Uhr fünfundvierzig. Er war spät dran und JJ wartete nicht gerne. Die Straße war wenig befahren und er stemmte den Fuß auf das Gaspedal. Sein Z4 sprang nach vorne und der Motor röhrte auf.

Henderson lächelte, als er einen Porsche links überholte und einem Chrysler elegant auswich und wieder auf die Überholspur fuhr.

Zur linken Seite kamen jetzt die Spitzen des Rockefeller Centers in Sicht. Er hatte es bewusst vermieden, den *Broadway* zu nehmen, denn der war jetzt voller Spinner und Freaks, die in ihren abgefahrenen Karossen ihre Runden drehten, und fuhr lieber parallel zu der weltbekannten Hauptstraße.

Die Ampel zum *Time Square* stand auf Rot und Henderson trat abrupt auf die Bremse. Der Wagen schleuderte ein wenig, kam aber wie gewünscht kurz vor der Ampel zum Stehen.

Sekunden später erschütterte ein gewaltiger Knall das Gefährt und Henderson wurde heftig nach vorne geschleudert. Wäre er nicht angeschnallt gewesen, hätte es ihn gewaltig gegen die Windschutzscheibe geschleudert. Und dennoch breitete sich ein stechender Schmerz im Halsbereich aus.

Henderson fluchte laut und blickte in den Rückspiegel. Ein roter Sprinter, Transportwagen eines Pizzaservices, hatte nicht rechtzeitig bremsen können und war aufgefahren.

An sich ein banaler Vorgang, aber etwas, was Henderson gerade jetzt absolut nicht brauchen konnte. Mit einem weiteren Fluch löste er den Gurt und stieg aus.

In dem Pizzawagen saß ein leichenblasser Fahrer mit langen schwarzen Haaren und guckte ihn entsetzt an. Henderson war eigentlich eiskalt und ein solch banaler Vorfall hätte ihn nie aus der Bahn werfen können.

Aber die Abfuhr, die er sich bei Joan eingehandelt hatte, in Verbindung mit den zahlreichen Cocktails, die er im Peppermint's genossen hatte, taten ihren Teil dazu. Er verlor seine Selbstbeherrschung.

Wie von Sinnen stürmte er zur Tür, riss sie auf und schlug dem verdutzten Fahrer mehrfach mit der Faust ins Gesicht.

»Kannst du nicht aufpassen, du verfluchter Penner? Scheiß-Pizzafresser, hast du keine Augen im Kopf?«

Wutentbrannt schlug er immer weiter auf den Fahrer ein, der schützend die Hände vor das Gesicht geschlagen hatte.

Plötzlich wurde er von starken Armen zurückgerissen. Als er nach hinten ausholen wollte, sah er aus den Augenwinkeln eine Polizeiuniform, dahinter stand mit zuckendem Blaulicht ein Streifenwagen der New Yorker Stadtpolizei.

»Lassen Sie sofort den Mann los! Und beide raus aus dem Wagen. Sofort!«

Henderson blickte in ein entschlossenes schwarzes Gesicht und ließ von dem Fahrer ab. Ein zweiter Beamter, ebenfalls schwarz, zog den verletzten Pizzafahrer aus dem Wagen und zog ihn beiseite.

»Das kann hier jeden Augenblick in die Luft fliegen«, keuchte der Beamte und wies auf eine Benzinlache, die sich mit rasender Geschwindigkeit unter dem roten Sprinter ausbreitete.

»Aber im Kofferraum, ich habe meinen Laptop im Kofferraum. Ich brauche ihn auf alle Fälle!«

Aber der Beamte, ein Hüne von einem Mann, kannte weder Erbarmen noch interessierte er sich für irgendeinen Kofferraum. Er packte Henderson mit starken Armen von hinten um die Brust und zog ihn trotz starker Gegenwehr vom Auto weg.

Und keinen Moment zu früh. Sekunden später züngelten gefräßige rote Flammen die Motorhaube des Sprinters hoch, leckten über den Kofferraum des Z4 und plötzlich ertönte eine gewaltige Detonation.

Die beiden Fahrer und die Polizisten hatten sich hinter den Streifenwagen geflüchtet und mussten mit ansehen, wie beide Fahrzeuge in einem gewaltigen Feuerball versanken.

In der Ferne waren Sirenen zu hören, die sich rasch näherten.

LXVI.

Köln, 21. März abends

Lässt man die Zeitverschiebung außer Acht, dann war es etwa der gleiche Zeitpunkt, dass Hendersons wertvolle Fracht gerade ein Raub der Flammen wurde, als sich Monsignore Dr. Diefenstein mit einem tiefen Seufzer in seinen verschlissenen Sessel gleiten ließ und nach dem dritten Glas Rotwein griff.

Lange hatte er mit Bassler und seiner Frau Doris zusammengesessen und die Ereignisse der letzten Tage ausführlich diskutiert. Abgesehen natürlich von den drei Menschenleben, die das Abenteuer gekostet hatte, beklagten sie am meisten die Tatsache, dass ihnen keine der wertvollen Schriftrollen geblieben war. Mit dem Erlös hätte Diefenstein problemlos den maroden Haushalt seiner Gemeinde sanieren können.

Mit einer Zornesfalte auf der Stirn griff er wieder nach der Boulevardzeitung, die dem Geschehen eine ganze Seite gewidmet hatte und es ihrem Stil entsprechend reißerisch aufgemacht, aber schlecht recherchiert hatte.

Verdächtigte Priester wieder zu Hause! –
Aber wo sind die geheimnisvollen Schriftrollen?

Wie wir aus zuverlässiger Quelle erfahren haben, durften die beiden Verdächtigen Priester Markus B. und Dr. Peter D. inzwischen Italien verlassen und sind wieder sicher in Köln angekommen. Wie die örtliche Polizeibehörde in Neapel unserer Zeitung mitteilte, konnte der Mordverdacht gegen die beiden Kölner Geistlichen ausgeräumt werden.

Und doch stellen sich in diesem mysteriösen Fall noch einige unaufgeklärte Fragen: Wer ist der geheimnisvolle Papyrusmörder von Pompeji? Und wo sind die wertvollen Schriftrollen geblieben? Experten beziffern den Wert einer solcher antiken Schriftrolle aus dem versunkenen Pompeji wegen ihrer Einmaligkeit auf eine Million Euro oder mehr, pro Rolle, wohlgemerkt.

Und auch die Gerüchte verstummen nicht, nach denen Dr. Peter D., Pfarrer einer großen katholischen Kölner Kirche, noch im Besitz einiger Schriftrollen sein soll.

Was verschweigt der geheimnisvolle Monsignore?

Wir bleiben am Ball und werden Sie weiter informieren!!

Unter dem Artikel befand sich ein Bild von ihm mit schwarzem Augenbalken und eine computeranimierte Darstellung alter Schriftrollen.

Diefenstein schüttelte wütend den Kopf. Wer das las, musste ihn für einen Lügner halten, und das war nicht nur für ihn eine Katastrophe. Dr. Peter D.! Kölner Kirche! Das war nur noch eine Sache von Tagen, bis jeder in Köln wusste, wer hier gemeint war. So viel zu journalistischer Diskretion. Wie würde seine Gemeinde damit umgehen? Und wer würde diesen Unsinn alles lesen?

Und tatsächlich hatte Diefenstein keine Ahnung, wie verbreitet diese Boulevardzeitung war und wer diesen Artikel noch lesen würde!

Hätte er es gewusst, er hätte wohl kaum seinen Rotwein so genießen können.

LXVII.

Korinth, Spätherbst 64 n. Chr.

Demetrios grüßt den edlen Marcus Lucretius Fronto.

Verzeih mir, edler Herr, wenn ich dich mit diesen Zeilen belästige. Aber ich glaube, dass du wissen möchtest, was aus deinem Freund, meinem früheren Herrn, geworden ist, nachdem er mir seine letzten Zeilen diktiert hat.

Einen Tag, nachdem ich seinen tränendurchsetzten Brief dem Aphasios übergeben hatte, standen die Praetorianer vor der Tür, wild und gewaltig wie ein tobender Sturm im Meer.

Sie verschafften sich gewaltsam Einlass, schlugen den Türhüter nieder und zogen johlend und lärmend durchs Haus, bis sie Theophilos im Tablinum gefunden hatten.

Theophilos widersetzte sich ihnen nicht. Er umarmte mich ein letztes Mal und folgte klaglos seinen Henkern. Und statt Angst zierte Stolz sein edles Gesicht!

Ich habe noch am selben Tag das Haus verlassen und mich auf die Heimreise nach Korinth gemacht, von wo ich einst als Sklave nach Rom gebracht worden war.

Durch Bestechung der Wache habe ich erfahren, dass Theophilos, dieser gütige und gerechte Mann, einen Tag später in der Arena von einem Rudel Wölfe zerfleischt wurde. Aber vielleicht bedeutet dir es etwas: Noch im Tode hat er das Lob auf Jesus Christus gesungen.

Möge unser guter und gerechter Herr Jesus Christus sich seiner Seele annehmen.

Demetrios

LXVIII.

Pompeji, 24. August 79 n. Chr., nach Mitternacht

Seit mehr als zehn Stunden prasselt nun der Regen aus Bimsstein und Gesteinsbrocken unaufhörlich auf die Stadt. Dazu kommen seit einigen Stunden gewaltige Mengen von Asche, Lava und Felsbrocken, die der Vulkan in unendlicher Wut auf die arme hilflose Stadt zu schleudern scheint.

Die Sonne hat sich von diesem grauenvollen Spektakel abgewendet und auf den Straßen, durch die nur wenige Verzweifelte irren, herrscht absolute Dunkelheit.

Anfangs versuchen noch Tausende, dem Grauen zu entkommen und wenigstens ihr nacktes Leben zu retten.

Sie fliehen aufs Land oder versuchen, am Strand einen Platz in einem der wenigen, völlig überfüllten Boote zu bekommen. Andere verbergen sich in ihren Häusern, beten zu ihren Göttern, und manch einer greift auch schon zum Schierlingsbecher, der das Leben schnell und schmerzlos beendet. Kaum noch jemand hofft, dass er aus diesem Grauen lebendig herauskommt.

Wer in den Häusern Rettung sucht, wird von unendlichem Durst gequält. Bims, durch Wasserdampf und Kohlendioxid aufgeschäumte Lava, und Asche haben jegliche Feuchtigkeit aus der Luft gezogen. Die Brunnen sind verstopft und Wasser ist knapp.

Kurz nach Mitternacht bricht der Schlot des Vulkans zusammen. Eine unglaublich heiße Flutwelle aus Asche und geschmolzenem Stein rast mit lautem Donner den Vesuv herab. Fachleute werden dies später die sogenannte erste pyroklastische Welle nennen, sie verfehlt indes die Stadt.

Den Einwohnern sind die Zusammenhänge solcher Vorgänge gänzlich unbekannt. Sie spüren nur die unerträgliche Hitze, die sich in der Stadt ausbreitet und die Todesangst, die wie ein Gespenst durch die Stadt schleicht und ihnen die Kehle zuschnürt.

Gegen sechs Uhr stürzt die Magmakammer des Vulkans zusammen und eine zweite Welle rast direkt auf Pompeji zu, aber – den Göttern sei Dank! – sie stoppt kurz vor der nördlichen Stadtmauer. Doch wer noch an Rettung glaubt, irrt. Die Wolke aus Kohlenmonoxid, die im Gefolge dieser Welle reist, verbreitet sich todbringend in der Stadt, verätzt Augen und Mund, nimmt den Atem, lässt den Tod still und schweigend durch alle Ritzen in die Häuser dringen.

Wenig später explodiert eine weitere Seite des Schlots, eine gewaltige Blase aus Asche und geschmolzenem Stein rast als dritte pyroklastische Welle herab, und diesmal stoppt sie nicht vor der Stadtmauer. Sie schickt eine Gaswolke voraus, die die letzten Lebenden, die sich noch in der Stadt aufhalten, qualvoll tötet.

Achtzehn Stunden nach dem Ausbruch stürzt der letzte Rest des Vulkansschlotes zusammen, eine riesige Giftwolke hängt über der Bucht von Neapel und kündet von Tod und Verderben.

Pompeji gibt es nicht mehr, es ist unter einer fünfundzwanzig Meter hohen Lavaschicht verschwunden.

LXIX.

Köln, 22. März nachts

St. Pantaleon ist die älteste romanische Kirche Kölns – und eine der schönsten zudem.

Um ihrer Schönheit auch in der Dunkelheit den nötigen Glanz zu verschaffen, wird sie mit beginnender Dämmerung angestrahlt. Punkt Mitternacht erlischt die Beleuchtung automatisch. Dann versinken sie und das gesamte Kirchengelände in nachtschwarzer Dunkelheit.

Vor einer Stunde war die Beleuchtung ausgegangen und nur wenige Fußgänger eilten noch durch das Pantaleonsviertel, ein Innenstadtviertel, das im Krieg großen Zerstörungen ausgesetzt war und überwiegend durch den begrenzten Charme der Fünfziger- und Sechzigerjahre geprägt wird. Nur wenig der schönen Vorkriegsarchitektur blieb erhalten.

Es regnete in Schnüren und der sanfte Frühlingsregen durchnässte die wenigen Passanten in kürzester Zeit. Zarter Mondschein verwandelte die Pfützen in kleine silberne Seen, die in regelmäßigen Abständen die Wege und Straßen säumten.

Das Gelände um die Kirche, das von einer Mauer großräumig eingefasst, aber durch einen großen Torbogen jederzeit zu betreten war, atmete völlige Verlassenheit. Auf dem Parkplatz vor der Kirche standen einige Fahrzeuge von Anwohnern, die es sich angesichts der großen Parkplatznot längst zur Gewohnheit gemacht hatten, nachts ihr Fahrzeug hier abzustellen.

Und so sah niemand die kräftige, dunkle Gestalt, die sich im Schatten der Nacht dem Kirchegelände näherte.

Monsignore Dr. Diefenstein hatte gegen seine sonstige Gewohnheit eine Schlaftablette genommen, nachdem er drei Stunden wach gelegen hatte. An ruhigen Schlaf war nicht zu denken. Immer wieder suchten ihn die vergangenen Tage heim und in seiner Fantasie stand er in dem mysteriösen *Tablinum* und starrte entsetzt auf die Leichen, die alten und die neuen.

Selbst am Tage, ja sogar in den Messen, die er zelebrierte, ließ ihn das Grauen nicht los, mit dem ihn seine Fantasie marterte.

Bei der letzten Messe hatte er gar etwas Messwein aus dem Kelch verschüttet, was ihm einen erstaunten Blick der beiden Messdiener eintrug.

Im Briefkasten hatte er eine Vorladung des Erzbistums gefunden. Ihm war klar, dass er auch dort, vor höherer Stelle, die Vorfälle rechtfertigen musste. Im gleichen Schreiben hatte man ihm einen Urlaub von einer Woche angeboten, aber er war sicher, dass er auf dieses Angebot nicht eingehen wollte.

Auch jetzt quälten ihn heftige Träume. Er sah Francesco vor sich, den kleinen abgehärmten Burschen, der ihm eine tönerne Amphore vors Gesicht hielt, prall gefüllt mit Schriftrollen, die aus dem bauchigen, enghalsigen Krug hervorlugten. Er wollte danach greifen, aber im gleichen Augenblick verzog sich das Gesicht des Jungen zu einer spöttischen Miene und er ließ das Gefäß fallen. Mit einem lauten Klirren fiel es zu Boden und zersprang in tausend Stücke.

Diefenstein saß senkrecht im Bett. Schweißgebadet blickte er um sich. Das hatte er nicht geträumt! Das Klirren kam irgendwo aus dem Haus, von unten. Sein Schlafzimmer befand sich im ersten Stock des Pfarrhauses, das freistehend der Kirche gegenüber lag und außer ihm zurzeit keinen Bewohner hatte.

Seine Haushälterin, die gute Frau Zobel, blieb immer nur bis mittags, versorgte ihn noch mit einem mehr oder weniger (meist weniger) schmackhaften Essen und ging dann zurück in ihre kleine Wohnung in der Trierer Straße.

Und sein sonstiger Mitbewohner, der alte Subsidiar Dr. Meschelbach, lag mit Oberschenkelhalsbruch im Krankenhaus der Augustinerinnen und trank heiße Hühnersuppe aus einer Schnabeltasse.

Diefenstein lauschte angestrengt. Waren das nicht leise Schritte auf der Treppe? Knarrte da nicht, wie immer, die fünfte Stufe von unten und verriet den heimlichen Besucher?

Mit einem Satz war er aus dem Bett und schlüpfte in seinen dunkelblauen Morgenmantel.

Kein Zweifel – jemand war im Haus und schlich gerade nach oben, leise, aber doch hörbar.

Eilig sah er sich nach etwas um, was er als Waffe hätte gebrauchen können. Aber sein Blick fiel lediglich auf das lederne Brevier und die Gipsstatue des Heiligen Pantaleon, ein Geschenk des Pfarrgemeinderats zu seinem letzten Geburtstag.

Der Zweck heiligt die Mittel, entschuldige bitte, Heiliger Pantaleon.

Zitternde Hände ergriffen die Statue, auf Zehenspitzen stellte er sich hinter die Tür, bereit, dem Eindringling die Heiligenstatue auf den Kopf zu schmettern, sollte er denselben durch die Tür strecken.

Doch es sollte anders kommen.

LXX.

Pompeji, Frühjahr 65 n. Chr.

Marcus Lucretius Fronto grüßt den treuen Demetrios.

Es hat mich viel Zeit, Mühe und manchen Denar gekostet, bis ich deine neue Adresse in Korinth herausgefunden habe.

Wenn du diese Zeilen empfangen solltest, war es schließlich erfolgreich.

Ich möchte dir danken, treuer Demetrios, für deinen letzten Brief und die Treue, die du unserem Theophilos bis zuletzt gehalten hast.

Gemeinsam müssen wir das traurige Ende eines großen Mannes beklagen, der aber im Glaube unerschüttert uns allen als Vorbild gelten darf.

Die Verfolgungen unserer Glaubensbrüder haben sich offenbar auf Rom beschränkt, bei uns in der Provinz hat man davon gehört, aber niemand denkt hier an Verfolgungen.

Sie wären wohl auch kaum erfolgreich, denn hier in Pompeji mag ich der Einzige sein, der diesen Glauben im Herzen trägt.

Aber was auch geschehen ist, teurer Demetrios, es kann niemals dazu führen, dass ich den Glauben an unseren Herrn Jesus Christus aufgebe. Wenn wir so leiden, wie es unser Herr getan hat: Welche größere Freude könnten wir empfangen? Und hat er uns dies alles nicht vorhergesagt? In einer der Schriften, die ich mit froher Hand aus Rom empfangen habe, heißt es:

»Aber bevor das alles geschieht, wird man euch festnehmen und euch verfolgen. Man wird euch um meines Namens willen den Gerichten der Synagogen übergeben, ins Gefängnis werfen und vor Könige und Statthalter bringen. Dann werdet ihr Zeugnis ablegen können. Und doch wird euch kein Haar gekrümmt werden.«

Ich schreibe dir dies, damit auch du an unserm Gott nicht irre wirst, wenn die Drangsal dich erreicht.

Ich werde jedenfalls versuchen, standhaft zu bleiben und die Liebe zu Jesus Christus auch in größter Not nie zu verlieren.

Weitere Briefe werde ich dir nicht schreiben, denn sie könnten dich gefährden.

So bleibe in der Gnade Gottes, der dich behüten möge.

Marcus Lucretius Fronto

LXXI.

Pompeji, 24. August 79 n. Chr., nach Mitternacht

Auch in Frontos Haus herrscht nur noch die Verzweiflung des Todes. Alle Hoffnung liegt unter Angst und Elend begraben. Zwar hat das massive Dach bis jetzt allen Belastungen standgehalten, aber die Luft wird immer knapper und ist von Schwefel und anderen Stoffen durchsetzt, die das Atmen zur Qual machen.

Der alte Antisius ist als Erster gestorben, nachdem er sich röchelnd an die Kehle gefahren ist. Seine Enkelin Tullia weint leise vor sich hin und wiegt den Körper des alten Mannes im Arm, sie singt ein Lied, das niemand kennt und niemand hört.

Fronto und Servulus sitzen dicht beieinander, halten sich an den Händen. Die Kehlen sind ausgedörrt, aber Wasser ist keins mehr im Haus. Fronto betet still zu seinem Gott, aber der muss – wie Servulus vermutet – sehr weit weg sein, denn er erhört die Gebete nicht.

Servulus wischt sich mit fahriger Geste den Schweiß von der Stirn und murmelt:

»Ich hätte zu gerne mehr von deinem seltsamen Gott gehört.« Ein rasselnder Husten unterbricht sein Flüstern. »Aber wo ist er jetzt? Er hört deine Gebete nicht, oder?«

Eiskalte Angst schwingt in diesen Worten des kleinen verzweifelten Mannes.

Fronto blickt durch ihn hindurch, sein Blick verliert sich in der Unendlichkeit einer ungewissen Hoffnung.

»Ich hätte..., hätte gerne ... erzählt. Und doch..., doch bin ich sicher, dass das Schönste noch auf uns ... wartet«, ächzt er mit versiegender Stimme. Ein letztes Mal rafft er sich auf. »Vertrau auf die Gna... Gnade unseres Herrn.«

Er drückt mit letzter Kraft Servulus' Hand. Das ist das Letzte, was er tut. Sein Kopf neigt sich langsam nach vorne, ein krampfhaftes Zucken läuft durch seinen Körper, dann fällt er vom Stuhl. Hart prallt er auf den

Boden, die Augen weit geöffnet. Tullia reißt entsetzt den Mund auf, beginnt zu würgen und zu spucken. Es ist, als ob ihre Lunge voller Zement wäre, und jeder Atemzug macht es schlimmer. Dann verlöschen auch ihre Augen für immer.

Servulus springt entsetzt auf, namenloses Entsetzen hat ihn wie mit eiskalter Hand gepackt. Er nimmt seine letzten Kräfte zusammen, mühsam schleppt er sich zur Tür und versucht sie zu öffnen. Mit aller Kraft stemmt sich die schmale Schulter gegen das massive Holz, aber die Tür gibt nicht nach. *Ich will leben, das kann doch nicht das Ende sein. Die Freiheit, mein Leben hat doch gerade erst begonnen! Und was ist mit dem Gott, der den Armen hilft?*

Fronto hat doch gesagt ... Hilf, Mercur, hilf!

Die Tür ist längst von Asche, Lava und Steinen blockiert, niemand wird sie mehr öffnen.

Ein beißender Schmerz durchfährt Servulus, er fasst sich krächzend an den Hals.

Wilde Blitze zucken durch seinen Kopf, dann versinkt er in der Dunkelheit der Unendlichkeit.

LXXII.

Köln, 22. März nachts

Diefenstein hatte erwartet, dass sich die Tür behutsam öffnen und ein Kopf vorsichtig in das Zimmer lugen würde. Das wäre dann der richtige Augenblick gewesen, um ...

Stattdessen wurde die Tür blitzschnell aufgerissen und mit großer Gewalt nach innen gedrückt, krachend flog sie gegen Diefensteins Stirn. Polternd fiel der Heilige Pantaleon zu Boden und zerplatzte in tausend bunte Gipsstücke, während eine kräftige Hand den Geistlichen hinter der Tür hervorzog und ihn brutal aufs Bett warf. Gleichzeitig wurde der Lichtschalter betätigt und Diefenstein erblickte verwundert einen unmaskierten Mann, den er noch nie gesehen hatte.

Man hätte den Eindringling als gut aussehend bezeichnen können, vielleicht sogar sympathisch, wenn nicht die gnadenlosen Augen eine so eisige Kälte versprüht hätten.

Der Mann war von gedrungener, aber sportlicher und durchtrainierter Gestalt. Er trug unter einem schwarzen Trenchcoat einen dunkelgrauen Anzug, dem man ansah, dass er den Preis einer Soutane weit überstieg.

Die kurzen blonden Haare standen in besonderem Kontrast zu den hellblauen Augen, die Hände waren kräftig und gepflegt, der Fremde machte durchaus Eindruck auf Diefenstein.

Aber wer ist das und was will er hier?

Als hätte der Fremde die Gedanken erraten, legte sich jetzt ein Lächeln über seine schmalen Lippen.

»Entschuldigung für Eindringen.« Er sprach Italienisch, aber mit starkem amerikanischem Akzent.

Diefenstein rieb sich über die schmerzende Stirn. Er hatte sich ein wenig gefasst, obwohl ihm lähmende Angst ins Gesicht geschrieben war. Mit stockender Stimme sprach er den brutalen Eindringling an: »Wir ..., wir können, äh, Englisch sprechen, Mister. Ich nehme an, diese Sprache liegt Ihnen mehr.«

Der Eindringling machte eine höhnische Verbeugung und nahm auf dem Stuhl neben dem Bett Platz. Diefenstein richtete seine Kleidung, die durch den Überfall in Unordnung geraten war, und strich sich eneut über die Stirn, auf der sich bereits eine Beule zu bilden begann. Unsicher setzte er sich.

»Wer sind Sie und was wollen Sie? Ich nehme an, dass Sie nicht zum Zweck der Beichte gekommen sind, obwohl ich glaube, dass die in Ihrem Fall angebracht wäre.«

Der Mann lächelte ihn an, aber es war keine Freundlichkeit in seinen blauen Augen.

»Wir wollen nicht lange um den heißen Brei reden. Namen spielen keine Rolle. Ich bin hier wegen etwas, das Sie haben, aber mir gehört.«

Die Schriftrollen. Natürlich, es geht um die Schriftrollen.

»Und was sollte das sein?«, fragte Diefenstein gedehnt.

»Sie wissen es und ich weiß es: die Schriftrollen aus Pompeji!«

»Und was lässt Sie glauben, dass ich welche haben könnte?«

Der Eindringling griff in die Tasche seines Mantels und zog eine Zeitung hervor.

»Sehen Sie!« Er zeigte stumm auf einen Zeitungsabschnitt, den er rot unterstrichen hatte:

Und auch die Gerüchte verstummen nicht, nach denen Dr. Peter D., Pfarrer einer großen katholischen Kölner Kirche, noch im Besitz einiger Schriftrollen sein soll. Was verschweigt der geheimnisvolle Monsignore?

Innerlich hätte sich Monsignore Diefenstein fast zu einem Fluch auf die Zeitungsmacher und ihre wirklich fahrlässige Berichterstattung hinreißen lassen.

Jedem Schüler musste klar sein, wer gemeint war. Dann schüttelte er den Kopf.

»Alles blödes Zeug. Die Zeitungen schreiben nur Vermutungen. Glauben Sie wirklich, die Polizei hätte uns mit solch wertvollen Artefakten außer Landes gehen lassen? Unser Gepäck wurde mehr als einmal gründlich durchsucht.«

Und dann zog plötzlich ein mehr als unheilvoller Gedanke durch seinen Kopf.

Der Mörder! Das muss der Mörder der di Carmaccis aus Pompeji sein. Und den falschen Danelli hat er auch auf dem Gewissen. Herr, hilf! In was bin ich hier geraten?!

Fast schien es, als habe der Mann seine Gedanken erraten. Seine zusammengekniffenen Lippen ließen ein dünnes Lächeln ahnen.

»Sie sollten wissen«, presste er hervor, »dass mir ein Menschenleben wenig bedeutet, wenn es zwischen mir und dem Erfolg steht.«

Und da fuhr es wie ein Blitz durch Diefensteins Kopf:

Den Mann hab' ich schon einmal gesehen. Der war aus dem Auto vor dem Haus der di Carmaccis gestiegen und plötzlich verschwunden. Danach muss er in das Haus eingedrungen sein. Kein Zweifel, das ist der Mörder.

Diefenstein versuchte, sich sein Entsetzen nicht ansehen zu lassen. Er nickte nur, aber Schweißperlen traten auf seine Stirn.

»Sie haben schon mehrere Morde begangen, um in den Besitz der Rollen zu kommen, nicht wahr? In Pompeji haben Sie eine blutige Spur hinterlassen.«

Frank Henderson beantwortete die Frage nicht.

»Wo sind sie?«, kam es leise und unheilvoll.

»Ich besitze keine einzige mehr. Glauben Sie es mir!«

Er kam nicht mehr dazu, den Satz zu Ende zu bringen. Henderson sprang plötzlich auf und schlug Diefenstein mehrfach ins Gesicht. Diefensteins Lippe sprang auf und ein dünner Blutfaden lief über das Kinn.

Durch die Schläge war Diefenstein vom Bett gerutscht und lag halb auf dem Boden, direkt neben den Gipsfragmenten der zerstörten Heiligenfigur.

Es war kein wirkliches Nachdenken, kein Plan, einfach nur eine Reaktion aus Angst und Panik. Er packte den größten Splitter, es handelte sich um die Nase des Heiligen, mit scharfen, ausgezackten Rändern, und stieß sie Henderson entgegen, der sich gerade über ihn beugte. Dann sprang er auf, mit einer Gewandtheit, die man dem alten Monsignore nicht zugetraut hätte, und zog dem verdutzten Eindringling die Scherbe quer durch das Gesicht.

Ein unmenschlicher Schrei ertönte. Henderson schlug die Hände vor das Gesicht, ein kräftiger Schwall hellen Bluts quoll augenblicklich hervor. Diesen Augenblick der Verwirrung nutzte Diefenstein aus. Er gab Henderson einen kräftigen Stoß, der ihn in die Ecke beförderte, und lief aus dem Zimmer. Während aus seinem Zimmer immer noch Schreie hasserfüllten Schmerzes drangen, lief er die Treppe hinunter, öffnete die Tür und rannte mit den wehenden Schößen seines Morgenmantels quer über den Kirchhof.

Wie der Schrei eines gequälten Tieres drang es aus dem Pfarrhaus, aber Diefenstein drehte sich nicht mehr um. Er lief um sein Leben.

LXXIII.

Köln, 23. März nachmittags

Hat die Polizei den unheimlichen Papyrusmörder gefasst?

Blutrot sprangen die Zeilen dem Leser entgegen.

Wie die Kölner Kriminalpolizei mitteilt, fand in der Nacht vom 22. März ein Überfall auf den Pfarrer der Kirche St. Pantaleon, Monsignore Dr. Peter Diefenstein, statt. Der Einbrecher war offenbar auf der Suche nach den wertvollen Schriftrollen aus Pompeji. (Wir berichteten darüber in unserer letzten Ausgabe.) Es kam zu einem Kampf, in dessen Verlauf sich der Geistliche tapfer wehrte und dem Eindringling erhebliche Verletzungen im Gesicht zufügte. Die herbeigerufene Polizei hatte kein Problem, dem Täter anhand seiner Blutspuren zu folgen und ihn in der Nähe des Tatorts Am Weidenbach dingfest zu machen.

Seine Verletzungen mussten im Krankenhaus mit mehreren Stichen genäht werden.

Gegen den Einbrecher erging Haftbefehl. Über seine Identität ist noch nichts bekannt, bei den Vernehmungen hat er bislang hartnäckig geschwiegen. Klar scheint nur zu sein, dass es sich um einen amerikanischen Staatsbürger handelt.

Können jetzt endlich die Morde von Pompeji aufgeklärt werden? Jedenfalls hat die Kölner Kripo Kontakt mit ihren Kollegen aus Neapel aufgenommen.

Schon morgen wird der Besuch eines italienischen Kollegen erwartet.

Wir berichten weiter und bleiben für Sie am Ball.

Diefenstein biss beherzt in den Schokoladenkuchen, den Doris Bassler so vorzüglich zu backen verstand. Dazu hatte er sich schon zwei Birnenschnäpse genehmigt.

»Das muss furchtbar für dich gewesen sein, Peter, nicht wahr?«

Doris Bassler blickte Diefenstein mitfühlend an. Abgesehen von einer kräftigen Beule auf der Stirn und einer kleinen Schwellung auf der Oberlippe waren keine Verletzungen mehr zu sehen.

»Richtig schlimm war es, als mir klar wurde, wen ich da vor mir hatte. Der Mann hat in Pompeji drei Leichen hinterlassen und mir war klar, das ich die nächste sein könnte. Erinnerst du dich an den Mann, Markus, der aus dem Auto kam, als wir im Regen vor der Tür standen und auf den falschen Danelli warteten? Das war er!«

Markus Bassler nickte. »Ja, jetzt erinnere ich mich wieder. Fast sehe ich ihn vor mir. Kräftige Figur, teurer Anzug, sah mehr aus wie ein Manager als wie ein Mörder. Aber Respekt, mein Lieber, Respekt. Wie du aus der Sache rausgekommen bist, das hat was. Erinnert mich an James Bond. Ziehst dem einfach mit einer Gipsscherbe einen neuen Scheitel. Du musst überirdische, sozusagen vatikanische Kräfte gehabt haben. Donnerwetter!«

Trotz des üblichen Seitenhiebs war Markus Bassler voller Respekt vor dem Mut seines Freundes.

Diefenstein lächelte gequält und nippte an seinem Schnaps.

»Da siehst du, mein lutherischer Häretiker, wofür Heilige alles gut sein können. Aber im Ernst, ich hatte eine Mordsangst und habe nicht wirklich nachgedacht. Es ist einfach automatisch geschehen.«

Er stockte, bevor er mit leiser Stimme fortfuhr: »Im Nachhinein betrachtet weiß ich gar nicht, ob ich recht gehandelt habe.«

»Nicht? Wieso nicht? Du hast dich nur gewehrt, oder? Jeder andere hätte so gehandelt, jedenfalls wenn er den Mut aufgebracht hätte.«

»Sicher, aber das ist nicht das Problem. Müssen nicht Menschen wie wir anders sein als die anderen? Was hat Christus uns gelehrt? ›Dem, der dir den Mantel nimmt, …‹ und so weiter. Sind das nur leere Worte? Oder müssen nicht gerade Männer wie wir uns daran halten und es vorleben, immer und unter allen Umständen?

Ich habe einen Menschen verletzt, und schwer. Das macht mir zu schaffen.

Und wie soll ich den Kindern meiner Kommunionsgruppe den Verzicht auf jede Gewalt erklären, wenn sie lesen, dass ihr Pfarrer einen Menschen schwer verletzt hat?«

Bassler nickte, er fühlte genauso, hätte aber keine Lösung aus dieser Situation gewusst.

»Es ist das, was die alten Griechen ein Dilemma genannt haben, eine Situation, die zwei Wahlmöglichkeiten bietet, welche beide zu einem unerwünschten Resultat führen.«

»Danke für die Nachhilfe«, sagte Diefenstein bitter, »aber für Christen darf es eben kein Dilemma sein. Sie haben keine Wahl!«

Das Telefon klingelte. Doris Bassler stand auf und nahm den Hörer ab. Wenig später wurde sie blass, ihre Hand zitterte. Sie drehte sich zu den Männern um und hauchte tonlos:

»Die Polizei. Sie sagt, der Täter sei auf dem Weg zur Untersuchungshaft entkommen, wir sollen auf uns aufpassen. Eine landesweite Fahndung habe begonnen. Noch ein Schnaps, Peter?«

Nachwort

Aut prodesse volunt aut delectare poetae – Dichter wollen entweder nützen oder unterhalten. Ich habe mich bemüht, diesem Horaz'schen Grundsatz gerecht zu werden – und beides zu tun. Wenn es dem Leser gefallen hat, habe ich recht gehandelt, wenn nicht, so war es ein Versuch, der Nachsicht verdient. Stets aber stellt sich der Leser die Frage: Was war authentisch und was ist der blühenden Fantasie des Autors entsprungen?

Der Erzählteil der Gegenwart ist gänzlich Fiktion, auch wenn es St. Pantaleon in Köln natürlich gibt und auch die anderen örtlichen Gegebenheiten so sind, wie sie beschrieben wurden.

Was nun die Passagen betrifft, die im antiken Pompeji oder Rom spielen, so kann sich der Leser auf eine sorgfältige Recherche theologischer und historischer Art verlassen. Ob Petrus freilich zur fraglichen Zeit in Rom war, ob er unter Nero das Martyrium erlitten hat, ob Paulus ebenfalls diesen Verfolgungen zum Opfer fiel oder schon in Spanien missioniert hat, das alles ist zwischen Theologen und Historikern umstritten und ich habe mich jeweils für die Lösung entschieden, die mir am plausibelsten erschien.

In die Beschreibung der Lebensverhältnisse in Rom wurden authentische Passagen von Seneca, Iuvenal und Plinius eingearbeitet, das Gleiche gilt für die Zitate, die Theophilos in seinen Briefen verwendet.

Theophilos ist übrigens wirklich der Adressat des Lukasevangeliums (wie auch der Apostelgeschichte). Er lebte als Heidenchrist in Rom, doch sonst weiß die Kirchengeschichte nichts über ihn, und so habe ich mir erlaubt, ihm eine glaubwürdige Vita zu verleihen.

Das Haus des Marcus Lucretius Fronto steht wirklich im alten Pompeji – und der Teil, der ausgegraben wurde, entspricht exakt der im Buch verwendeten Beschreibung. Aber Teile des Hauses sind wohl noch nicht ausgegraben, und vielleicht …

Köln, im Frühjahr 2010

Rolf D. Sabel

Anhang: Römische Tageseinteilung

Die Tageseinteilung der Römer war ungenau und vielfach fehlerhaft. Uhren gab es kaum, und wenn, so handelte es sich um Wasser-, Sand- oder Sonnenuhren, die naturgemäß äußerst ungenau waren. Außerdem hing die Festsetzung der Tageszeit von der Jahreszeit und Sonnenauf- und -untergang ab.

Analog zur heutigen Tageszeitrechnung umfasste der Tag zwölf Stunden *(horae)*, die Nacht ebenfalls.

Der Tag begann mit Sonnenaufgang, mit der ersten Stunde um sechs Uhr. Die zweite Stunde markierte also den Zeitraum von sieben bis acht Uhr und so weiter. Wer sich also für die neunte Stunde verabredete, meinte damit den Zeitraum von vierzehn bis fünfzehn Uhr.

Die Nacht war in vier Abschnitte von je drei Stunden eingeteilt. Diese Zeiträume wurden entsprechend ihrer militärischen Herkunft Nachtwachen *(Vigilia)* genannt. Wer also nachts um zwei Uhr nach Hause kam, tat dies in der zweiten Stunde der dritten Nachtwache.

Aber so genau nehmen das nur Romanautoren. Den Römern reichten als Zeitangabe meist Begriffe wie *mane* (früh), *ad meridiem* (gegen Mittag), *sub vesperum* (gegen Abend) oder *prima nocte* (zu Beginn der Nacht).

Pompeji

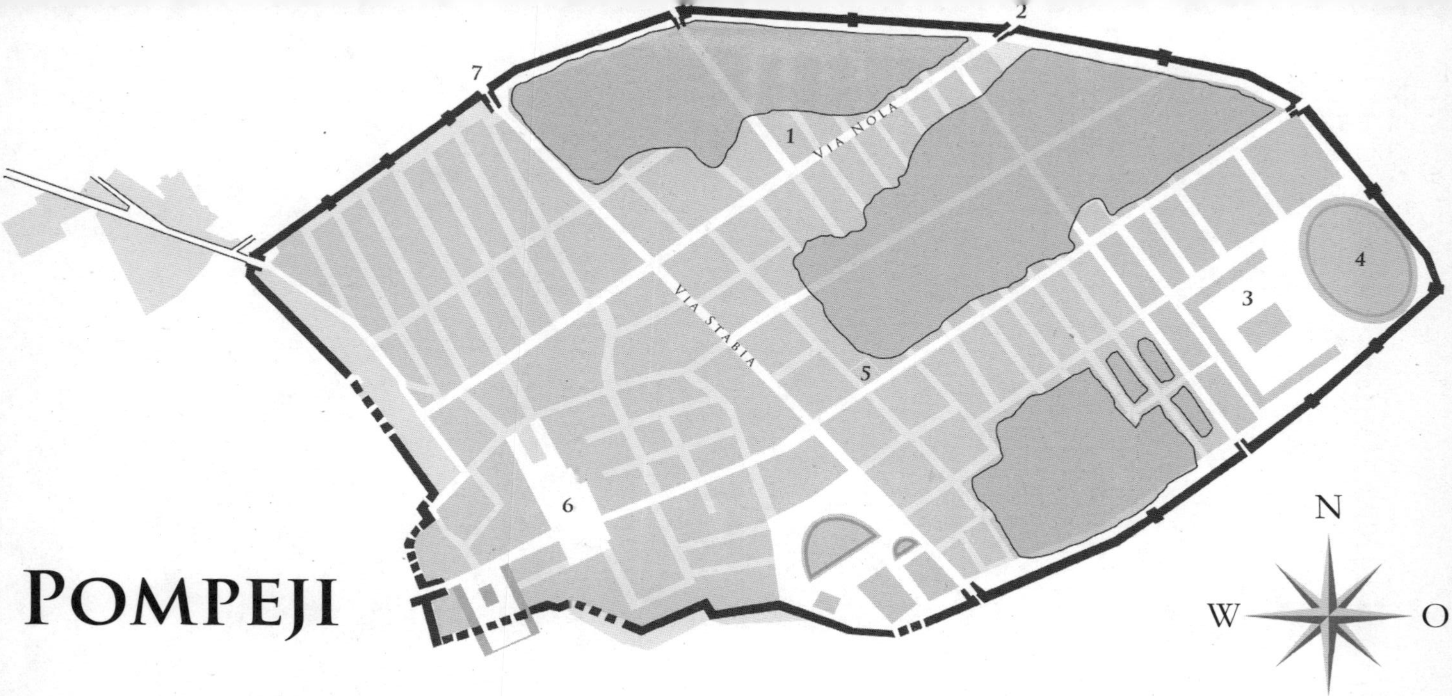

1_ Haus des Marcus Lucretius Fronto
2_ Porta Nola
3_ Palaestra (Ringerschule)
4_ Amphitheater
5_ Haus des Tuchhändlers Verecundus
6_ Forum
7_ Porta Vesuvio

Noch nicht ausgegrabene Bereiche

Eleonore Dehnerdt

Die Reformatorin

Paperback, 13,5 x 20,5 cm, 304 S.
Nr. 395.181, ISBN 978-3-7751-5181-8

Münden im 16. Jahrhundert: Die junge Herzogin Elisabeth von Calenberg-Göttingen ist eine streitbare Frau, die für die Idee der Reformation kämpft. Dieser Roman erzählt von dieser faszinierenden Frauenfigur der deutschen Geschichte.

Siegfried Wittwer

Licht in der Finsternis

Ein Waldenser-Roman

Paperback, 13,5 x 20,5 cm, 288 S.
Nr. 395.128, ISBN 978-3-7751-5128-3

1487 – Papst Innozenz VIII. fordert die Ausrottung der Waldenser. Blut und Tränen überschwemmen daraufhin die friedlichen Alpentäler. Doch die Waldenser halten am Glauben fest. Ihr Wahlspruch: Licht leuchtet in der Finsternis. Der Roman basiert auf historischen Fakten.

Bitte fragen Sie in Ihrer Buchhandlung nach diesen Büchern!
Oder schreiben Sie an: SCM Hänssler, D-71087 Holzgerlingen;
E-Mail: info@scm-haenssler.de; Internet: www.scm-haenssler.de

Randy Singer

Die Vision

Paperback, 13,5 x 20,5 cm, 432 S.
Nr. 394.957, ISBN 978-3-7751-4957-0

Warum weiß Reporterin O'Rourke so viel über die jüngsten Kindsentführungen? Woher kennt sie den Bibelvers, den der »Der Rächer« am Tatort hinterlässt? Hat sie übernatürliche Visionen? Ein rasanter Thriller über Recht und Gerechtigkeit.

Randy Singer

Die Witwe

Paperback, 13,5 x 20,5 cm, 496 S.
Nr. 395.010, ISBN 978-3-7751-5010-1

Die saudische Religionspolizei ermordet Missionar Charles Reed. Seine Lebensversicherung verweigert die Zahlung. Denn Charles hatte Kokain im Blut, als er starb. Der Anwalt der Witwe muss gegen finstere Mächte kämpfen. Preisgekrönt (»Christy Award«).

Bitte fragen Sie in Ihrer Buchhandlung nach diesen Büchern!
Oder schreiben Sie an: SCM Hänssler, D-71087 Holzgerlingen;
E-Mail: info@scm-haenssler.de; Internet: www.scm-haenssler.de